MARIE SCHWARZKOPFF

Sex ist immer noch schön, aber Weihnachten ist öfter

Über die Autorin

Marie Schwarzkopff ist eine erfolgreiche Kinder- und Jugendbuchautorin. Als ihre Kinder allerdings nach etwa zwanzig Jahren plötzlich und unerwartet erwachsen wurden, verarbeitete sie diese Situation mit dem Schreiben eines Romans für Erwachsene, und zwar zusammen mit ihrem Mann. Dieses Buch ist das Ergebnis der gemeinschaftlichen Krisenbewältigung. Es ist völlig fiktiv. Sagen die beiden …

MARIE SCHWARZKOPFF

SEX IST IMMER NOCH SCHÖN, ABER WEIHNACHTEN IST ÖFTER

ROMAN

lübbe

Dieser Titel ist auch als E-Book erschienen

MIX
Papier aus verantwortungsvollen Quellen
FSC® C014496

Originalausgabe

Titelillustration: © shutterstock.com: donatas1205 | Chipmunk131 | jennylipets
Umschlaggestaltung: ZERO Werbeagentur, München
Satz: two-up, Düsseldorf
Gesetzt aus der Minion
Druck und Verarbeitung: GGP Media GmbH, Pößneck
Printed in Germany
ISBN 978-3-404-18354-8

1 3 5 4 2

Sie finden uns im Internet unter luebbe.de
Bitte beachten Sie auch: lesejury.de

Für unsere Töchter

Ehen werden im Himmel gemacht.

Wie Gewitter.
Hagel.
Tornados …

KAPITEL 1

Lilly pustet nachdenklich in ihre Tasse. »Der Tee schmeckt nach verbranntem Bienenpo«, sagt sie.

Weil ich so lachen muss, schwappt mein Tee über. »Woher weißt du, wie ein Bienenpo schmeckt?«, frage ich meine Tochter.

»Probier doch mal.«

Vorsichtig nehme ich einen Schluck. Der Tee schmeckt erst ein bisschen nach Honig, dann scharf und stechend, und zum Schluss unterschwellig angebrannt. Verbrannter Bienenpo eben.

»Das ist Ingwer-Honig-Tee«, erkläre ich. »Ist gut gegen Reisekrankheit. Dann wird dir nachher im Flugzeug nicht schlecht.«

»Wenn's hilft.« Lilly trinkt ihre Tasse leer.

Auf den ersten Blick ist das hier ein ganz normaler Tag. Aber in Wahrheit ist es das Ende der Welt, wie ich sie kenne und liebe. Zumindest fühlt es sich gerade nach Endzeit an, und … Ach, egal. Weitermachen! Einfach nur weitermachen.

Es ist Donnerstagnachmittag. Lillys Abreisetag. Wir sitzen ein letztes Mal zusammen am Esstisch, vor uns steht ein frischer Hefezopf. Die Maisonne scheint warm, die Fenster sind weit geöffnet, von draußen dringt der Duft von frisch gemähtem Gras zu uns herein. Morten hat eben noch schnell den Rasen gemäht, das ist die einzige Haushaltstätigkeit, die mein Mann regelmäßig und freiwillig übernimmt. Jetzt schiebt er den klappernden Rasenmäher in den Schuppen. Im Nachbarhaus spielt ein Kind Blockflöte.

»Weißt du, was ich denke?«, fragt Lilly.

»Nein, keine Ahnung.«

Niemand kann vorausahnen, was Lilly denkt, ihre Gedanken gehen oft ungewöhnliche Wege.

Sie stützt die Ellenbogen auf und beugt sich vor. »Viele glauben, Hirten spielen Flöte, weil sie einsam sind. Ich persönlich denke aber: Hirten sind einsam, *weil* sie Flöte spielen.«

Jep. Nach dieser Logik wird unser Nachbarskind definitiv sehr einsam enden, wenn es sein Hobby beibehält.

Andererseits werde auch ich einsam enden. Und zwar bald. Ganz ohne Flöte. In wenigen Stunden steigt Lilly in ein Flugzeug, das nach Michigan startet, und sie kommt erst in einem Jahr zurück. Dann habe ich niemanden mehr, der mir was von Bienenpos erzählt, um mich zum Lachen zu bringen. Nur noch einen ständig irgendetwas erledigenden Ehemann. Als Hirte könnte ich jetzt ein trauriges Lied in den höchsten Tönen in die Welt schmettern. Fieeep! Aber als Mutter wird nicht gefiept.

Das sage ich natürlich alles nicht. Stattdessen mahne ich sanft: »Iss was, das ist wichtig für den Magen.«

Als Lilly sich daraufhin ein Stück Hefezopf nimmt, starre ich sie auch nur ganz unauffällig an, damit sie nicht merkt, wie akribisch ich mir jedes Detail von ihr einpräge.

Schon irgendwie komisch. Sie war doch eben erst einen Tag alt, fünfzig Zentimeter groß und fast kahl. Ihr kleiner ovaler Kopf hat sich in meine Hand geschmiegt, und er war von winzigen, ganz kurzen Härchen bedeckt. Deswegen haben wir sie damals Kiwi genannt.

Jetzt ist Lilly ganz plötzlich sechzehn. Sie ist vier Zentimeter größer als ich, ihre braunen Haare reichen ihr fast bis zum Po, während meine auf Schulterlänge enden. Heute hat Lilly ihre

Mähne achtlos zu einem Dutt aufgezwirbelt. Kiwi kann man sie wirklich nicht mehr nennen.

An den Schläfen haben sich feine Strähnen aus ihrer Frisur gemogelt, auf jeder Seite eine, sie stehen ab wie Insektenfühler.

»Noch eine Tasse Tee, Käfer?«, frage ich.

Lilly nickt, die Fühler wippen. Kaum zu glauben, dass dieser Käfer derselbe Mensch ist wie die kleine Kiwi. Nur die Bambiaugen sind immer noch dieselben. Es stimmt nämlich nicht, dass alle Kinder bei der Geburt blauäugig sind. Lilly hat mich vom ersten Moment an mit großen dunklen Augen angesehen.

Tja, damals wollte sie keine Sekunde ohne mich sein. Sie hat infernalisch gebrüllt, wenn ich sie in ihr Bettchen legen wollte. Still war sie lediglich auf meinem Arm. Irgendwann klappte das mit dem Bett, ein paar Wochen später konnte ich sogar schon aus dem Raum gehen. Und dann aus dem Haus. Und jetzt geht sie. Oder besser, sie fliegt, und zwar fast siebentausend Kilometer weit.

Mich hat das unerwartet getroffen, ich dachte, ich hätte mit Lilly bis zum Abitur noch viel gemeinsame Zeit. Aber erst war da plötzlich ihre Idee, in die USA zu gehen, was wir natürlich unterstützt haben. Und dann ergab es sich auch noch, dass die Abreise vorverlegt wurde, weil die deutschen Gastschüler an einem Jubiläumsfest der amerikanischen Schule teilnehmen sollten.

Für Lilly ist das kein Problem, sie traut sich das zu. Und so ist es ja auch gedacht. Von der Natur oder wem auch immer. Darauf haben Morten und ich hingearbeitet, das war das Ziel dessen, was wir Erziehung genannt haben. Jetzt ist es vollbracht. Unser Sohn Jakob studiert seit einem Jahr in Freiburg, und Lilly ist jetzt auch flügge. Das Nest ist leer, zurück bleiben Federn, Eierschalen, ein paar Kleckse der lieben Kleinen – und ziemlich gerupfte Eltern.

Aber das ist ganz normal, tröste ich mich, während Lilly ein zweites Stück Hefezopf verdrückt. Kein Grund, die Flügel hängen zu lassen. Morten und ich, wir glätten jetzt erst mal unser Gefieder, dann fangen wir einfach noch mal neu an. Und zwar genau da, wo wir vor der Geburt der Kids standen. Turteln, gurren, schnäbeln. Solche Sachen eben.

Dafür ist es nämlich höchste Zeit. Durch den eng getakteten Alltag in den vergangenen zwanzig Jahren ist bei uns ein bisschen die Luft raus. Wir könnten deutlich mehr miteinander unternehmen. Und endlich mal wieder reden. Die Basis ist ja da, es besteht zum Glück kein Grund zur Sorge. Wir lieben uns nach wie vor, und unser Sex ist immer noch schön. Weihnachten ist allerdings öfter.

Das soll nicht so bleiben, daran werden wir arbeiten.

»Mama?«, fragt Lilly. »Woran denkst du?«

»Dass wir uns so langsam beeilen müssen«, sage ich schnell.

Eine Stunde später sitzen wir zu dritt im Auto, Morten, Lilly und ich. Wir sind wie immer ziemlich spät dran, und wie immer macht mich das nervös, während Morten cool bleibt. Oder ist das gespielt? Neugierig betrachte ich ihn von der Seite, bemerke aber keine Anzeichen von Stress. Irgendwie erinnert er mich optisch an Colin Firth. Von Morten hat Lilly ihre Größe und die warmen dunklen Augen geerbt. Er steuert den Wagen ruhig und gelassen Richtung Flughafen, und genauso unaufgeregt steuert er auch alles andere.

»Reisepass?«, fragt er Lilly mit väterlicher Autorität.

»Hab ich«, piepst unser Küken. Es klingt etwas kläglich.

»Flugticket?«, macht Morten weiter und tut, als merkte er nichts davon.

»Check!« Lillys Stimme klingt schon ein bisschen sicherer.

»Adresse der Gasteltern?«

»Jawoll!« Jetzt hat Lilly sich wieder voll im Griff.

»Gastgeschenk?«, hakt Morten nach.

»Jep.«

»Adresse der nächstgelegenen deutschen Botschaft?«

»Papaaa!«, protestiert Lilly. »Die brauch ich garantiert nicht.«

»Hast du sie?«, beharrt Morten völlig ungerührt.

»Jaaa!« Ich muss mich nicht umdrehen, um zu wissen, dass Lilly gerade die Augen verdreht.

»Aufblasbares Reisekissen, Ohrstöpsel, Kaugummi?«, fragt Morten weiter.

Er fliegt mehrmals im Jahr zu wissenschaftlichen Kongressen in die Staaten und weiß, was man auf Langstreckenflügen braucht.

»Keine Ohrstöpsel. Ich kann immer schlafen. Auch bei Lärm«, verkündet Lilly. Was stimmt, so war sie schon als Baby. »Aber wieso Kaugummi?«, will sie wissen.

»Um den Ohrendruck bei Start und Landung auszugleichen.« Morten setzt den Blinker und zieht an einer Lastwagenkolonne vorbei. Sein Blick ist ruhig, seine großen, schlanken Hände liegen entspannt auf dem Lenkrad. »Der Druckunterschied kann sehr unangenehm sein. Aber macht nix, Prinzessin, wir kaufen dir Kaugummi am Flughafen.« Jetzt wendet er sich an mich. »Und dir besorgen wir Taschentücher, Anna.«

»Was? Wozu?«, fahre ich auf.

»Zum Reinschniefen.« Morten wirft mir einen Seitenblick zu und grinst.

»Ich brauch keine. Mir geht's prima«, behaupte ich.

»Klar«, sagt er. »Deswegen krallst du dich ja auch am Türgriff fest.«

Tatsächlich, das habe ich gar nicht gemerkt. »Das liegt an deinem Fahrstil«, sage ich. Obwohl ich weiß, dass es nicht stimmt.

Morten grinst wieder. »Kann gar nicht sein. Ich fahr wie ein junger Gott.«

Jetzt bin ich es, die die Augen verdreht.

»Mama, mach nachher bloß kein Drama, okay?«, kommt es von hinten.

»Als ob!«, sage ich und löse die Hand, die den Griff umklammert hat. »Warum sollte ich? Ich weiß doch, dass es dir in der Gastfamilie supergut gehen wird. Kein Grund zur Sorge.«

»Na, Empty-Nest-Syndrom und so«, gibt Lilly zurück. »Du wirst furchtbar trauern, wenn deine Küken beide weg sind. Liest man doch überall.«

Ich lache laut auf. »Das ist eine Erfindung von Therapeuten, die Kundschaft brauchen. In Wahrheit ist alles ganz anders. Die Pubertät ist ein ganz natürlicher Ablösungsprozess. Danach starten nicht nur die Kinder, sondern auch die Eltern in eine neue, spannende Lebensphase. Hey, da fällt mir ein Witz ein. Kennt ihr den mit dem Rabbi und dem Beginn des Lebens?«

Sie kennen ihn nicht. Ich räuspere mich und lege los. »Ein Rabbiner, ein katholischer und ein evangelischer Geistlicher werden gefragt, wann ein menschliches Leben beginnt. Der Katholik sagt: zweifelsfrei mit der Befruchtung der Eizelle. Der Protestant betont: Das Leben beginnt mit dem Entstehen eines erkennbaren Embryos. Der Rabbiner denkt kurz nach und meint schließlich: Das Leben fängt eigentlich erst an, wenn die Kinder aus dem Haus sind und der Hund tot ist.«

Kurz ist es ganz still, dann lacht Morten.

Lilly nicht. »Sehr witzig«, sagt sie.

Vermutlich denkt sie an unseren alten Hund Sam, der vor zwei Jahren seine letzte Reise in die ewigen Kaninchenjagdgründe angetreten hat. Und vielleicht würde sie in diesem Moment sogar gern ein bisschen Abschiedsschmerz bei ihren Eltern spüren. Den wir natürlich auch empfinden, und zwar beide, ist ja klar. Aber zugeben werden wir das nicht, das ist ebenfalls sicher. Gebt euren Kindern Wurzeln und verleiht ihnen Flügel – dieses Einmaleins der Elternschaft haben wir drauf, dagegen werden wir garantiert nicht auf den letzten Metern verstoßen. Unserem Küken kleben ja noch die Eierschalen hinter den Ohren. Lilly wird ganz bestimmt Heimweh bekommen, sobald wir aus ihrem Blickfeld verschwunden sind. Und deswegen muss der Abschiedsschmerz von Anfang an so klein wie möglich gehalten werden. Sie hat sich vorgenommen, dieses Jahr zu schaffen, und wir werden sie dabei unterstützen. Punkt.

Und so kommt es dann auch. Im Moment des Abschieds bleibt Mortens Miene unbewegt, und meine Augen sind komplett trocken. Schnell noch dicke Küsse auf beide Wangen. Und tschüss. Kurz blicken wir unserem Kind nach, das mit seinem schweren Rollkoffer auf die Gruppe der anderen Schülerinnen und Schüler zurumpelt, die schon vor der Sicherheitskontrolle warten. Ich finde, dass Lilly plötzlich sehr klein und blass aussieht. Trotzdem winke ich ganz cool ein letztes Mal, dann wenden wir uns ab und gehen zum Auto zurück.

Wir halten uns auch auf der Rückfahrt gut, sind nur ein bisschen schweigsam. Und zu Hause machen wir alles wie immer. Na gut, vielleicht nicht ganz wie immer. Wir hängen unsere Jacken etwas langsamer als sonst auf, ziehen die Schuhe mit einem Seufzen aus, und hören den Anrufbeantworter etwas nervöser als üblicherweise ab.

»Hallo, hier ist Mutti«, bellt meine Schwiegermutter mit Feldwebelstimme aus dem Lautsprecher. Mutti. Das verkleinernde I kommt mir in etwa so passend vor wie ein Klecks Sahne auf einer geladenen Kalaschnikow. »Der Rasenmäher ist kaputt. Der Kompost riecht komisch. Die Rosen haben Läuse, und der Gärtner ist seit Wochen krank. Morten, du hast ja jetzt mehr Zeit, weil beide Kinder weg sind. Am Samstag passt es mir gut.« Klick. Weg ist sie.

Morten reibt sich nachdenklich das Kinn. »Ich glaub, der Gärtner ist gar nicht krank. Er hat sich falsche Papiere besorgt und ist abgetaucht«, sagt er.

Ich wiege zweifelnd den Kopf. »Vielleicht hat er es auch nur versucht, und sie hat ihn dabei erwischt. Und vielleicht riecht der Kompost jetzt deswegen komisch. Grab da lieber nicht zu tief.« Morten lacht.

»Und? Gehst du hin?«, frage ich, obwohl ich die Antwort kenne.

Er seufzt. »Hab ich eine Wahl?«

Na ja. Genau genommen hat man die immer. Aber egal. Wir haben das oft genug diskutiert, jetzt soll uns der Schwiegertiger nicht den ersten zweisamen Abend verderben.

Wenig später hat sich die Betriebsamkeit des Tages in unserer Straße gelegt. Die Rasenmäher sind verstummt, die Kinder im Nachbargarten werden hereingerufen. Morten und ich sitzen im Wohnzimmer in unseren weißen Ledersesseln, die wir angeschafft haben, als unsere Kinder groß genug waren, um nicht mehr mit Fettpfoten darauf herumzuturnen, und der Hund alt genug, um nicht mehr mit Dreckpfoten draufzuspringen. Jeder von uns hat ein Glas Whisky in der Hand, ohne daraus zu trinken. Aus der Standuhr tropft die Zeit.

Morten ist der Erste, der die Stille nicht mehr aushält.

»Jetzt fängt also unser Leben an«, sagt er betont munter.

Tja. Und das ist der Moment, in dem ich zu weinen beginne.

»Hey, Anna«, sagt mein Mann erschrocken. »Nicht weinen. Lilly geht's gut. Alles okay.«

Aber nichts ist okay. Weil ich nämlich in Wahrheit überhaupt nicht wissen kann, ob es Lilly in dieser fremden Gastfamilie gefallen wird. Weil ich nicht mal sicher sein kann, dass es ihr im Flugzeug gut geht, sie ist ja noch nie geflogen. Vielleicht wird ihr schlecht. Und dann bin ich nicht da. Und ich weine auch, weil ich bei Lillys erstem Flug gern dabei gewesen wäre. So wie bei ihrem ersten Atemzug, ihrem ersten Wort, ihrem ersten Schritt, ihrem ersten Liebeskummer.

Morten versucht, mich zu trösten, aber ich bin untröstlich. Und das, obwohl ich sonst überhaupt nicht weinerlich bin.

»Das war ein anstrengender Tag«, sagt Morten und streichelt meine Hand. »Kein Wunder, dass du platt bist. Wirst sehen, morgen sieht alles ganz anders aus.«

Ja, das ist es, was Morten sagt. Und er hat ja vielleicht auch recht. Es reicht mir nur nicht. Ich will jemanden haben, der mir was von Bienenpos und Hirten erzählt, wenn ich traurig bin. Oder wenigstens eine Flöte. Verdammt.

Internet-Suchverlauf von Mortens Smartphone an diesem Abend

Heute
Flugverlauf Flugnummer 204 anzeigen
Michigan Kriminalität
Michigan ärztliche Versorgung
Michigan Deutsche Botschaft
Erfahrungen Auslandsjahr Michigan
Empty-Nest-Syndrom Wikipedia
Empty-Nest-Syndrom Väter
Golfspielen Kosten
Empty-Nest-Syndrom Symptome Mütter
Was tun, wenn Frauen weinen
Was tun, wenn der Kompost stinkt
Was tun, wenn man nicht einschlafen kann

KAPITEL 2

Pling. Mein Handy. Beim Frühstück erreicht mich eine Sprachnachricht meiner besten Freundin Christina. Ich tippe auf das kleine Dreieck auf dem Display.

»Hey, Anna!«, höre ich Christinas Stimme. »Du, kurz eine Frage: Ich bin ja im Gesamtelternbeirat, und wir sind für die Organisation des Buffets beim Schulfest zuständig. Motto: Zero Waste. Ja, und gerade fragen wir uns, ob wir die anderen Eltern vor Muffins warnen sollten. Weil, die sind ja echt unökologisch. Oder kennst du vielleicht nachhaltige Muffinförmchen? Am besten essbare.«

Hmmm. Kenne ich nicht. Aber die gibt es bestimmt. Das ist allerdings momentan nicht mein dringendster Gedanke. Ich frage mich vielmehr, ob Christina hier irgendwo eine Überwachungskamera installiert hat. Ich habe nämlich gerade in einen Muffin gebissen. Einen mit Papierumhüllung. Peinlich. Und ich finde, man sollte unbedingt vor denen warnen – nicht nur aus ökologischen Gründen, sondern auch aus psychologischen. Das sind nämlich fiese kleine Killer in niedlicher Bällchenform. Die tun so, als wären sie tröstlich, doch in Wahrheit sind es tickende Teigbomben. Du beißt in das süße, fluffige Schokogebilde und fühlst dich gleich besser. Aber wenn du mehr als eins isst, wird dir total schlecht. Und in schwierigen Lebenssituationen kannst du einfach nach dem ersten nicht aufhören. Nach dem zweiten auch nicht.

Für mich allerdings kommt jede Warnung zu spät. Eins,

zwei, drei, vier Muffinförmchen stapeln sich schon neben meinem Teller. Und essbare Hüllen wären für mich keine Option gewesen. Hätte ich die auch noch vertilgt, wäre ich inzwischen geplatzt. Ich bin nämlich definitiv in einer schwierigen Lebenssituation, und das, obwohl Lilly uns längst im Familienchat mitgeteilt hat, dass sie gut angekommen ist und alles toll findet.

Vergiss die Muffins, schreibe ich zurück. *Nimm Stangensellerie. Aus der Region. Vegan gedüngt, also ohne Tiermist. Und dazu Quellwasser.*

Hahaha, antwortet Christina.

Okay. Nicht witzig. Geb ich zu. Das könnte daran liegen, dass mir überhaupt nicht lustig zumute ist. Und dass ich plötzlich total neidisch auf Christina bin.

Komisch, ich hab solche Kuchenbuffets auch oft organisiert, und ich hab sie immer gehasst, weil sie so sinnlos sind. Da backen hochqualifizierte Frauen im besten Karrierealter Hunderte honiggesüßter Dinkelbrownies mit Zutaten aus dem Unverpacktladen und verkaufen sie bei einem furchtbar langweiligen Schulfest an übermotivierte Unterstufeneltern, während sich ihr Nachwuchs, dem sie damit ein leuchtendes Beispiel geben wollen, auf den Sportplatz verkrümelt, um da heimlich Energydrinks und Fast-Food-Burger in sich reinzustopfen und den Müll dann einfach fallen zu lassen.

Aber jetzt will ich plötzlich genau das. Verflixt, ich will auch beim Schulfest helfen. Allerdings wäre das seltsam, ich habe seit gestern kein Kind mehr an dieser Schule, zumindest für ein Jahr. Und danach darf ich bestimmt nicht mehr auf Schulfeste, weil Lilly dann in der Oberstufe ist und so was peinlich finden wird. Autsch, allein der Gedanke. Schnell knabbere ich ein bisschen an Muffin Nummer fünf, um der Situation die Bitterkeit zu nehmen. Und überlege kurz, ob ich mich heimlich aufs Schulfest schleichen soll. In einem Trenchcoat mit hochgeklapptem Kragen und einer wagenradgroßen Sonnenbrille auf der Nase. Ich könnte mich am Rande des Kuchenbuffets rumdrücken und, wenn keiner guckt, ein paar meiner veganen Nussecken unter die Ware schieben, mein berühmtes Spezialrezept. Aber das ist natürlich Quatsch. Stattdessen beiße ich ein weiteres Mal in Muffin Nummer fünf. Örks. Mir ist schlecht.

»Guten Morgen, mein Schatz!«

Morten schmatzt mir einen Kuss auf die Wange und schnappt sich den letzten Muffin. Seine Augen strahlen, er ist frisch rasiert, sein Aftershave riecht nach Freiheit und Abenteuer. Jetzt lässt er sich auf seinen Stuhl fallen, greift nach der Zeitung, schlägt sie auf und lässt den Blick über die Schlagzeilen wandern.

Das ist seltsam. Normalerweise ist Morten ein Morgenmuffel. Er braucht Stunden, um auf Betriebstemperatur zu kommen, und die Zeitung liest er morgens nie. Er ist schließlich Historiker, Ereignisse interessieren ihn immer erst dann, wenn alle Beteiligten tot sind. Ihm reicht es, abends ein bisschen darin zu blättern und täglich die Tagesschau zu sehen. Außerdem steckt Morten mit dem Kopf eigentlich immer im akademischen Elfenbeinturm und vergisst normalerweise, dass ich ihm ein Aftershave gekauft habe. Ich glaube, er vergisst sogar oft, dass es Aftershaves gibt.

Ich räuspere mich, um seine Aufmerksamkeit zu wecken, doch ohne Erfolg. Im Moment scheint er vergessen zu haben, dass es mich gibt.

Ich hüstle.

Morten merkt es nicht.

Ich simuliere einen Hustenanfall, und endlich blickt er auf. »Krümel im Hals?«, fragt er freundlich, erhebt sich und will mir auf den Rücken klopfen.

Ich nicke, als ob es das gewesen wäre, und höre mit dem Husten auf.

Morten sinkt zurück auf seinen Stuhl. Jetzt müsste er mich eigentlich ansehen und merken, wie schlecht es mir geht.

Aber er tut nur Ersteres. Letzteres nicht. »Wo ist denn mein zweiter Muffin?«, fragt er.

In jeder Packung sind sechs, und traditionell bekommt jeder zwei. Dass ihm seit gestern drei zustehen, hat er noch nicht realisiert.

»Hab ich verschlungen«, sage ich trotzig. »Nervennahrung. Schon vergessen? Ich bin eine Ex-Mutter auf Entzug.«

Jetzt fällt ihm wieder ein, dass da was war. »Neue Nachrichten von Lilly?«, will er wissen. Der Blick seiner dunklen Augen wirkt plötzlich besorgt.

»Nein, die schläft jetzt«, sage ich. »Bei ihr ist es gerade zwei Uhr nachts.«

»Ach, gut.« Er wirkt erleichtert. »Du, ich muss los!«

»Wie jetzt?«, frage ich entrüstet. »Du gehst in die Uni?«

Er sieht mich fragend an. »Ja, wohin denn sonst?«

»Ich dachte, heute fängt unser neues Leben an«, sage ich und picke mit den Fingern ein paar Muffinkrümel von meinem Teller. »Da kann man doch nicht einfach weitermachen wie bisher. Das muss man doch an irgendwas merken.«

Morten mustert unsicher mein Gesicht. »Woran denn?«, will er wissen.

»Ja, was weiß denn ich?«, fahre ich ihn an.

Am liebsten hätte ich gesagt: Hey, hier sitzt deine Frau mit rotgeweinten Augen, los, tu was, mach mich wieder froh, egal, wie. Aber das wäre kindisch und unreif, außerdem würde es bei Morten nicht funktionieren. Er würde nur fragen: »Wie denn?« Und wenn ich darauf eine Antwort hätte, bräuchte ich ihn jetzt nicht. Dann könnte ich das nämlich selbst erledigen.

Morten wirkt plötzlich ein bisschen bedröppelt. Er mag keinen Streit, er ist ausgesprochen harmoniesüchtig.

Prompt schäme ich mich für meinen unfreundlichen Ton. »Ich finde, wir müssten an so einem Tag bewusst irgendwas anders machen als sonst«, überlege ich laut. »Das sollte ein Neuanfang sein. Du kannst jetzt nicht einfach wie immer an die Uni gehen. Musst du doch auch gar nicht, du hast in diesem Semester keine Vorlesungen. Stattdessen könntest du überlegen, was du schon immer tun wolltest. Dann könntest du die Weichen dafür stellen.« Und damit auch wirklich bei ihm ankommt, was ich meine, sage ich es so, dass es selbst ein Geschichtsprofessor kapiert. »Das hier ist jetzt so was wie die Stunde Null unseres Lebens, verstehst du? Alles, was unseren Alltag bisher bestimmt hat, ist weg. Und jetzt müssen wir neue Gewohnheiten finden. Neue Verträge aushandeln. Neue Pläne schmieden.«

Endlich habe ich Mortens volle Aufmerksamkeit. Er runzelt die Stirn. »Stunde Null ist hier als Begriff nicht ganz korrekt«, sagt er und bekommt sofort seine Professorenstimme. »Damit bezeichnet man einen Moment des Zusammenbruchs. Alles liegt in Schutt und Asche, der Wiederaufbau steht an. Was wir hier haben, ist ja ein positiver Neubeginn. Man könnte eher vom Beginn einer neuen Ära sprechen.«

»Von mir aus«, sage ich, obwohl ich mich durchaus wie eine Trümmerfrau fühle. »Auf jeden Fall müssen wir jetzt noch mal zurück auf Start.«

»Du meinst …«, beginnt Morten, bricht dann aber ab.

Ich nicke. »Ich muss heute auch nicht arbeiten, ich kann den Newsletter genauso gut morgen fertig machen. Wir beide, du und ich, wir fangen jetzt ganz neu an.«

»Und wie?«, fragt er vorsichtig.

Ich zucke mit den Schultern. »Ganz, wie du willst.«

Er denkt kurz nach, dann erhebt er sich. »Hast recht. Ich schreib kurz eine Nachricht an die Bärin, dass ich heute nicht komme.« Die Bärin ist Frau Bär, Mortens Sekretärin an der Uni, eine resolute Endfünfzigerin mit goldenem Herzen, ohne die an Mortens Institut gar nichts läuft und die ohne Weiteres in der Lage ist, den Betrieb dort allein zu wuppen. Zufrieden reibt Morten sich die Hände. »Mir gefällt der Gedanke, neu anzufangen, richtig gut«, sagt er lächelnd. »Wir können jetzt die Karten ganz neu mischen und endlich alles tun, was wir schon immer wollten, aber wegen der Kinder nie konnten.«

»Genau.«

Schon ist er weg.

Und mir geht es ein bisschen besser. Nicht, weil Morten weg ist, sondern weil er jetzt begriffen hat, dass etwas passieren muss. Auf einmal freu ich mich sogar auf diesen ersten Tag ohne Lilly. Weil ich gespannt bin auf Mortens Pläne. Und auf alles, was vor uns liegt.

Aus der Vogelperspektive betrachtet muss ich jetzt einfach sagen: Ja, ich hab beim Abflug des Nesthäkchens ein paar Federn gelassen, aber jetzt werde ich wie Phönix aus meiner eigenen Asche auferstehen und Morten gleich wie aus dem Ei gepellt entgegentreten. Beflügelt eile ich ins Badezimmer.

Hmmm. Der Blick in den Spiegel ist ernüchternd. Krähenfüße. In meinem Gesicht. Tja, wenn man mit zwanzig weint, sieht man schon eine Stunde später wieder wie immer aus. Ich bin allerdings deutlich sichtbar keine zwanzig mehr. Auch keine dreißig. Nicht mal … Ach egal. Im Moment sehe ich auf jeden Fall doppelt so alt aus wie sonst. Mensch, ich muss mir echt angewöhnen, anders zu trauern.

Nach einer Bürstenmassage und ganz viel kaltem Wasser im Gesicht geht es wieder. Oder sagen wir mal so: Mehr geht nicht. Ich stecke meine Haare hoch und hoffe, dass die Frisur ein bisschen von meinem Gesicht ablenkt. Und damit alles perfekt ist, ziehe ich mein Lieblingskleid an, das rote mit dem schwingenden Rock.

Schon klar, nach mehr als zwanzig Ehejahren geht es eigentlich mehr um innere Werte, aber Äußerlichkeiten dürfen nicht unterschätzt werden. Weiß doch jeder, dass man sich als Ehepaar nicht gehen lassen soll. Außerdem beschließe ich, dass ich heute ein wahrer Sonnenschein sein werde. Egal, was Morten vorschlägt, ich werde es wundervoll finden. Und mitmachen. Ich werde geistreich, energiegeladen und witzig sein. Und ich werde versuchen, ihn wieder so anzusehen wie früher. Also, ihm tief in die Augen zu blicken, statt ihn rasch zu mustern und dabei abzuchecken, ob irgendwo ein Krümel hängt oder ob sein Kragen schief sitzt.

Als ich so weit bin, ist von Morten immer noch nichts zu hören oder zu sehen. Deswegen beziehe ich noch schnell unser Bett frisch. Nur für den Fall der Fälle.

An: **paula.baer@em.uni-frankfurt.de**
Betreff: **Neue Ära**
Von: **mortenhardenbjerg@gmail.com**

Guten Morgen, Frau Bär,

ich arbeite heute im Homeoffice und komme nicht ins Büro. Bitte vereinbaren Sie mit Herrn Klink bezüglich seiner Masterarbeit zeitnah ein neues Treffen. Vielen Dank.
Ansonsten hatte ich heute keine Besprechungen, soweit ich weiß. Bitte sehen Sie aber sicherheitshalber meinen Kalender durch und sagen gegebenenfalls die Termine ab. Ich brauche den Tag dringend, um die kommenden Wochen und Monate zu planen.
Danke.
By the way: Ich werde die Einladung zu dem Kongress der Glücksforscher in Kopenhagen doch annehmen. Bitte setzen Sie ein Schreiben auf, dass ich mich über die Anfrage sehr freue und gerne einen Vortrag zum Thema »Glück im Wandel der Zeit – subjektive Zufriedenheit vor dem Hintergrund objektiver Ereignisse« halten möchte. Ich unterschreibe Montag.
Bitten Sie außerdem den Kollegen Frerichs, mir die Statuten seines Golfklubs zukommen zu lassen, ich möchte dort Mitglied werden. Und noch etwas: Ab jetzt komme ich mit dem Rad zur Uni. Sie können deswegen ab sofort meinen Parkplatz benutzen, zumindest bei gutem Wetter.

Wir sehen uns Montag, younger than ever!

Morten Hardenbjerg

KAPITEL 3

Zwei Tage später. Sonntagmorgen, Viertel nach sieben. Christina und ich sammeln Pferdeäpfel auf. Das tun wir sonntagmorgens oft, ehrenamtlich auf dem Streichelbauernhof unseres Wohnviertels, und wir tun es gern. Die Koppel ist nämlich idyllisch an einem Bach gelegen, es gibt dort alte, knorrige Bäume, und wer wie wir ganz früh kommt, hört nur Bienen summen, Hummeln brummeln und Vögel zwitschern.

Die Pferde sind zu dieser Zeit zum Glück im Stall, was mir sehr entgegenkommt, denn ich habe seit einem Unfall panische Angst vor diesen Tieren. Ich hoffe, dass ich mich durch das Pferdeäpfelsammeln wieder an ihren Geruch gewöhne, und dann irgendwann auch an ihre Anwesenheit. Das wäre schön.

Wie immer schiebe ich die Mistkarre, Christina schippt die Haufen drauf, und dabei reden wir über die wirklich wichtigen Themen des Lebens. Nirgends geht das besser als hier.

»Und dann?« Schwungvoll wirft Christina den Inhalt der Schaufel in die Karre. »Was hat Morten dann getan?«

Ich stemme den Wagen an den Griffen hoch und steuere den nächsten Pferdeapfelhaufen an. »Dann ist er eine Stunde lang in seinem Arbeitszimmer verschwunden, und hinter der Tür war es ganz still. Nur einmal hab ich gehört, wie er telefoniert hat, aber ich habe leider nichts verstanden.«

»Du hast gelauscht.« Christina zieht eine Augenbraue hoch.

»Ich stand zufällig vor der Tür«, behaupte ich. »Hat mir aber nichts genützt. Er hat zu leise gesprochen, ich hab kein Wort verstanden. Anschließend ist er dann im Keller verschwunden und hat ewig lang unten rumgewerkelt. Ich dachte, dass er mich mit irgendwas überraschen will, und hatte ein bisschen Angst, dass ihm dabei was passiert, er hat ja zwei linke Hände. Aber ich hab nix gesagt. Ich hab mich sogar aufgehübscht, ich Idiotin!« Ich lasse die Schubkarre auf den Boden knallen, und im Gebüsch neben mir flattert eine Amsel auf. »Ungefähr eine Stunde später ist er dann mit seinem Rennrad über der Schulter wieder hochgekommen und hat gesagt, es sei super Wetter zum Radfahren. Daran hatte er also gewerkelt. Wobei, vermutlich hat er es nur abgestaubt und aufgepumpt. Für alles andere braucht er ja einen Experten.«

»Okay«, sagt Christina. »Und dann hat er *dein* Rad geholt. Und dich gefragt, ob du mitkommen willst.«

»Falsch.« Ich mache eine bedeutungsvolle Pause. »Er sagte, er würde zum Golfplatz fahren. Weil er sich den ansehen wolle. Ich kam in seinen Gedanken gar nicht vor. Er hat sein Rad an mir vorbeigetragen, und ich stand da in meinem Lieblingskleid wie bestellt und nicht abgeholt. Im wahrsten Sinne des Wortes. Und war sauer.«

Christina nickt. »Klar. Wer wäre das nicht gewesen?«

Ich schnaube wütend. »Du verstehst das sofort. Morten hat überhaupt nichts kapiert. Er war total überrascht, als ich ihm vorgeworfen habe, dass er nur an sich selbst denkt. Hat gesagt, *ich* hätte doch vorgeschlagen, dass er endlich mal machen solle, was er schon immer wollte.«

»Und? Stimmt das? Hast du das gesagt?«

»Ja«, räume ich ein. »Aber ich dachte natürlich, dass er schon lange was mit *mir* machen wollte. Und als dann auch noch rauskam, dass er sich im Herbst zu einer Tagung in Kopenhagen angemeldet hat und vorher noch eine Wandertour durch die Alpen plant, hat es mir echt gereicht.«

»Krass«, sagt Christina.

»Ja, oder?« Ich bin richtig dankbar, dass mich endlich jemand versteht. »Und wenn er so was schon macht, hätte er das doch wenigstens mit mir abstimmen müssen, finde ich. Das kostet ja alles Zeit und Geld. Das kann er nicht allein bestimmen.«

»Unbedingt«, sagt Christina. »Das geht gar nicht.«

»Eben.« Ich seufze abgrundtief. »Aber statt das zu kapieren, war Morten sofort auf hundertachtzig. Dann sag ich das eben alles wieder ab, hat er gefaucht. Dann mach ich eben nicht, was mir Spaß macht. Ist es das, was du willst?«

»Natürlich nicht«, sagt Christina.

»Natürlich nicht«, gebe ich ihr recht und schiebe die Karre ein Stück weiter. »Er kann ja von mir aus golfen. Und radeln. Und bergwandern. Und Tagungen besuchen, wo der Pfeffer wächst. Aber dass kein einziger seiner Wünsche was mit mir zu tun hatte, hat echt wehgetan.«

Christina nickt. »Klar. Und das hast du ihm dann erklärt.«

»Nein.« Ich wende mich ab, damit sie mein Gesicht nicht sehen kann, denn plötzlich werden meine Augen ganz heiß. »Ich hab gar nichts mehr gesagt, und er auch nicht. Wir haben uns kurz angestarrt, dann hat er sein Rad in den Keller zurückgetragen, ist in sein Arbeitszimmer gegangen und hat die Tür zugeknallt. Seitdem haben wir Bild ohne Ton.«

»Ihr habt was?«, fragt Christina.

»Na, wir reden nicht mehr miteinander. Seit zwei Tagen.«

»Wow. Das würde ich gar nicht durchhalten.«

Ich seufze. »Ich normalerweise auch nicht. Aber was willste denn da noch sagen? Ich kann doch nicht verlangen, dass er Zeit mit mir wollen soll.«

Wir sind jetzt am Ufer des Baches angekommen, und ich lasse mich mutlos auf einen Stein sinken. »Ich dachte, wir gehen gemeinsam zurück an den Ursprung unserer Ehe. In die Zeit, als wir noch frisch verliebt und kinderlos und voller Pläne waren. Aber was macht er? Geht zurück in die Zeit *vor* unserer Ehe. Nee, noch weiter zurück. In die Phase, bevor wir uns überhaupt gekannt haben. Da kann ich doch nichts mehr sagen. Da ist längst alles gesagt.« Christina setzt sich neben mich. Gedankenverloren pflückt sie ein Gänseblümchen und zupft die Blütenblätter ab. Das alte Spiel: Er liebt mich, er liebt mich nicht. Ich wende den Blick ab, denn ich will lieber nicht wissen, wie es ausgeht. »Vielleicht sind seine Gefühle für mich erloschen«, sage ich leise.

Eine Weile bleibt es neben mir still. Dann wirft Christina das zerrupfte Blümchen weg. »Hm«, brummt sie. »Muss nicht sein. Vielleicht solltest du das mal aus einem anderen Blickwinkel betrachten. Was Männer sagen und tun, ist ja nicht immer das, was sie denken und fühlen.«

»Meinst du?«

Hoffnungsvoll richte ich mich auf. Nichts wäre mir lieber als ein anderer Blickwinkel. Wenn nämlich alles wirklich so ist, wie ich es sehe, ist unsere Ehe so was wie die *Titanic*, und zwar *nach* der Kollision mit dem Eisberg. Und wie das geendet hat, weiß man ja.

»Ich hab neulich eine Studie gelesen«, fährt Christina fort. »Übers Empty-Nest-Syndrom. Und da stand, dass Väter unter dem Auszug der Kinder viel mehr leiden als Mütter. Die verlieren in dieser Lebensphase richtig messbar an Lebensmut.«

»Pfff«, sage ich. »Davon hab ich nichts gemerkt.«

Aufgebracht wische ich eine Ameise von meinem Bein.

»Vielleicht ist genau das euer Problem«, sagt Christina. »Also, ich meine, dass du das nicht gemerkt hast.«

»Wie jetzt?«, fahre ich auf. »Ich bin also auch noch schuld? Weil ich nicht merke, wie schlecht es dem armen, sensiblen

Morten geht? Der in Wahrheit vielleicht nur pfeifend und trällernd wandern, golfen und radeln möchte, weil er sonst vor Kummer erstickt? Der Morten, der nicht merkt, wie schlecht es mir geht? Ist es das, was du sagen willst?«

»Nein«, beschwichtigt Christina. »Natürlich ist Morten schuld. Ganz klar.«

»Eben.« Ich entspanne mich wieder.

Doch Christina ist noch nicht fertig. »Aber …«, fährt sie fort und wirft mir einen vorsichtigen Seitenblick zu, »… aber vielleicht deutest du sein Verhalten trotzdem falsch. Also, vielleicht kann Morten seine wahren Gefühle einfach nicht zeigen. Vielleicht weiß er *auch* nicht, wie eure Ehe ohne die Kinder weitergehen soll. Vielleicht ist er genau wie du traurig, weil sie weg sind. Und zieht sich wie ein verletzter Wolf in die Wildnis zurück. Um zu dir zurückzukommen, wenn die Wunden verheilt sind.«

»Oder um mit einer jungen Wölfin zurückzukehren, die Golf spielt und radelt und mit ihm sämtliche Höhen erklimmt, die das Leben zu bieten hat«, sage ich niedergeschlagen.

»Das kann natürlich auch passieren«, räumt Christina ein.

Diesmal wäre es mir lieber gewesen, wenn sie mir widersprochen hätte, aber das tut sie nicht.

An ihren Überlegungen könnte wirklich was dran sein. Morten kann tatsächlich schlecht über seine Gefühle reden. Manchmal hab ich den Eindruck, dass er sie gar nicht richtig fühlt. Sie scheinen eine Art diffuse Masse zu sein, die irgendwo in ihm herumwabert, mal düster, mal hell. Und zumindest der düstere Farbton ist ihm selbst ziemlich unheimlich – wenn er zu viel davon in sich hat, zieht er sich meistens zurück. Keine Ahnung, was passiert, wenn ausgerechnet in einem solchen Moment ein weibliches Wesen vorbeikommt, das ihn besser versteht als ich.

»Und was mach ich jetzt?«, frage ich hilflos. »Ich bin doch nicht seine Therapeutin. Der Mann ist vierundvierzig. Er muss doch so langsam mal lernen, mit seinen Gefühlen umzugehen.«

»Keine Ahnung«, sagt Christina. »Aber wenn er mein Mann wäre, würde ich mit ihm reden. Außerdem denke ich, du müsstest eigentlich auch selbst wissen …« Sie bricht ab.

»Was?«, hake ich nach.

Christinas Blick weicht meinem aus. »Mir ist da was aufgefallen«, sagt sie und wirkt plötzlich ein bisschen nervös. »Aber ist vielleicht nicht so wichtig.«

»Sag«, fordere ich sie auf, obwohl ich ahne, dass es jetzt unangenehm für mich wird. So unangenehm, wie die Wahrheit oft sein kann. »Ich will's echt wissen.«

Christina zögert, dann gibt sie sich einen Ruck. »Okay. Folgendes ist mir aufgefallen: Du hast eben mit keinem Wort erwähnt, was *du* jetzt machen willst. Also, wie sieht denn *dein* Neustart aus? Was ist es, was du planst? Und wo hättest du Morten gern dabei?«

Ich schaue Christina überrascht an. Wortlos. Weil ich nämlich keine Ahnung habe. Und weil mir das bis jetzt noch nicht aufgefallen ist.

Drei Stunden später. Sonntagmorgen, Viertel nach zehn. Morten und ich sitzen im Auto und fahren zu Jakob, der in Freiburg Philosophie und Politik studiert. Er wohnt in einer neuen WG und hat eine neue Freundin, Julia. Beide wollen wir kennenlernen.

Inzwischen sprechen wir wieder miteinander, müssen wir ja, alles andere wäre albern. Und ich will das auch. Nach meinem Gespräch mit Christina will ich Morten zum Reden bringen und verstehen.

Unsere ersten Gesprächsversuche sind allerdings noch ganz vorsichtig, es geht nur um Organisatorisches. Morten will wissen, ob ich Jakobs Schlafsack eingepackt habe, den will er haben. Und ich erkundige mich, ob Morten genug Geld oder seine ec-Karte dabeihat, damit wir die beiden irgendwo zum Essen einladen können. Ich habe nämlich mein Portemonnaie vergessen. Zum Glück hat er seins.

Dann werde ich mutiger. »Wie war's bei deiner Mutter?«

Er seufzt. »Wie immer.«

»Und? Stinkt der Kompost noch?«

»Er stank nie. Er riecht, wie Kompost eben riecht.«

»Und der Rasen?«

»Ist gemäht.«

Okay. Jetzt. »Dass die Kinder weg sind, ist irgendwie komisch«, beginne ich. Morten nickt. »Vermisst du sie?«, frage ich behutsam.

Morten denkt lange nach, dann holt er tief Luft. Doch bevor er etwas sagen kann, klingelt sein Handy, und auf dem Display des Navis erscheint in riesigen Buchstaben das Wort MUTTI.

Morten wirft mir kurz einen Blick zu, dann zuckt er mit den Schultern und sagt: »Sie wird ja doch nicht aufgeben.«

Er nimmt das Gespräch an.

»Morten? Bist du das?«, tönt die Stimme meiner Schwiegermutter durch die Boxen des Autoradios.

»Ja, wer sonst?«

»Was weiß denn ich, wer an deinen Apparat geht?«

»Ich bin es. Das haben wir ja schon geklärt. Was ist los?«

»Nur dass du es weißt, der Kompost stinkt immer noch.«

»Tut er nicht«, sagt Morten matt.

»Morten, widersprich mir nicht. Ich bin es schließlich, die gerade neben diesem Kompost steht und ihn aushalten muss. Er riecht wie eine Jauchegrube.«

»Warum interessiert dich das überhaupt?« Morten klingt jetzt deutlich genervt. »Der Kompost ist doch ganz hinten im Garten, und da bist du nie.«

»Jetzt zum Beispiel bin ich dort«, sagt seine Mutter würdevoll.

Morten verdreht die Augen. Und sagt: »Ich kümmere mich darum.«

»Wann?«

»Bald.«

»Ich komme darauf zurück.«

Es klickt in der Leitung. Sie hat aufgelegt.

»Worauf du einen lassen kannst«, sagt Morten leise zu sich selbst. Und dann lauter zu mir: »Das macht sie doch nur, um mich zu einem Besuch zu zwingen. Sie hat eine Biotonne, der Kompost ist so überflüssig wie ein drittes Nasenloch.«

»Das hab ich gehört«, sagt Mortens Mutter, die definitiv nicht aufgelegt hat.

Ich trau ihr sogar zu, dass sie mit Absicht ein klickendes Geräusch gemacht hat.

Morten zuckt zusammen. »Ich komme morgen«, sagt er schnell und beendet das Gespräch.

Danach sieht Morten aus, als hätte er Spinnen gefrühstückt, und mir ist klar, dass es nun klüger ist, jeden weiteren Gesprächsversuch zu verschieben.

Ich kurble meinen Sitz ein bisschen zurück und schließe die Augen, um nachzudenken. Christina hat ja recht. Ich weiß nicht, was ich von Morten will. Ich weiß nicht mal, was ich überhaupt will. Tu, was du wirklich willst. Das sagt sich so leicht. Aber jetzt merke ich, dass ich mir diese Frage nicht mehr gestellt habe, seit die Kinder auf der Welt sind. Was mich erschreckt. Kann das denn sein? Ich war doch nie eine dieser Mütter, die nach der Geburt ihrer Kinder alles aufgegeben haben, Beruf, Hobbys, Freunde. Im Gegenteil. Morten und ich waren sehr junge Eltern. Wir waren erst dreiundzwanzig und noch im Studium, als Jakob sich ankündigte. In unserem Freundes- und Bekanntenkreis waren wir die Ersten, und alle Freunde prophezeiten uns, dass wir uns jetzt verändern würden und damit für sie verloren wären. Wir würden bald nur noch über Windeln reden. Und Zähne. Und Nachtschlaf. Partys würden wir gar nicht mehr besuchen, stattdessen würden wir sie nachmittags zu Kaffee und Kuchen einladen. Und dabei dann über Waschmaschinen und Einbauküchen plaudern. Und über die Frage, ob Buche oder Erle für unsere geplante Wohnzimmerschrankwand hübscher sei.

Diese Unkenrufe hatten den Effekt, dass wir nach Jakobs Geburt genau das *nicht* taten. Ich schrieb meine Diplomarbeit fertig, Morten seine Dissertation, und wir besuchten weiter alle Partys, auf die wir eingeladen wurden. Wir nahmen unser sehr gemütliches, verträgliches Jakob-Baby einfach mit und legten es in fremde Betten, wo es problemlos einschlief. Wenn andere dabei waren, sprachen wir nie über unseren Sohn. Und über Windeln und Waschmaschinen schon gleich gar nicht. Kaffee und Kuchen gab es bei uns nie, die Nachmittage nutzten wir, um abwechselnd versäumten Nachtschlaf nachzuholen. Ich habe außerdem immer gearbeitet, auch als wir zwei Kinder hatten. Freiberuflich als Journalistin, und anfangs nur halbtags. Die große Karriere war das natürlich nicht, aber neben den Kindern gab es immer auch berufliche Aufgaben.

Trotzdem weiß ich plötzlich sicher, dass ich mich seit Jakobs Geburt nie mehr gefragt habe, was ich machen *will*. Nur noch, was ich machen *kann*. Es ist definitiv nicht mehr darum gegangen, welche Möglichkeiten ich *hatte*, sondern welche mir *blieben*, neben der Versorgung und Erziehung der beiden wichtigsten Geschöpfe der Welt. Und nun sind Jakob und Lilly weg.

Ich kann also wieder was wollen, aber ich weiß gar nicht mehr, wie das geht. Ich könnte beruflich durchstarten. Ich könnte reisen. Ich könnte mir wie Morten einen Sport suchen. Nur ist es das, was ich will? Verdammt, an der Stelle in meinem Gehirn, an der das Wollen sitzen müsste, ist nur ein blinder Fleck.

Leider schlafe ich über diesen Gedanken ein. Erst als Morten den Blinker setzt und wir die Autobahn verlassen, wache ich auf. Immer noch planlos.

Zwei Screenshots – gespeichert im Memo von Mortens Smartphone

Das kostet Sie der Einstieg in den Golfsport:

Im Einsteigerjahr in den Golfsport müssen Sie mit etwa zweitausendfünfhundert Euro rechnen. In den Folgejahren belaufen sich Ihre Kosten dann auf rund tausend Euro.

Ein Pferd ist teurer. Ein Skiurlaub samt Ausrüstung auch. Es ist uns daher nicht klar, warum ausgerechnet Golfspielen als teurer Nobelsport gilt.

DAS KOSTET EIN PLATZ IN UNSERER SENIORENRESIDENZ

Die Kosten umfassen Pflege, Betreuung und medizinische Versorgung durch Fachkräfte rund um die Uhr. Dazu kommen die Ausgaben für die Unterkunft, die Reinigung des Zimmers, das Waschen und Bügeln der Wäsche, die Veranstaltungen, die Verwaltung, der Hausmeister, Heizung, Strom und Wasser sowie fünf Mahlzeiten plus Getränke. Einen Teil der Kosten übernimmt die Pflegekasse. Den anderen Teil bezahlen Sie oder Ihre Angehörigen. Auf Sie entfallen in der Regel rund 2800 Euro monatlich.

KAPITEL 4

Das Navi dirigiert uns in die Straße, in der Jakob seit ein paar Monaten wohnt. Sie liegt in einer sehr schönen Gegend am Stadtrand, die mit ihren hübschen Häusern in großen Gärten fast ländlich wirkt.

Morten findet schnell einen Parkplatz, und wenig später stehen wir erwartungsvoll vor einer ziemlich verschrammten Haustür, an deren Klingel ganz viele Namen stehen, einer davon unserer, Hardenbjerg. Irgendwie ein seltsames Gefühl.

Drrrrt. Als ich den Knopf drücke, ertönt ein schrilles Schnarren. Mehr passiert allerdings nicht.

»Drück noch mal, die haben das nicht gehört«, sagt Morten.

Ich schüttle den Kopf. »Das müssen sie gehört haben. Mir sind ja hier draußen fast die Ohren weggeflogen. Vielleicht sind wir zu früh, und sie sind noch … indisponiert?«

»Zu früh?«, fragt Morten. »Es ist halb zwei.«

Plötzlich geht neben dem Haus ein Gartentörchen auf, und ein schlaksiger Typ mit filzigen braunen Rastalocken erscheint.

»Hey, da seid ihr ja«, sagt er mit einer Stimme, die ich auffallend gut kenne. Und da kapiere ich, dass der Typ in der abgeschnittenen Jeans und dem rostroten Schlabbershirt unser Sohn ist, mit neuer Frisur. Jakob grinst. Ich glaube, er sieht uns an, was wir denken, und ich bin stolz auf Morten und mich, weil wir es nicht aussprechen. Stattdessen umarmen wir ihn, und dabei stelle ich erleichtert fest, dass er sauberer riecht, als er aussieht. »Kommt doch rein, wir sind gerade alle im Garten«, sagt Jakob.

Wir folgen ihm durch das Törchen und kommen in ein blühendes Paradies. Rosen, Kräuter, Mohnblumen, Kornblumen, überall sprießt etwas. Rechts und links sehe ich Gemüsebeete, in denen tatsächlich Grünzeug in Reih und Glied wächst. Hinter einem Zaun picken ein paar Hühner, und weiter hinten sitzt eine Gruppe junger Leute auf der Wiese, alle blicken uns entgegen.

Ein zierliches Mädchen mit rötlichen Rastas steht auf, kommt auf uns zu und strahlt uns an. »Hey, Janaka!«, sagt sie zu unserem Sohn. »Dass das deine Eltern sind, sieht man ja sofort. Ihr seht euch total ähnlich.«

Jakob sieht aus, als hätte er das bis jetzt nicht gewusst und als wäre es ihm auch lieber gewesen, es nie zu erfahren. Aber er widerspricht nicht. »Das ist Janani«, sagt er und nickt dem Mädchen zu.

Wir geben ihr die Hand.

»Und wo ist deine Freundin?«, fragt Morten. »Ist sie hier? Wir würden Julia sehr gern kennenlernen.«

»Das *ist* Janani«, sagt Jakob noch einmal mit Nachdruck, und endlich kapiert Morten, dass unser Sohn seine Julia so nennt. »Und das sind meine Eltern, Anna und Morten.«

Jakobs Freundin ist es, die die Situation rettet. Lachend legt sie ihm die Hand auf den Arm. »Lass mich das erklären, okay?«, fragt sie ihn ganz lieb, und er schmilzt dahin wie Butter in der Sonne. Jetzt wendet sie sich an uns. »Wir geben uns in unserer WG spirituelle Namen aus dem Sanskrit. Sie beginnen mit demselben Buchstaben wie unsere Geburtsnamen, aber wir wählen sie nicht nach dem Klang, sondern nach der Bedeutung. Sie gibt unser wahres Wesen wieder. Ich bin deswegen Janani. Und Jakob heißt hier bei uns Janaka.«

Ich fühle mich wie im Musical *Hair*. »Und was bedeutet das?«, frage ich freundlich.

Janani lächelt geheimnisvoll. »Das müsst ihr selbst herausfinden. Intuitiv spürt ihr es vermutlich schon.«

Äh … Also, ich spüre nichts. Zumindest nichts Spirituelles. Irritation, das ja. Und Hunger. Aber ich wage es nicht, das zu äußern, zumal Morten gerade so durchgeistigt lächelt, als hätte zumindest er gerade eine echte Erleuchtung.

Wir begrüßen nun die anderen WG-Bewohner, deren Namen in meinen Ohren so ähnlich wie Krishna oder Shiva oder Yoga klingen, und die ich mir deswegen nicht merken kann. Daher bin ich nicht traurig, als sich einer nach dem anderen unter einem Vorwand ins Haus verdrückt, sodass wir schließlich nur mit Janani und Janaka auf der Decke im Garten Platz nehmen.

»Dürfen wir euch irgendwas anbieten?«, fragt Janani ganz oldschool. »Etwas zu trinken? Oder habt ihr Hunger?«

Das ist mein Stichwort. »Wir wollten euch gern zum Essen einladen. Gibt es hier irgendwo ein nettes Restaurant?«

»Die Mensa ist sonntags leider zu«, sagt Jakob … äh … Janaka. »Und wir gehen nie essen. Wir kochen grundsätzlich selbst oder wir bändern.«

»Bändern?«, hakt Morten nach.

»Wir holen uns Essen vom Rückgabelaufband in der Mensa«, erklärt Jakob. »Da stellen Leute oft halb volle Tabletts drauf. Und das Zeug ist meist sogar noch warm.«

»Warte mal.« Morten starrt seinen Sohn ungläubig an. »Du isst die Essensreste von anderen? In der Mensa?«

Janani zuckt lächelnd mit den Schultern. »Das tun wir alle«, sagt sie. »Das ist Resteverwertung. Wusstet ihr, dass deutsche Mensen jedes Jahr rund vierzigtausend Tonnen Essen in den Müll werfen? Und anderswo verhungern Menschen!«

»Aber … ist das nicht unhygienisch?«, frage ich.

Der Mann, der einst mein Sohn Jakob war, schüttelt den Kopf, dass die Rastas nur so fliegen. »Ich benutze immer eigenes Besteck. Und so ist das bestimmt nicht unhygienischer, als wenn mich in der Mensawarteschlange irgendwer anniesen würde.«

»Äh … ja«, sagt Morten. »Aber da die Mensa heute geschlossen ist, könnten wir doch vielleicht trotzdem …«

Nein. Können wir nicht. »Janaka und ich haben was vorbereitet«, sagt Janani. »Macht es euch hier noch ein bisschen gemütlich, wir bringen alles raus.«

Und schon sind die beiden katzengleich aufgesprungen.

»Sollen wir was helfen?«, ruft Morten ihnen nach, und versucht, mit einem ähnlichen Schwung aufzuspringen, was damit endet, dass er mit leisem Jaulen zurück auf die Decke sinkt.

»Lass lieber«, sage ich. »Vielleicht ist es ganz gut, wenn wir die hygienischen Bedingungen in der Küche vorm Essen nicht sehen.«

»Hmmm«, brummt Morten. »Plötzlich entstehen Bilder vor meinem inneren Auge, die ich nur schwer wieder loswerde.«

»Ganz fest an was Schönes denken«, empfehle ich ihm. »In einem Restaurant wüsstest du jetzt auch nicht, was im Küchenausguss lebt, welche räudige Katze der tuberkulosekranke Koch vor der Zubereitung deines Essens gekrault hat und wo er sich danach noch gekratzt hat.«

»Du machst es mir leicht, an etwas Schönes zu denken«, sagt Morten sarkastisch.

Nach einer gefühlten Ewigkeit bringen die beiden Rastaträger auf einem Tablett vier Schälchen in den Garten, die sie vor uns auf die Decke stellen. »Vorsicht, heiß!« Darin erkenne ich etwas Grünes mit Käse, das ausgesprochen lecker nach Knoblauch duftet.

»Brokkoligratin«, sagt Jakob. »Mit unserem eigenen Brokkoli, dem ersten in diesem Jahr. Eigener geht's gar nicht.« Er grinst Janani an.

»Echt?«, frage ich beeindruckt. »Ihr habt den angebaut?«

Die beiden nicken, und Janani weist auf eins der Beete. »Das ist unseres.« Sie teilt Gabeln aus und will gerade anfangen, da hält sie inne und betrachtet ihr Schälchen genauer. »Moment«, sagt sie. »Janaka, ich glaub, das ist deins. Da ist eine kleine Macke, die meins nicht hat.«

Jakob hebt vorsichtig seinen Napf an und mustert den Boden mit einem prüfenden Blick. Da scheint es wirklich irgendeine Markierung zu geben, denn jetzt nickt er.

»Hast recht«, sagt er. »Gut, dass du aufgepasst hast.«

Die beiden tauschen die Schälchen.

»Ist das nicht egal?«, will Morten wissen. »Ich meine, ihr esst in der Mensa von den Tellern total fremder Leute. Da kann es euch doch kaum stören, wenn ihr mal eure Schälchen vertauscht.«

Janaka und Janani wechseln rasch einen Blick.

»Das erklärst jetzt du«, sagt das Rastamädchen und knufft unseren Sohn in die Seite.

Wieder schmilzt er dahin. Wären wir nicht da, hätte er sie jetzt garantiert geküsst.

»Na ja«, sagt er und wirkt ein bisschen verlegen. »Wir haben alle unseren eigenen Brokkoli. Weil wir ihn mit Urin düngen, jeder mit seinem.«

»Haha, witzig«, sage ich amüsiert.

»Kein Witz.« Janani lächelt mich lieb an und beginnt zu erklären. »Jeder von uns hat sein eigenes Gemüse und gießt es mit Eigenurin. So entwickeln die Pflanzen ganz individuelle Antikörper. Wenn man dann seinen eigenen Brokkoli isst, stärkt das das Immunsystem und hilft gegen viele Krankheiten. Das ist so etwas wie eine pflanzliche Impfung, verstehst du?«

Wir starren sie an. »Ist das nicht … ziemlich eklig?«, fragt Morten.

»Du isst seit Jahrzehnten Gemüse, das mit Schweine- und Kuhkacke gedüngt wurde«, sagt Janani sanft. »Klingt in meinen Ohren viel ekliger. Der Urin eines gesunden Menschen ist keimfrei. Und er ist für stark zehrende Pflanzen der beste Dünger der Welt. Jedes Jahr werden Millionen Liter davon ungenutzt in die Kanalisation gespült, stattdessen verseuchen wir unsere Nahrung mit antibiotikaangereicherten Tierausscheidungen und Chemie. Das ist doch absurd.«

Eine Weile ist es ganz still. Dann räuspert Morten sich. »Und der Brokkoli für die Gäste? Wie … wurde der …?«

Jakob-Janaka zwinkert ihm zu. »Mit Hühnermist«, sagt er. »Kannste ruhig essen, Papa, wenn's dir bei dem Gedanken wohler ist.«

»Guten Appetit allerseits«, wünscht Janani fröhlich in die Runde, in der zwei von vier Essern plötzlich auffallend langsam kauen.

Vier Stunden später sitzen wir wieder im Auto. Wir haben an diesem Nachmittag noch Kamillentee aus selbst geernteten Blüten getrunken und nicht gefragt, ob und wie die Pflanzen gedüngt wurden. Wir haben Janakas Zimmer besichtigt, in dem es außer einer überdimensionierten Matratze am Boden gar keine Möbel gab. Und wir haben auch die Küche gesehen, die übrigens ausgesprochen sauber war, genau wie das Bad.

Danach sind wir alle vier zusammen durch Freiburgs Altstadtgassen gebummelt, und Morten und ich haben es geschafft, die beiden Studenten wenigstens zu einem Fairtrade-Espresso einzuladen.

Als wir auf die Autobahn auffahren, stelle ich endlich die Frage des Tages. »Und?«

»Was, und?«, entgegnet Morten.

»Na, was sagst du zu Jakob?«, frage ich ungeduldig.

»Was soll ich zu ihm sagen?«

Das Gespräch, wenn man es so nennen will, beginnt mich jetzt schon zu nerven. »Das war doch nicht Jakob, den wir da eben im Garten getroffen haben. Ich hätte ihn fast nicht wiedererkannt.«

»Na ja, es war Janaka, er probiert da jetzt eben was aus«, sagt Morten entspannt.

Ich ziehe eine Augenbraue hoch. »So einfach ist das?«

»Man muss es ja nicht unnötig komplizieren.« Morten gibt Gas und fährt auf die linke Spur.

»Aber das mit dem Pipi ist doch richtig widerlich, oder?« Ich bin das Gegenstück zu Mortens Gelassenheit.

»Eigenharnbehandlungen gab es schon im Mittelalter«, doziert Morten.

»Hey, im Mittelalter haben sie auch Mumien und Knochen aus Friedhofsgräbern pulverisiert und als Medizin eingenommen. Kein Grund, jetzt unsere Ahnen auszubuddeln, oder? Und dann das Bändern, oder wie das heißt. Das ist doch Bettelei.«

»Ach was«, meint Morten.

Mehr kommt nicht. Und mir wird klar, dass die drängendste Frage nicht lautet, ob das eben noch Jakob war. Viel entscheidender ist doch, ob das neben mir noch Morten ist. Der Vater, der einst sieben Kindergärten gegoogelt hat, bevor er Jakob im achten angemeldet hat. Der früher immer Angst hatte, dass eins unserer Kinder etwas Falsches isst, und der deswegen mit einem Institut für Kinderernährung eine aktenordnerfüllende Korrespondenz geführt hat. Aber wie soll ich herausfinden, was mit Morten los ist, wenn der Typ nur noch im Telegrammstil redet?

Um aus dieser Sackgasse zu kommen, ziehe ich mein Handy aus der Tasche und google den Namen Janaka. »Oje!«

»Was?«, fragt Morten von links.

»Nichts, warte mal kurz.« Ich gebe den Namen Janani ein.

»Auch das noch.«

»Was ist denn los?«

»Weißt du, was Janaka heißt? *Der, der viel bewirkt und erzeugt.*«

Morten lacht laut auf. »Ausgerechnet Jakob!«

»Ja, aber jetzt kommt's. Gleich vergeht dir das Lachen. Janani bedeutet *Gebärerin.* Im Zusammenhang mit unserem Erzeuger klingt das recht … fruchtbar.«

»Äh … ja«, sagt Morten.

»Sie verhüten mit natürlichen Methoden«, sage ich mit unheilvoller Stimme.

»Woher weißt du das?«, will Morten wissen.

»Da lag eine Broschüre auf Jakobs … äh … Janakas Fensterbrett. Natürliche Verhütung leicht gemacht.«

»Und wie geht das?«, fragt Morten.

Ich zucke mit den Schultern. »Keine Ahnung, ich konnte ja nicht gut darin blättern. Ich bin schließlich nicht wie deine Mutter. Ich misch mich nicht in alles ein.«

Morten nickt. Dann stellt er das Radio an.

Das ist doch nicht zu fassen, nicht einmal das bringt ihn zum Reden. Aber es ist, als wollte nicht nur ich, sondern auch eine höhere Macht ihn dazu zwingen, beim Thema zu bleiben. Aus den Boxen tönt Vogelgezwitscher. Eine Sprecherin mit süßlicher Stimme sagt, dass jetzt wieder überall Küken aus den Nestern fallen, was sie zu der Frage führt, was man mit den Piepmätzen machen soll, wenn man einen findet.

»Ich stehe hier neben dem Ornithologen Friedhelm Schoßbach von der Vogelauffangstation Weinheim. Herr Schoßbach, ist jedes Vogelküken, das irgendwo sitzt, ohne wegzufliegen, tatsächlich auf unsere Hilfe angewiesen?«

Eine Fistelstimme ertönt. »Äh … nein. Man muss da zwei Arten von Jungvögeln unterscheiden. Küken kommen hier bei uns meist nackt und blind aus dem Ei. Sie werden anfangs von ihren Eltern im Nest mit Nahrung und Wärme versorgt. Deswegen nennt man sie in dieser Phase Nestlinge. Fallen sie versehentlich aus dem Nest, brauchen sie unbedingt Hilfe. Wenn die Jungvögel dann aber kleine Federn besitzen und ihren ersten Flugversuch unternehmen, heißen sie Ästlinge. Sie kehren jetzt nämlich nicht mehr ins Nest zurück, sondern sitzen auf niedrigen Ästen im Gebüsch, bis sie richtig fliegen können. In dieser Lebensphase können sie sich zwar noch nicht selbst versorgen, aber die Eltern füttern sie auch außerhalb des Nestes pausenlos, und wir müssen nicht …«

»Ich schalt mal um«, sagt Morten und haut einen anderen Sender rein.

»Nein, das interessiert mich«, fahre ich ihn an und schalte zurück.

»Man muss leider sagen, dass die Ästlingsphase die gefährlichste Zeit im Leben eines Vogels ist«, fistelt der Vogelmann. »Nur allzu oft müssen die armen Eltern hilflos mitansehen, wie ihr hoffnungsvoller Nachwuchs von Katzen, Mardern und anderen Feinden gefressen wird.«

Ich quietsche leise auf und schalte das Radio aus. »Und du meinst wirklich nicht, dass wir uns mehr um Jakob kümmern müssten?«, frage ich.

»Um unseren Ästling?« Morten lacht. »Nein, das glaube ich nicht. Der übt gerade das Fliegen. Und wir füttern ihn ja, das heißt, wir überweisen ihm so viel, dass er davon leben kann.«

Er denkt kurz nach. »Du, da ist eine Tankstelle, da fahr ich mal eben raus.«

»Der Tank ist noch halb voll, außerdem ist Sonntag, und wir sind auf der Autobahn. Viel zu teuer«, sage ich.

»Trotzdem.« Er setzt den Blinker und fährt auf die rechte Spur.

Wenig später sehe ich im Rückspiegel, wie er den Tankdeckel öffnet und dann beim Tanken gelassen am Auto lehnt und mit seinem Handy daddelt. Ich höre den Zapfhahn klicken. Morten tippt weiter.

Als er sich wieder ins Auto setzt, erklärt er nichts, und ich frage ihn auch nichts. Soll er doch schweigen. Ich kann es ja doch nicht ändern.

WhatsApp-Chat auf Mortens Handydisplay

Morten Hardenbjerg

Hallo, Sohn, wie auch immer du genannt werden willst.
Hab dir eben ein bisschen Geld überwiesen, damit du dir Klamotten und Essen kaufen kannst. Es sollte auch noch für einen Tisch und ein paar Stühle reichen.
Liebe Grüße, dein alter Vater 20:35

Jakob Hardenbjerg

Hallo, alter Vater, wie auch immer du genannt werden willst.
Ich hab dir das »bisschen« eben zurücküberwiesen.
Ich brauch es nicht. Trotzdem danke.
Love, Janaka 20:39

Janaka? Pass auf dich auf, ja? 20:41

Klar, alter Vater. Du aber auch! 20:43

KAPITEL 5

Eine knappe Woche später können Morten und ich immer noch kein normales Gespräch führen. Jeder Versuch endet in einem hässlichen Streit mit Vorwürfen, Missverständnissen und Kränkungen, das geht von morgens bis abends so. Einig sind wir uns nur in einem einzigen Punkt: Das kann und darf so nicht weitergehen.

Aber was sollen wir tun? Schon bei dieser Frage endet unsere Übereinstimmung, und weil irgendwann einer nachgeben muss, damit überhaupt was passiert, sitze ich jetzt mit Morten beim Eheberater und fühle mich, als wäre ich im falschen Film.

Vor uns thront Dr. Harald Hinzel auf einem schwarzen Ledersessel hinter einer gläsernen Schreibtischplatte. Der hagere Mittfünfziger mustert Morten und mich durch runde, glitzernde Brillengläser, unter seinem Therapeutenblick sinken wir beide unwillkürlich tiefer in die grauen Sessel, die aussehen wie ein der Länge nach halbiertes, leicht schräg gestelltes Ei.

Das mit der Paartherapie war Mortens Idee, und er hat Druck gemacht, damit wir schnell einen Termin bekommen. Seltsam, wir haben uns schon oft wochenlang gestritten, ohne dass Morten auch nur mit der Wimper gezuckt hat. Aber diesmal war es anders. »Wir haben echt ein Problem«, hat er gesagt. Und für ihn war ganz klar, was man dann macht. Wenn eine Spülmaschine kaputt ist, wendet man sich an einen Elektriker, und wenn eine Ehe kaputt ist, geht man zum Eheberater. So einfach ist das für ihn.

Der durchsichtige Schreibtisch des Eheberaters ist bis auf ein zugeklapptes Notebook, einen kleinen Schreibblock, einen silbernen Kuli und eine braune Banane leer, und ich werde gerade voll und ganz von der absurden Frage beherrscht, ob diese Banane echt ist. Sie passt irgendwie nicht in das sterile Ambiente der Praxis, also ist das vielleicht Kunst. Am liebsten würde ich sie kurz berühren, um das zu klären, aber wahrscheinlich würde es dem Psychologen irgendetwas über mich verraten, das zu meinen Ungunsten ausgelegt werden könnte. Also lasse ich es. Ich habe sowieso schon genug damit zu tun, intelligent, freundlich und kommunikativ auszusehen, damit dieser Experte sofort erkennt, wer hier garantiert *nicht* die Ursache irgendwelcher Eheprobleme ist.

»Ich bevorzuge das Hamburger Sie«, sagt Hinzel. »Also die Anrede mit dem Vornamen, obwohl wir uns weiter siezen. Das bewirkt die optimale Mischung aus Nähe und Distanz. Sind Sie damit einverstanden?«

Morten und ich nicken.

»Gut.« Hinzel reibt sich zufrieden die Hände. »Wir beginnen mit ein paar Basics. Wie alt sind Sie?«

»Beide vierundvierzig«, sagen Morten und ich im Chor.

»Und was machen Sie beruflich?«

Ich zögere, und Morten antwortet zuerst. »Ich bin Historiker. An der Universität.«

»Aha. In welcher Position?«, hakt Hinzel nach.

»Professor«, sagt Morten knapp.

»Auszeichnungen? Zusätzliche Ämter? Veröffentlichungen in renommierten Fachzeitschriften?«

»Jep«, sagt Morten und presst die Lippen aufeinander.

Hinzel greift nach dem Kuli und macht sich eine Notiz. Dann wendet er sich an mich. »Und Sie, Anna?«

»Ich habe ursprünglich Biologie studiert, anschließend ein

Volontariat bei einer Zeitung gemacht und bin jetzt Journalistin. Ich arbeite im Homeoffice.«

»Aha. Und was machen Sie genau?«

»Ich schreibe jede Woche einen Newsletter für einen Zoo, der per Mail an die Mitglieder des Fördervereins und an die Presse verschickt wird. Darin stehen Termine, Aktionen, aber auch Reportagen über bestimmte Tiere und ihre Besonderheiten.«

»Ist das ein Fulltime-Job?«

Ich merke, wie ich ein bisschen schrumpfe, und schüttle den Kopf. »Teilzeit.«

»Wie viel Prozent?«

»Zwnzg«, quetsche ich hervor.

»Wie bitte?«, hakt Hinzel nach. Ich finde ihn echt unsensibel für einen Psychologen.

»Nur zwanzig«, sage ich und versuche, selbstbewusst zu klingen. »Wegen der Kinder.«

Hinzel nickt. »Wie viele Kinder haben Sie denn?«

»Zwei.«

»Und wie alt sind die Kleinen?«

»Sechzehn und zwanzig.«

»Aha«, sagt Hinzel und macht sich wieder eine Notiz.

»Ich habe noch einen ehrenamtlichen Job«, sage ich rasch. »Ich helfe auf einem Stadtteilbauernhof bei der Stallarbeit.«

Diese Info notiert Hinzel nicht.

Tja, für einen Eintrag ins *Who's Who* reicht mein Lebenslauf wirklich nicht. Mortens schon, er steht natürlich in so ziemlich jedem Nachschlagewerk mit wichtigen Persönlichkeiten, einschließlich Wikipedia. Eigentlich ist das kein Grund, rot zu werden. Warum erröte ich trotzdem? Ich starre die Banane an und hoffe, dass niemand was merkt. Morten zumindest fällt es garantiert nicht auf, der hat doch tatsächlich, während ich geantwortet habe, sein Handy aus der Tasche gezogen und schreibt irgendwem eine Nachricht.

Jetzt beugt Hinzel sich vor, stützt beide Ellenbogen auf die Glasplatte und legt die Fingerspitzen aneinander. »Gut, soweit die Basics. Morten, wir beginnen mit Ihnen.«

Erleichtert atme ich auf. Es ist nur gerecht, dass Morten anfangen muss, schließlich war das hier seine Idee. Außerdem gehört das mit dem Handy echt bestraft.

»Wann haben Ihrer Meinung nach die Probleme angefangen?«, will Hinzel wissen und lächelt Morten auffordernd an.

Der starrt unseren Eheberater plötzlich an wie ein Kaninchen eine hungrige Schlange. »Nun«, beginnt er zögernd und wirft mir einen Hilfe suchenden Blick zu. »Ich bin nicht sicher.« Er sieht mich geradezu flehentlich an. Aber ich bin fest entschlossen, ihm nicht beizuspringen. Sonst heißt es bestimmt gleich wieder, dass ich ihn nicht zu Wort kommen lasse. Morten seufzt. Dann holt er tief Luft. »Ich würde sagen … das könnte an dem Tag gewesen sein, als wir nach Freiburg gefahren sind, um Jakob zu besuchen. Also, Janaka. Das war letzten Sonntag. Jakob ist unser Sohn. Ich meine, Janaka. So heißt er inzwischen. Ach, egal.« Jetzt hat Morten sich verhaspelt und schweigt verwirrt.

Dr. Hinzel lehnt sich in seinem schwarzen Ledersessel zurück und formt aus Daumen und Zeigefingern eine Raute. »Was sagen Sie dazu, Anna?«, wendet er sich an mich. »Stimmen Sie Ihrem Mann zu, dass der Besuch bei Ihrem Sohn der Ausgangspunkt aller Probleme war?«

Ich finde es plötzlich unangenehm warm in diesem Raum. Und es riecht nach überreifer Banane. »Nein«, sage ich. »Angefangen hat das, als wir Lilly in Frankfurt ins Flugzeug gesetzt haben. Das ist unsere Tochter.«

»Das wäre dann also ganze drei Tage früher gewesen«, sagt

Morten mit einem süffisanten Lächeln. »Was bei der Diagnose garantiert einen gewaltigen Unterschied macht.«

Sein Handy, das er immer noch in der Hand hält, gibt ein leises Summen von sich, und er wirft einen Blick darauf.

»Ich meine nur, dass nicht Freiburg, sondern Frankfurt der Auslöser war und …«

»Das hat nichts mit den Städten zu tun«, unterbricht Morten mich scharf.

»Natürlich nicht.« Ich verdrehe die Augen. »Das weiß ich auch. Das waren kurze Stichwörter als Bezeichnung für bestimmte Tage beziehungsweise Situationen. Erklär mich bitte nicht für doof.«

»Sehen Sie, Herr Dr. Hinzel.« Morten hebt entschuldigend die Hände. »So geht das die ganze Zeit. Seit die Kinder aus dem Haus sind, streiten wir ständig um Kleinigkeiten.«

»Kleinigkeiten?«, fauche ich. »Es geht darum, dass du mir dauernd aus einer etwas ungenauen Formulierung einen Strick drehst, statt auf das einzugehen, was ich damit meine, was du nämlich sehr gut verstanden hast. Und dass du zu allem eine Meinung hast, aber auf jeden Fall eine andere als ich, was ich aber nur erfahre, wenn du dich dazu herablässt, den Mund aufzumachen und mit mir zu reden, was aber nur ganz selten der Fall ist, weil du zu einem großen Schweiger geworden bist. Und wenn du mal was sagst, ist es so, als würdest du in einer ganz anderen Welt leben. Das sind keine Kleinigkeiten!«

Puh, jetzt hab ich doch genau das getan, was mein Mann mir gern vorwirft. Ich habe einen Wortschwall losgelassen, ohne ihn zu Wort kommen zu lassen. Morten hat das nicht mal gemerkt. Er ist schon wieder voll und ganz damit beschäftigt, eine Handynachricht zu schreiben. Man muss echt kein Psychologe sein, um zu erkennen, dass das mit der Kommunikation zwischen uns nicht klappt.

Kurz ist es ganz still. Dann verschränkt Dr. Hinzel alle zehn Finger und lässt sie mit einer raschen Drehbewegung knacken.

Morten und ich zucken zusammen.

»Da haben Sie etwas sehr Wichtiges gesagt, Anna.« Hinzel nickt mir aufmunternd zu. »Fast jedes Paar hier vor meinem Schreibtisch kommt früher oder später zu der Einsicht, dass es keine gemeinsame Wahrnehmung der Welt hat, was immer zu Problemen wie den Ihren führt. Diese Erkenntnis ist ein ganz wichtiger Schritt auf dem Weg zu einer gemeinsamen Lösung.« Ein zufriedenes Lächeln umspielt seine Lippen.

Oha. Irgendetwas scheine ich gerade richtig gemacht zu haben. Das ist zur Abwechslung mal ein angenehmes Gefühl. Für mich jedenfalls, für Morten eindeutig nicht. Er schnappt nach Luft, dann legt er los.

»Sie meinen, dass man als Paar die Welt auf dieselbe Weise wahrnehmen muss, um keine Probleme zu haben? Ich soll also nur alles so sehen wie meine Frau, und schon ist die Sache geklärt?«

Ich erkenne einen aggressiven Unterton und befürchte Schlimmes. Aber wenigstens hat er das Handy zurück in die Tasche geschoben und ist voll und ganz bei der Sache.

»Nein, so meine ich das natürlich nicht.« Hinzel legt beide Hände flach auf die Glasplatte des Tisches und richtet sich in seinem Sessel auf. Er hat ausgesprochen schöne, ovale Fingernägel. »Zwei Menschen werden immer zwei Blickwinkel auf die Welt haben«, sagt er. »Aber wenn wir unsere Wahrnehmung schulen, können wir viele Gemeinsamkeiten erkennen. Und auf dieser Basis können wir kommunizieren.« Er lächelt uns an. »Wir machen jetzt eine kleine Übung. Ich darf Sie bitten, mir in den Behandlungsraum zu folgen.«

»Behandlung?«, fragt Morten fassungslos. »Ich dachte, hier geht es ums Reden.«

»Es geht ums Fühlen«, korrigiert Hinzel ihn und erhebt sich mit einer elastischen Bewegung aus seinem Sessel. »Ich habe hier einen speziellen Raum, in dem Sie sich ohne jede Ablenkung spielerisch auf Ihre Gefühle fokussieren können. Sehen Sie es einfach als interessantes Experiment.«

Morten und ich wechseln rasch einen Blick. Behandlungsraum. Fühlen. Experiment. Irgendwie unheimlich. Ich sehe meinem Mann an, dass er dasselbe denkt.

Der Doktor führt uns auf den Flur, öffnet dort eine schneeweiße Tür und lässt uns den Vortritt. Der Raum, den wir betreten, ist ebenfalls schneeweiß, Wände, Decke, Boden. Und leer ist er. Es gibt kein einziges Möbelstück, keine Dekoration, nicht mal ein Fenster oder eine Lampe. Das Licht scheint irgendwie diffus aus der Decke herauszustrahlen. Und als Dr. Hinzel, der auf einmal drei schneeweiße Kissen trägt, die Tür hinter uns schließt, verschwindet die fast fugenlos in der Wand. Umso auffälliger ist ein kleiner dunkler Fleck mitten auf dem Boden. Eine Rosine. Auf einer kleinen, quadratischen Glasplatte.

Hinzel lässt uns Zeit, das alles auf uns wirken zu lassen.

»Oookay«, sage ich irgendwann gedehnt. »Und jetzt?«

Hey, wir zahlen hier hundertfünfzig Euro pro Stunde. Ein bisschen mehr Action müsste eigentlich drin sein.

Hinzel reicht jedem von uns ein Kissen. »Setzen Sie sich«, fordert er uns auf.

Dann legt er selbst sein Kissen vor die Rosine und nimmt im Lotussitz darauf Platz. Also, auf dem Kissen natürlich, nicht auf der Rosine.

Ich folge seinem Beispiel, aber Morten scheitert bei dem Versuch, seinen langen Körper auf dem Kissen zusammenzufalten. Er nimmt eine halb liegende Stellung ein und stützt sich mit dem Ellenbogen auf dem Kissen ab, wie ein Römer bei einem opulenten Gelage.

Hinzel legt die Handflächen aneinander und neigt den Kopf wie ein Yogalehrer. »Namaste. Sie üben nun an dieser Rosine Ihre Wahrnehmung, werden achtsam, schärfen Ihre kognitiven Fähigkeiten und gehen dann in einen kommunikativen Austausch über. Alles klar?«

Er sieht uns erwartungsvoll an. Ich bin so perplex, dass mir die Worte fehlen.

»Äh … nein«, sagt Morten.

»Sehen Sie sich diese Rosine einmal aufmerksam an«, fährt Harald Hinzel mit einem tiefen Timbre in der Stimme fort. Morten und ich beugen uns vor. »Was sehen Sie? Schauen Sie genau hin«, muntert uns unser Eheberater auf.

»Eine Rosine?«, fragt Morten.

Hinzel wirft ihm einen enttäuschten Blick zu.

»Sie ist braun und zerfurcht«, sage ich schnell. »Und sie ist oval und glänzt.«

»Sehr gut!«, lobt Hinzel.

Morten schießt mir einen giftigen Blick zu, der eindeutig so was wie *Streber* bedeutet.

Hinzel hat es gesehen. »Morten, nehmen Sie die Rosine mal zwischen die Finger«, sagt er. »Was fühlen Sie?«

Behutsam nimmt Morten die Rosine zwischen Daumen und Zeigefinger. »Sie ist erstaunlich hart, aber auch elastisch.«

»Hervorragend!«, wird auch er jetzt gelobt. »Halten Sie sie mal gegen das Licht.«

Morten gehorcht. »An den Rändern dringt Licht durch.«

»Nun riechen Sie an der Rosine, dann lassen Sie Anna dasselbe tun.«

»Herb«, sagt Morten.

»Süß«, sage ich wenig später.

»Anna, bitte beißen Sie die Rosine in der Mitte durch und geben Sie Ihrem Mann eine Hälfte.«

Na gut. Ich versuche, genau die Mitte zu treffen, und gebe Morten den kläglichen Rest.

»Das ist weniger als die Hälfte«, behauptet Morten, aber ich kann sehen, dass seine Mundwinkel zucken.

Ich hole meine Rosinenhälfte aus dem Mund und halte sie gegen seine. »Okay, du hast recht, wir können ja tauschen«, sage ich mit gespielter Gereiztheit. Zu meiner Überraschung nimmt Morten tatsächlich meine Hälfte und steckt sie in den Mund. »Menno«, sage ich eingeschnappt und kann nicht mehr ernst bleiben. Wir lachen beide.

»Was schmecken Sie?«, fragt der Doktor, als hätte er unsere Blödelei nicht bemerkt.

»Süß«, sagt diesmal Morten.

»Herb«, sage diesmal ich, obwohl ich das gar nicht finde. Hinzel sieht uns mit gerunzelten Augenbrauen an.

»Sie dürfen das Früchtchen jetzt zerbeißen und schlucken.«

»Schon weg«, sagt mein Mann, und ich muss laut lachen.

»Die war richtig eklig süß«, sage ich, als ich seinem Beispiel gefolgt bin. »Mir wird fast ein bisschen schlecht davon.«

»Dabei war es nur eine einzige Rosine«, stellt Harald Hinzel sichtlich zufrieden fest.

»Eine halbe.« Morten kann's nicht lassen. Ich glaube, er will, dass ich noch einmal laut auflache. Was ich auch tue. Genau wie er selbst.

Harald Hinzel ignoriert unsere Heiterkeit. »Sie haben nun dasselbe Ding – und da es *eine* Rosine war, war es tatsächlich dasselbe und nicht nur das gleiche Ding – wahrgenommen und …«, hier macht er eine bedeutungsvolle Pause, »… Sie sind fast immer zu ähnlichen Ergebnissen gekommen.« Dr. Hinzel strahlt. »Diese Erkenntnis lassen wir jetzt ein paar Tage wirken. Und dann machen wir weiter. Bitte vereinbaren Sie am Empfang Termine für die kommenden Wochen.«

Ich nicke zögernd und will mich gerade erheben, da sagt Morten etwas, das mich schlagartig innehalten lässt. »Das ist leider nicht möglich. Ich verreise nämlich in vierzehn Tagen beruflich. Wir müssen das beschleunigen.«

Ich plumpse zurück auf mein Kissen. »Du tust was?«

»Ich fahre zu einem Forschungsaufenthalt nach Dänemark«, sagt Morten so beiläufig, als würde er ankündigen, nur mal eben kurz auf die Toilette zu gehen.

»Warum weiß ich das nicht?«, hauche ich.

»Ich weiß es selbst erst seit eben«, antwortet Morten.

»Dann machen wir Termine für die Zeit vorher und nachher aus«, sagt Doktor Hinzel.

Morten schüttelt den Kopf. »Wir sollten das vorher hinkriegen. Ich bin drei Monate weg. Wie wäre es mit täglichen Terminen? Ist das möglich?«

Ich atme tief ein. Und aus. Und ein. Und aus. Bis ich meine Stimme wieder unter Kontrolle habe. Dann straffe ich den Rücken und wende mich an meinen Mann.

»Dein Handy«, sage ich und strecke die Hand aus.

»Was?«, fragt Morten begriffsstutzig.

»Du gibst mir jetzt dein Handy. Bitte! Sofort!«

Ich spreche so leise, dass man mich gerade noch hört, aber mit so viel Nachdruck, dass Morten eine Spur blasser wird und mir stumm sein Smartphone überreicht.

Seine PIN kenne ich. Ich überfliege den Text auf dem Display und bin erst mal erleichtert, dass Morten nicht mit einer Frau chattet. Aber als ich kapiere, worum es geht, atme ich scharf ein und wende mich dann an den Therapeuten, der regungslos auf seinem Kissen sitzt und mich anstarrt.

»Bitte sagen Sie am Empfang Ihren nächsten Termin ab«, sage ich so eisig, dass ich selbst fröstle. »Und dann tun Sie was. Und zwar schnell. Sonst töte ich diesen Mann.«

WhatsApp-Chat auf Mortens Handydisplay

Lars Lundgren

Hej Mo,
ich freu mich, dass du im Herbst am Kopenhagener Glückskongress teilnimmst. Interessante Idee, dass du den Vortrag in Dänemark schreiben willst! Wenn du willst, kannst du in meinem Sommerhaus wohnen, ich brauche es dieses Jahr nicht, und es ist sehr romantisch. Anna ist natürlich auch herzlich eingeladen!
Viele Grüße, Lasse
16:47

Morten Hardenbjerg

Hej Lasse,
klingt toll! Wo liegt denn das Haus?
Kærligst, Mo
17:05

Auf Janø, einer Insel im Limfjord. Aber ich muss dich warnen: Auf dieser Insel gibt es keine Attraktionen. Auch keine Altertümer oder Museen. Keine Flüsse, keine Bäche, keine Seen. Es gibt kein Hotel, kein Kino, keine Diskothek, kein Café. Um es kurz zu sagen: Es gibt da NICHTS! Aber vielleicht suchst du genau NICHTS? Dann: Herzlich willkommen, bleib, so lange du willst!
17:08

Genau, was ich brauche!!!
Ich komme!
17:10

KAPITEL 6

Ich stehe im Sprechzimmer des Eheberaters vor dem zurückweichenden Morten und blähe die Nasenlöcher wie ein gereizter Stier. Hinzel hat uns eben ganz schnell aus der kleinen Kammer herausbugsiert, vermutlich, um mehr Abstand zwischen uns zu bringen. Seinen nächsten Termin musste er zum Glück nicht absagen, er hatte heute keinen mehr. Nach unserer Rosinensitzung wollte er sich eigentlich ins Wochenende verabschieden. Jetzt hat er sich hinter seinen gläsernen Schreibtisch geflüchtet und versucht, mich nach allen Regeln seiner Kunst zu besänftigen.

»Darf ich Ihnen vielleicht etwas anbieten?«, beginnt er nervös und zählt auf, was er hat.

Aber ich will kein Glas Wasser.

Auch keine braune Banane.

Und erst recht keine Rosine für mich ganz allein.

»Verdammt, ich will eine Erklärung«, schreie ich Morten an. »Warum haust du einfach ab und lässt mich allein? Und warum sagst du mir das nicht mal direkt ins Gesicht?«

»Anna, es ... ist nicht, wie du ... wie du denkst«, stottert Morten wie ein Ehemann in einem schlechten Film, der in flagranti beim Seitensprung erwischt wird.

»Du weißt also, was ich denke?«, brülle ich. »Nein, tust du nicht. Ich denke nämlich gerade gar nichts. Ich bin so dermaßen sauer, dass mein Gehirn komplett abgeschaltet ist. Das hier läuft übers Rückenmark, das sind Steinzeit-Dino-Echsen-

Reflexe. Ich bin gerade eine Art T-Rex, und ich bin unendlich wütend!!!« Schwer atmend ringe ich um Fassung.

Morten weicht ein Stück zurück. Was mich noch wütender macht. Mit drei raschen Schritten schiebt sich Harald Hinzel zwischen uns. Deswegen ist der Therapeutenstundensatz vermutlich so hoch. Gefahrenzulage.

»Anna!« Hinzel hebt beschwörend beide Hände. »Sie sind verärgert. Und das ist Ihr gutes Recht.« Er lächelt salbungsvoll und verzeihend wie ein Pfarrer beim Segen. »Es muss Ihnen aber nicht peinlich sein, wie sehr Sie sich gerade gehen lassen.« Na toll. Bis eben war es das auch nicht. Jetzt schon. War das wirklich ich, die wie ein Saurier rumgebrüllt hat? Autsch. »Anna, ich sehe Ihnen an, dass Sie sich wieder besser unter Kontrolle haben.« Hinzel klingt wie ein Hypnotiseur, der eine Schlange beruhigt. Und tatsächlich reagiere ich auf diesen Klang, der T-Rex in mir nimmt wieder menschliche Gestalt an. »So, Anna, jetzt atmen Sie noch einmal ganz tief durch, dann sagen Sie Morten spontan, was Sie fühlen.«

Okay. Ich schnappe nach Luft. »Du bist ein egoistischer, mieser Feigling«, lege ich los.

Erstaunlich, wie gut das tut.

Mir zumindest. Morten nicht, der zuckt zusammen.

Hinzel räuspert sich. »Anna, versuchen Sie bitte, Ihre Gefühle in Ich-Botschaften auszudrücken«, mahnt er mich sanft.

»Ich finde dich so was von egoistisch, mies und feige«, korrigiere ich mich, immer noch fauchend.

Morten senkt den Blick.

Hinzel seufzt. »Das ist nicht wirklich das, was man unter einer Ich-Botschaft versteht«, tadelt er. »Aber lassen wir das. Versuchen wir es lieber anders. Anna, was ist Ihre wichtigste Bitte an Morten? Wenn Sie einen Wunsch frei hätten, was würden Sie sich von ihm wünschen?«

»Dass er redet«, stoße ich hervor. »Er kann von mir aus machen, was er will. Er kann für drei Monate abhauen, wenn ihm das in den Kram passt. Er kann mich meinetwegen sogar für immer verlassen. Das ist sein gutes Recht. Aber er soll mir das verdammt noch mal sagen. Darauf habe *ich* ein Recht.«

Morten hebt den Blick und sieht mich mit seinen dunklen Augen still an. Und was ich in seinem Blick lese, trifft mich mitten ins Herz. Bis eben hab ich nicht wirklich geglaubt, dass er mich verlassen will. Ich habe das nur aus Wut gesagt. Aber Mortens Augen sind so unendlich traurig, dass ich auf einmal merke: Er will wirklich weg. Aber so richtig.

Ich spüre Tränen aufsteigen und starre schnell auf meine Zehen, die in den zierlichen Sandalen plötzlich seltsam wurmähnlich, nackt und verletzlich aussehen. Aus unerfindlichen Gründen wünschte ich, meine Nägel wären rot lackiert. Dunkelrot. Weil das stark und selbstbewusst aussehen würde. Vielleicht könnte ich mich dann auch so fühlen – wenigstens, bis ich hier raus bin. Ich muss jetzt nämlich ein bisschen zusammenbrechen, und zwar ohne Zeugen. Ich blinzle die Tränen weg und stelle mir mit aller Kraft meiner Fantasie blutrote Zehennägel vor.

Tatsächlich, es hilft. »Ich geh dann mal«, sage ich mit brüchiger Stimme und wende mich zur Tür.

»Nein«, sagt Hinzel scharf. »Niemand geht. Wir machen jetzt eine Übung. Setzen Sie sich.« Das ist keine Aufforderung, das ist ein Befehl.

Ich falle mehr in das schräge Ei, als dass ich mich setze, und Morten folgt meinem Beispiel.

Hinzel lässt sich ebenfalls wieder in seinen Lesersessel hinter dem Glastisch sinken. »Anna. Morten.« Er nimmt seine Brille ab, reibt seine Nasenwurzel mit Daumen und Zeigefinger, dann richtet er sich auf und sieht uns an. »Das ist jetzt ein ganz wichtiger Moment. Vielleicht der wichtigste Ihrer Ehe. Sie stehen beide an einem Punkt, an dem alles zerbrechen kann, wenn Sie so weitergehen wie bisher. Es ist aber gleichzeitig auch ein Wendepunkt, an dem Sie beide Ihre Ehe noch retten können, wenn Sie eine andere Richtung einschlagen. Das liegt ganz bei Ihnen.«

Puh, das überfordert mich. Erst müssen wir stundenlang an einer Rosine riechen, und jetzt haben wir plötzlich nur noch ein paar Sekunden oder Minuten, um unsere Ehe zu retten? Aber irgendwas sagt mir, dass Hinzel recht hat. So wie eben hat Morten mich noch nie angesehen. Und ich hab mich auch noch nie so gefühlt. Ich bin plötzlich unsicher, ob ich mit diesem egoistischen Feigling, der dauernd wegläuft, überhaupt noch verheiratet sein *will*. Das ist total neu, das hab ich in all den Jahren noch nie gedacht. Und das ist ernst.

»Was müssen wir tun?«, frage ich mit rauer Stimme.

»Es klingt einfach, aber das ist es nicht.« Hinzel setzt seine Brille wieder auf. »Anna, Sie sagen jetzt zehn Minuten lang nichts. Egal, was passiert. Egal, was Ihnen durch den Kopf geht. Egal, was Sie empfinden. Und nichts heißt wirklich gar nichts. Sie geben nicht einmal einen Laut von sich oder ein Handzeichen, und Sie zeigen auch im Gesicht keine Regung. Sie sehen Morten nur an. Verstanden?«

Uff. Schwierig. Aber ich nicke.

Jetzt wendet Hinzel sich an Morten. »Und Sie tun, worum Ihre Frau Sie eben gebeten hat. Sie reden. Zehn Minuten lang. Ohne Pause, ganz egal, worüber. Sagen Sie einfach frei und ungefiltert, was Ihnen durch den Kopf geht, ganz spontan. Vorgeschrieben ist nur eins: Sie hören nicht auf. Sie können ganz kurz schweigen, um nachzudenken, aber nicht länger als dreißig Sekunden. Verstanden?«

Morten starrt den Psychologen eine Weile an. Dann nickt auch er.

»Sind Sie bereit?«, fragt Hinzel uns.

Ich presse die Lippen aufeinander.

»Jep.« Morten holt Luft.

»Und, bitte!« Hinzel klatscht in die Hände, was wie ein Startschuss klingt.

Und dann ist es auf einmal, als hätte jemand einen Stöpsel aus Mortens Redezentrum gezogen. »Anna, eins musst du zuallererst wissen«, beginnt er. »Das war Quatsch, was ich Lasse eben geschrieben habe. Es ist noch überhaupt nichts entschieden. Ja, ich kann mir gut vorstellen, den Sommer auf dieser Insel zu verbringen. Aber natürlich wollte ich das vorher mit dir besprechen.« Morten hält kurz inne. *Lügner*, denke ich. Ich sag aber nichts, und ich verziehe keine Miene. Morten greift nach meiner Hand. »Du, sag mal, wollen wir das nicht woanders besprechen? Ich meine, wollen wir wirklich noch mal hundertfünfzig Euro dafür ausgeben, miteinander zu reden? Für das Geld könnten wir auch zum Italiener um die Ecke gehen und uns da einen schönen Abend machen. Da können wir uns doch viel besser unterhalten.«

Ach, jetzt plötzlich? Das ist eine Falle. Er will gar nicht reden, er will hier weg. Bis eben war ihm das Geld doch auch ganz egal. Er weiß einfach, wie mies er gerade dasteht, und er will diese Situation beenden. Aber nicht selbst. Ich soll das tun, ist ja klar. Er will mich zu einer Äußerung bringen, damit ich gegen die Regeln verstoße und damit die Dealbreakerin bin. Was für ein mieser Trick. Ich entziehe ihm meine Hand, aber ich schaffe es tatsächlich, keinen Laut von mir zu geben. Ganz anders als Hinzel, der nur sehr unzureichend ein gurgelndes Geräusch unterdrückt.

Morten wartet kurz ab, aber als Hinzel angelegentlich auf seine Uhr blickt und mit den Fingern erst fünf Sekunden zeigt, dann vier, dann drei, fährt er fort. »Na gut. Okay, ich gebe zu, ich frag mich wirklich, ob eine Trennung auf Zeit gut für uns sein könnte. Deswegen hab ich das an Lasse geschrieben. Du hast es ja neulich selbst gesagt: Wir haben beide zwanzig Jahre lang nicht mehr getan, was wir *wollten.* Nur noch, was wir mussten. Und ich hab das Wollen in dieser Zeit total verlernt. Ehrlich, Anna, ich weiß nicht mal mehr, wer ich bin. Und schon gar nicht, was ich will. Du wurdest eben gefragt, was du dir am meisten von mir wünschst, und kanntest die Antwort. Würde man mir diese Frage stellen, ich wüsste nicht, was ich sagen sollte. Ich wünsche mir nämlich gar nichts mehr. Nur noch meine Ruhe. Ich will jetzt auch gar nicht reden. Ich tue das nur, weil du es dir wünschst.«

Am liebsten würde ich sagen, dass er das dann auch lassen kann, denn so hat das ja echt keinen Sinn. Aber ich kneife meine Lippen weiter fest zusammen. Ich habe versprochen zu schweigen, und das ziehe ich durch.

Morten mustert mich nachdenklich. »Ich hab in den letzten Wochen viel über uns nachgedacht«, sagt er jetzt leise. Aha. Davon hab ich nichts gemerkt. Ich hab ihn immer nur beim Googeln von Golfschlägern gesehen. »Wir sind einfach total unterschiedlich«, fährt er fort. »Du bist spontan, temperamentvoll, witzig, gesellig. Und ich bin ein ruhiger, eigenbrötlerischer Mensch. Eigentlich solltest du an der Uni arbeiten in all dem Trubel und ich im stillen Homeoffice ein bisschen vor mich hin schreiben. Das wäre viel besser für uns. Aber so ist es nicht. Ich hab diesen Job mit der Forschung, den Publikationen, den Vorträgen in der Öffentlichkeit, den Studenten, dem ganzen Verwaltungskram, und nach Feierabend hab ich auch noch meine Mutter. Ich hab nie eine Sekunde nur für mich. Und dann erfahre ich von diesem Sommerhaus, einsam gelegen, auf einer kleinen dänischen Insel. Das ist meine Chance. Verstehst du das? Du hast ja gelesen, was Lasse schreibt. Da gibt es nichts. Und dieses Nichts hat eine magische Anziehungskraft auf mich. Ich wünsche mir Stille. Leere. Ein Leben wie unbeschriebene Seiten in einem Buch. Um mich wieder daran zu erinnern, was ich eigentlich will. Und um diese Seiten dann selbst mit meinen Gedanken und meinen Plänen zu füllen. Danach sähe sicher alles ganz anders aus.«

An dieser Stelle von Mortens Monolog klinke ich mich aus. Nicht weil ich das will, es passiert einfach. Mein Mund muss schweigen, aber meine Gedanken tun es nicht.

In meinem Kopf stehen sich plötzlich zwei gegnerische Parteien gegenüber, die sich anschreien. Wieder will Morten den einsamen Wolf spielen, ruft die eine Partei geschlossen im Chor. Wieder schließt er mich aus und macht sein eigenes Ding. Hat er denn immer noch nichts kapiert? Und was sind das für egoistische Argumente? Er hat alles, und es wird ihm zu viel. Aber ich habe nichts außer dem *bisschen Schreiben*, wie er es nennt. Und jetzt soll ich ihn deswegen auch noch bemitleiden und ihm noch mehr Freiraum zugestehen? Wenn ihm sein Leben zu turbulent ist, warum sorgt er nicht an anderen Stellen für Ruhe? Warum bin ich es, die er jetzt erst mal ausblenden muss? Soll er den Vortrag doch absagen, seine Mutter nicht dauernd zurückrufen und *mit mir* Ferien auf der Insel machen, wenn er sich gerade aufs Wesentliche konzentrieren will!

Morten redet immer noch, aber ich höre ihn nur ganz leise wie durch Watte. Denn da gibt es diese andere Partei in meinem Kopf, die genauso laut schreit wie die erste. Du kannst es deinem Mann nicht verwehren, auf die Suche nach sich selbst zu gehen, ruft sie. Und: Wer jemanden liebt, lässt ihn frei. Und: Was sind schon drei Monate angesichts eines ganzen gemeinsamen Lebens?

Ich balle die Hände zu Fäusten und atme so lange tief durch, bis es in meinen Gedanken still wird. Und ich merke, dass ich selbst wirklich an einem Wendepunkt stehe. Aber es ist ein Abwendepunkt. Denn wenn Morten das wirklich tut, wenn er jetzt weggeht, um unsere gemeinsame Vergangenheit zu löschen und seine Zukunft wie ein weißes Blatt Papier vor sich zu haben, das er neu beschreiben kann, dann möchte ich darauf keinen Platz mehr. Ich weiß nicht genau, warum das so ist, aber ich fühle einfach, dass es da keinen Spielraum gibt. Wir haben so viel zusammen erlebt und gemeinsam durchlitten. Und das waren so existenziell wichtige Zeiten. Sie haben uns geprägt, haben uns zu den Menschen gemacht, die wir sind. Wie kann er das alles löschen wollen? Wie kann er glauben, dass das überhaupt geht? Denkt er denn nicht daran, wie wir damals …? Nein, daran darf ich nicht denken. Fest steht: Wenn Morten jetzt geht, gehe ich auch. Aber in die andere Richtung.

Kann sein, dass er sich besser fühlt, wenn er nach drei Monaten zurückkommt. Aber ein *Wir* gibt es dann nicht mehr.

Tja, und da stehe ich nun, an diesem Abwendepunkt. Soll ich Morten loslassen? Oder kämpfen? Ich weiß es nicht, verdammt, ich hab keine Ahnung.

Morten redet und redet, aber seine Stimme dringt nicht zu mir durch. Denn auf einmal sehe ich, wie meine Hand in die Tasche meiner Strickjacke greift und Mortens Handy hervorzieht, das ich da eben achtlos verstaut hatte. Es ist, als würde diese Hand gar nicht zu mir gehören, als wäre sie ferngesteuert. Mein Zeigefinger fährt aus, tippt Mortens PIN ein und öffnet den Chat mit Lars Lundgren. Und dann tippen meine Finger etwas ein.

»Anna, was machst du da?«, fragt Morten.

Dieser Satz ist seit Langem der erste, den ich deutlich höre.

Aber ich sage nichts. Ich schaffe Fakten.

WhatsApp-Chat auf Mortens Handydisplay

Morten Hardenbjerg

Hej Lasse,
vielen Dank für das tolle Angebot. Ich hab eben mit Anna gesprochen. Wir kommen beide!
Bis bald, Morten 18:17

KAPITEL 7

»Das hast du nicht geschrieben!« Christina drückt wie zur Bekräftigung ihrer Worte fest auf die Senfflasche, die daraufhin ein unanständiges Geräusch von sich gibt. »Ich glaub dir kein Wort.« Energisch zeichnet sie mit dem Senf eine gelbe Schlangenlinie auf das nächste Würstchen.

Wir betreuen den Grillstand beim jährlichen Fest unseres Streichelbauernhofs. Der Andrang ist groß, deswegen können wir nicht richtig reden. Aber diese Behauptung kann ich nicht unwidersprochen stehen lassen.

»Doch, hab ich«, sage ich. »Und zwar im Affekt. Ohne nachzudenken.« Ich stülpe die zweite Brötchenhälfte über die senfverzierte Wurst, umwickle das Ganze mit einer Serviette und reiche es über den Tresen. »Zwei Euro fünfzig«, wende ich mich an das wartende Kind.

Der kleine Junge starrt auf die Münzen in seiner Hand. Er ist ungefähr sieben und hat verwuschelte braune Locken, genau wie Jakob in diesem Alter. Seine Lippen bewegen sich beim Zählen des Geldes.

»Ich glaub, ich hab nicht so viel«, erwidert er mit wackliger Stimme. »Nur zwei Euro und zwanzig Cent.« Sein kleines Gesicht färbt sich rot.

Er will sich gerade enttäuscht abwenden, da halte ich ihn zurück. »Moment. Du hast Glück«, improvisiere ich drauflos. »Dieses Wurstbrötchen hier kann ich dir billiger geben. Für zwei Euro zwanzig. Wenn du magst.«

Sein Blick wandert unsicher von mir zu dem Brötchen und wieder zurück. »Warum ist es billiger?«, will er wissen.

Die Kinder in der Schlange hinter ihm recken die Hälse. Das wollen sie jetzt auch gern wissen.

Verflixt. Der Erlös aus dem Verkauf dieser Bio-Würstchen soll den Bauernhoftieren zugutekommen, und ich vermassle uns schon nach der dritten Wurst das Geschäft. Wer kauft denn noch eins für den vollen Preis, wenn ich Ausnahmen mache? Trotzdem kann ich den Kleinen nicht so weggehen lassen.

»Weil das Brötchen eine Delle hat«, behaupte ich. Und drücke schnell durch die Serviette hindurch meinen Daumen in die knusprige Brötchenkruste.

»Kann ich die mal sehen?«, fragt der Junge schüchtern.

Die Kinder hinter ihm rücken näher, als ich das Brötchen behutsam aus der Serviette wickele. »Es ist beim Transport passiert, aber es ist trotzdem ein ganz normales frisches Brötchen«, sage ich. »Willst du es haben?«

Der Kleine betrachtet die Delle, dann schluckt er und legt mir das Geld mit einem schüchternen Lächeln auf den Tresen.

»Hast du noch eins mit Delle?«, fragt das Mädchen, das hinter ihm stand.

»Nein«, sage ich. »Leider nicht. Die anderen haben den Transport ohne Schäden überlebt. Willst du eins ohne?«

Sie nickt.

Christina hat das Ganze mit hochgezogenen Augenbrauen beobachtet, jetzt angelt sie ein weiteres Würstchen aus dem Topf mit dem heißen Wasser.

»Also, *das* war jetzt typisch Anna«, raunt sie mir zu. »Aber das andere nicht. Eine Nachricht mit Mortens Handy schreiben und dich selbst irgendwo einladen, das ist doch gar nicht dein Stil«, sagt sie. »So was würde *ich* vielleicht machen. Aber du?«

»Ich erklär's dir nachher in Ruhe. Okay?«, flüstere ich zurück.

Eine Stunde später sind alle Würstchen weg. Christina und ich schlendern an den Pferdekoppeln entlang zum Bach, und unterwegs erzähle ich ihr alles.

»Krass«, sagt sie, als ich fertig bin. »Und wie hat Morten reagiert?«

Ich seufze. »Er hat sein Handy genommen und gelesen, was ich geschrieben habe, dann ist er aufgestanden und rausgegangen.«

»Ohne ein Wort zu sagen?«

Ich zucke mit den Schultern. »Kennst ihn ja.«

»Und Hinzel?«

»Hat dafür umso mehr gesagt. Aber nur Therapeuten-Blabla, nichts Hilfreiches. Dass die Situation jetzt ganz anders ist als vorher. Und dass wir gemeinsam entscheiden müssen, wie es jetzt weitergeht. Und unbedingt im Dialog bleiben sollen.« Ich schnaube verächtlich. »Super Idee. Nur, wie denn, wenn Morten dauernd wegrennt?«

»Und wie ging es weiter?«

»Ich hab mich verabschiedet und bin gegangen. Dachte, ich müsste mit dem Bus fahren, weil Morten bestimmt das Auto genommen hat. Aber das stand noch, wo wir es geparkt hatten, und er saß drin.«

»Oha. Und dann?«

»Wollte ich im Dialog bleiben und hab versucht, ihm alles zu erklären. Aber es wurde mal wieder ein Monolog. Er hat gar nichts gesagt, ich bin nicht mal sicher, ob er zugehört hat. Er ist schweigend nach Hause gefahren, da ist er dann gleich in den Garten abgezogen, hat den Mäher aus dem Schuppen gewuchtet und ist mit Getöse über den Rasen hergefallen, als wäre der an allem schuld. Oder als würde er sich beim Mähen vorstellen, dass er mich schreddert.«

»Und du? Was hast du gemacht?«, fragt Christina.

»Hab am Fenster gestanden und zugesehen. Und überlegt, ob ich das Ganze irgendwie rückgängig machen kann. Die Nachricht löschen oder noch mal was anderes schreiben. Aber Morten hatte sein Handy wieder, das ging also nicht. Und dann …« Ich zögere.

»Was dann?«, hakt Christina nach.

»Dann hat Morten auf einmal den Mäher gestoppt und ist reingekommen.«

Christina stößt einen leisen Pfiff aus. »Und hat endlich Klartext gesprochen«, vermutet sie.

Ich schüttle den Kopf. »Er hat nur zwei Wörter gesagt. *Also gut.*«

»Wie? Was heißt das?«, will Christina wissen.

»Genau das hab ich ihn auch gefragt. Und er hat ganz ruhig gesagt: Wenn du das wirklich willst, machen wir es so. Wir fahren zusammen auf diese Insel und verbringen da den Sommer.«

Wir haben jetzt die Koppel erreicht, und ich lege die Arme auf den Holzzaun. Die Pferde sind ganz hinten am Bach, deswegen spüre ich nur ein leises Kribbeln in der Magengegend und nicht die heiße Panik, die sonst in mir aufsteigt, wenn ich ihnen nahe komme.

»Und … willst du das wirklich?«, fragt Christina.

Ich zucke mit den Schultern. »Hab ich eine Wahl?«

Christina grinst. »Man hat immer eine Wahl«, sagt sie einen meiner Lieblingssätze.

»Ja, stimmt«, gebe ich zu. »Na ja, jeder wünscht sich doch eine Auszeit auf einer einsamen Insel, oder?«

»Es ist eine Auszeit auf einer einsamen Insel *mit Morten*«, sagt Christina mit so unheilvoller Stimme, als wäre mein Mann etwas ganz Gruseliges.

»Was soll denn das nun wieder heißen?«, frage ich empört.

»So hab ich das nicht gemeint«, korrigiert Christina sich schnell. »Ich frag mich nur, ob es in eurer Situation klug ist, so viel Zeit miteinander zu verbringen. Ich meine, er wollte da eigentlich ganz allein hin, um zu arbeiten und nachzudenken. Stattdessen bist du jetzt plötzlich dabei. Und was willst du da überhaupt machen? Einen ganzen Sommer lang?«

»Der skandinavische Sommer ist zauberhaft«, sage ich mutiger, als ich mich fühle. »Das ist da wie in Bullerbü, nur am Meer. Nein, falsch, es ist kein offenes Meer, es ist ein Fjord, also ein Meeresarm, der ins Festland ragt. Da gibt es Bauernhöfe, Tiere, Wald, Moos. Plus Strand und wilde Rosen. Ich werde Leute kennenlernen und irgendwas auf die Beine stellen. Kennst mich doch.«

»Eben«, sagt Christina. »Ich kenn dich. Und du kannst nicht mal Dänisch.«

Ja, das ist ein Problem. Morten spricht die Sprache fließend, sein Vater war schließlich Däne. Aber ich kann nur zur Begrüßung *Hej!* und zum Abschied *Farvel!* sagen. Längere Unterhaltungen werden da schnell einseitig.

»Ich nutze die Zeit eben, um Dänisch zu lernen«, beschließe ich spontan.

Christina runzelt die Stirn. »Und was ist mit deinem Job? Und mit Mortens?«

»Na, er hat ja sowieso gerade ein Freisemester, er muss keine Vorlesungen halten, und es ist egal, wo er arbeitet. Ich arbeite ja immer von zu Hause aus und mache fast alles telefonisch. In diesem Sommer ist mein Home dann eben ein bisschen weiter weg. Außerdem sind das nur ein paar Stunden wöchentlich. Das schaffe ich schon.« Christina schweigt eine Weile. Man hört die Pferde schnauben. Von fern dringen Kinderstimmen und fröhliches Lachen zu uns. »Ich seh das Ganze jetzt einfach als Chance«, beende ich unser Schweigen nach einer Weile. »Morten und ich können den ganzen Alltagsmist mal vergessen. Die Jobs. Das Haus. Den Garten. Den Schwiegertiger. Mortens ständige Überforderung. Das bleibt alles hier. Wir nehmen nur uns selbst mit und natürlich unsere Probleme, schon klar. Auf die konzentrieren wir uns dann. Und lösen sie.«

»Klingt … anstrengend«, sagt Christina nachdenklich.

»Ja, klar, das ist Arbeit. Beziehungsarbeit. Aber das klappt da bestimmt viel besser als hier. Die dänischen Ferienhäuser sind ja total schön, modern, mit allem Komfort, und sie sind für Großfamilien ausgelegt, mit vielen Zimmern im skandinavischen Design. Oft haben die sogar im Garten ein Gästehäuschen mit Extrabetten. Annex heißen die in Dänemark. Da können wir uns dann auch mal aus dem Weg gehen, wenn wir eine Pause voneinander brauchen.«

»Aha«, sagt Christina. »Das sind wirklich gute Voraussetzungen.« Überzeugt klingt sie allerdings nicht. Und ich bin's ja ehrlich gesagt auch nicht.

»Ich finde es immer noch besser, als wochenlang an Rosinen zu riechen«, verteidige ich meinen Plan. »Lieber Insel statt Hinzel. Das wird so eine Art Schocktherapie für unsere Ehe, verstehst du? Ich glaub, bei Spinnenangst macht man so was auch. Man zeigt den Leuten Riesenspinnen, und sie erschrecken erst mal ganz furchtbar, aber dann stellen sie sich ihrer Angst. Irgendwann wird die Panik besser, und anschließend kommen ihnen normale Alltagsspinnen winzig und harmlos vor.«

Christina zieht eine Augenbraue hoch. »Okay. Und wer ist bei deinem Vergleich die Riesenspinne? Morten? Oder du?«

Ich muss lachen. »Tja, spannende Frage. Wir beide vermutlich.« Aber dann werde ich wieder ernst. »Wir beide zu zweit allein ohne Kinder. Das ist unsere Spinne. Und zweisamer als auf dieser Insel geht's eigentlich gar nicht.«

Christina schweigt. Und ich auch. Reden ist in diesem Moment nämlich nicht nötig. Beste Freundinnen hören ja nicht nur, was man sagt, sondern auch, was man nicht sagt. Sie weiß, dass ich das mache, um Morten und mir eine letzte Chance zu geben. Und ich weiß, dass sie die Inselsache für einen ganz schlechten Plan hält.

Vielleicht hat sie recht. Aber ich muss es trotzdem tun. »Weißt du, ich fühl mich ein bisschen wie ein Schachkönig in einer Pattsituation. Auf dem Platz, auf dem ich gerade stehe, bin ich relativ sicher, da passiert mir im Moment nichts, und ich könnte da bleiben. Aber ich kann weder vor noch zurück. Und damit bin ich irgendwie raus aus dem Spiel, ich hab verloren, obwohl ich nicht geschlagen bin. Was ich jetzt mache, ist so was wie eine Flucht nach vorn. Natürlich kann ich dabei verlieren. Aber wenigstens bewege ich mich wieder. Und es ist mir fast egal, was dabei passiert, Hauptsache, irgendetwas wird anders. Ab sofort heißt es hopp oder top für Morten und mich.«

»Es könnte schwieriger werden als gedacht«, sagt Christina nachdenklich. »Stressiger. Und in Stresszeiten streitet man schnell. Meinst du nicht, dass dadurch alles nur schlimmer wird?«

Ich denke nach. »Könnte schon sein. Erst mal zumindest. Aber dann kann ich Morten zeigen, wie super ich mit schwierigen Situationen klarkomme. In guten wie in schlechten Zeiten, das haben wir uns ja schließlich mal geschworen.« Christina nickt langsam. »Eins werden wir in dieser Zeit auf der Insel auf alle Fälle herausfinden«, setze ich noch hinzu. »Nämlich, ob wir uns nach drei Monaten in der Einsamkeit eher um*armen* oder um*bringen* wollen.«

Christina rempelt mich zärtlich von der Seite an. »Ich wünsche dir dabei alles Glück der Welt.«

Ich gebe den Rempler zurück und blinzle gerührt ein paar Tränen weg. Was werde ich sie vermissen!

Internet-Suchverlauf auf Mortens Smartphone nach der Eheberatung

Heute

Dr. Harald Hinzel, Bewertungen

Rosinenmethode

Wie merkt man, ob man jemanden noch liebt?

Wie merkt man, ob man noch geliebt wird?

Warum ist ein ganz normales Leben verdammt noch mal so scheiße kompliziert?

Wut Wikipedia

Insel Janø

KAPITEL 8

Ein starker Wind peitscht Regen gegen unser Auto. Vor meinen Augen rinnen wahre Wasserfluten über die Windschutzscheibe. Hektisch, aber erfolglos, rudern die Scheibenwischer dagegen an. Plötzlich bremst Morten, dann stoppt er ganz. Erst verstehe ich nicht, warum, aber dann sehe ich den rot-weißen Schlagbaum vor uns auch, und dahinter die verschwommenen Umrisse einer hellgrauen Fähre vor dunkelgrauen Wolken und meergrauem Fjord.

Endlich, der Hafen. Wir müssen noch übersetzen, dann sind wir auf Janø, einer kleinen, birnenförmigen Insel im Limfjord, auf der laut Wikipedia dreiundneunzig Einwohner dauerhaft leben. Im Sommer kommen noch Feriengäste dazu, oft Deutsche, bei denen die Insel beliebt ist. Aber die meisten sind Tagesbesucher, die abends wieder verschwinden.

Ich bin froh, dass wir heil angekommen sind, die Fahrt war nervig und anstrengend. Aber jetzt ist sie ja gleich vorbei.

Nein, doch nicht. Der Regen lässt etwas nach, und ich erkenne in der grauen Nebelwelt einen gelben Regenmantel, der gerade samt seinem Träger im Führerhaus der Fähre verschwindet. Das muss der Kapitän sein, und so, wie es aussieht, legt er gerade ab. Mist, die fahren abends nur stündlich, und bis eben waren wir sicher, dass wir diese Fähre hier rechtzeitig erreichen. Sie legt doch erst um halb neun ab.

O nein! Ein schneller Blick aufs Armaturenbrett verrät: Es ist zwei nach halb.

Ich lasse mich genervt gegen die Rückenlehne fallen. »Hey, was soll das, der sieht uns doch. Und Platz hat er auch noch, da sind doch nur zwei Autos drauf. Warum nimmt er uns nicht mit? So ein Ekel.«

Verflixt, ich bin müde und habe überhaupt keine Lust, eine Stunde lang in dem feuchten, beschlagenen Auto zu sitzen. Aber die Schranke bleibt unten, da kann ich fluchen, so viel ich will. Die Fähre wird ohne uns fahren.

Das ist der absolute Tiefpunkt dieser Fahrt, die sowieso stimmungsmäßig kontinuierlich nach unten abgesackt ist. Vier Staus. Dreimal Streit. Zwei Fast-Unfälle. Ein Becher Kaffee, der bei einer scharfen Bremsung auf meine Hose geschwappt ist. Nonstop Sauwetter, und jetzt das.

Aber ich wollte Morten ja zeigen, wie belastbar ich bin, deswegen atme ich tief durch und sage betont cool: »Okay. Warten wir eben. Irgendwie werden wir die Stunde schon rumkriegen.« Ich bin ganz eindeutig ein Fels in der Brandung.

Morten dagegen verschwendet gerade überhaupt keinen Gedanken an meine Vorzüge. »Der legt nicht ohne uns ab«, behauptet er und beobachtet die Fähre. »So was machen Dänen nicht. Die sagen nicht: Hey, du bist zwei Minuten zu spät, und deswegen schmorst du zur Strafe im Auto. Er kommt bestimmt gleich raus und macht die Schranke für uns auf.«

Ich schnaube. »Und warum tut er das dann nicht sofort? Warum lässt er uns zappeln?«

Morten zuckt mit den Schultern. »Vielleicht wartet er noch auf was und will das nicht im Regen tun.«

Hmmm. Unwahrscheinlich. Von dem gelben Regenmantel ist weit und breit nichts zu sehen. Aber ich komme nicht dazu, etwas zu sagen, weil in diesem Moment wieder mal Mortens Handy klingelt. Auf dem Display des Navis erscheint in riesigen Buchstaben das Wort MUTTI.

Morten seufzt, dann nimmt er das Gespräch an. »Morten? Bist du das?«, dröhnt die Stimme meiner Schwiegermutter durch die Boxen. Zusammen mit dem Unwetter da draußen klingt ihre Stimme so unheilvoll, als wollte sie ihrem Sohn den Weltuntergang ankündigen. Die apokalyptischen Reiter könnten sich nicht gruseliger anhören.

»Natürlich bin ich das«, sagt Morten. »Du hast schließlich meine Nummer gewählt.« Er lehnt den Kopf an die Rückenlehne und starrt an die Autodecke.

»Wo bist du?«, will die apokalyptische MUTTI wissen.

»In Dänemark«, sagt Morten. »Ich warte gerade auf die Fähre.«

Kurz bleibt es still, dann ist da wieder die Stimme. »Du bist also wirklich gefahren?« Die Boxen vibrieren. Der Weltuntergang naht. »Mein einziger Sohn verlässt mich! Aaaach!«« Meine Schwiegermutter presst mit einem abgrundtiefen Seufzer sämtliche Luft aus der Lunge, als wäre das ihr letzter Atemzug.

»Ich bin doch nur drei Monate im Ausland«, erklärt Morten matt. »Drei Monate. Dann bin ich wieder da.«

»In meinem Alter können drei Monate die letzten des Lebens sein«, dröhnt Mortens unbarmherzige Richterin.

Klick. Sie hat aufgelegt.

»Die letzten? Versprochen?«, fragt mein Mann leise. Plötzlich fährt er zusammen, tastet hektisch nach seinem Handy und überprüft, ob die Verbindung wirklich weg ist. Diesmal ist sie es zum Glück. »Sie blufft«, sagt Morten mit dumpfer Stimme. »Sie lebt garantiert ewig.«

Ich schüttle den Kopf. »Nein. Aber es kommt einem so vor.«

Wir lachen beide. Nicht weil wir meiner Schwiegermutter wirklich ein kurzes Leben wünschen. Ich weiß, dass Morten sie liebt, und ich selbst schätze und respektiere sie für ihre große

Lebensleistung, den Sohn ohne Vater aufgezogen zu haben, anders als meine Mutter, die bis zu ihrem Tod eine verschworene Gemeinschaft mit meinem Vater gebildet hat. Wir müssen nur manchmal verbal Druck ablassen. Das ist reiner Stressabbau.

Plötzlich vibriert der Boden, an meinem Fenster taucht wummernd ein großer schwarzer Reifen auf, nassglänzend, mit scharfkantigem, tiefem Profil. Ein Traktor stoppt neben uns. Der Fahrer hupt drei Mal, und auf einmal taucht auf der Fähre der gelbe Fleck wieder auf. Er kommt näher und erweist sich als hünenhafter Mann mit grauem Bart, der schwungvoll den roten Schlagbaum nach oben klappt. Mit einem Winken fordert er erst den Traktor und dann uns auf, die Fähre zu befahren.

»Siehste. Der hat noch auf den Bauern gewartet«, sagt Morten und grinst selbstgefällig. »Wusst' ich's doch.«

Ja, ja, ja. Er wusste es. Aber die Bemerkung hätte er sich trotzdem verkneifen können.

Kurz darauf stehen wir auf der Fähre, die laut Schriftzug auf den Rettungsringen »Snotra« heißt, was irgendwie nach Schnupfen klingt, aber laut Morten eine nordische Gottheit ist. Der Mann im gelben Regenmantel taucht auf der Fahrerseite auf und klopft gegen das Fenster. Morten lässt die Scheibe mit einem Knopfdruck nach unten gleiten.

»Guten Abend«, sagt Käpt'n Graubär fast akzentfrei, nur etwas gedehnt, auf Deutsch. »Das machtöööh, hundertfünfzisch Kronen, ööööh, für eusch beide.« Er schenkt uns ein breites Seebärenlächeln. »Also, es sindööööh, fünfundsiebzisch pro Fahrt. Hin und zurück. Aber es gibtööööh, kein Hin ohne ein Zurück. Keiner bleibt ewisch auf Janø.« Er lacht, und dabei schüttelt sich der ganze Mann, sodass Regentropfen aus seinem grauen Bart spritzen. »Tot oder lebendisch, die *Snotra* bringt alle irgendwann zurück. Deswegen könnt ihr gleisch beides bezahlen.«

Ich spüre ein bisschen Gänsehaut, als er das sagt, aber Morten grinst. »Dann nehmen wir doch einfach hin und zurück.« Er wendet sich an mich. »Gibst du mir mal das Geld?«

Ich reiche ihm sein Portemonnaie, das zwischen uns auf der Mittelkonsole liegt, obwohl ich mich über die Aufforderung wundere. Eigentlich hätte er sich das auch selbst nehmen können.

»Nicht das«, sagt Morten. »Die dänischen Kronen.«

Ach so, klar, die brauchen wir hier. »Wo sind die?«, frage ich, öffne das Handschuhfach und starre hinein.

»Das musst *du* doch wissen«, behauptet mein Mann.

Moment mal. »Wieso ich?«

»Na, du hast die doch geholt. Oder nicht?«

»Geholt?«

Ich kapier echt nicht, was Morten meint. Und werde nervös. Es regnet und regnet, der Mann in Gelb wird nass und nässer, die anderen Passagiere warten auf die Abfahrt. So langsam sollten wir echt mal bezahlen.

»Wo holt man denn Geld? Bei der Bank natürlich.« Morten verdreht die Augen.

Nee, oder? Das kann doch nicht sein Ernst sein. »Das wolltest du doch tun«, erinnere ich ihn.

»Ich?«, faucht Morten. »Muss ich denn alles machen?«

»Alles?« Jetzt bin ich sprachlos. »Alles?«

Hey, wer hat bitteschön gewaschen und gepackt und geputzt und die Pflanzen zu den Nachbarn geschleppt und den Kühlschrank leer geräumt und die Zeitschaltuhren gekauft und angeschlossen und noch viel mehr? Morten hat nur getankt und den Dachkoffer aufs Auto gehievt und seine Bücher eingepackt. Mehr hatte er mit unserer Abreise nicht zu tun. Aber das sag ich jetzt nicht, ich will vor dem bärigen Dänen keinen Streit vom Zaun brechen.

Der mischt sich jetzt ein, klatschnass und tropfend, aber zum Glück ausgesprochen gut gelaunt. »Dann zahlt ihr ebenöööh auf der Rückfahrt. Entkommen könnt ihr mir ja nischt.«

»Aber …« Ich zögere. »Bekommen wir auf der Insel denn irgendwo Geld?«

Der Seebär nickt. »Am Hafenkiosk. Und man kann es auchöööh nur da wieder ausgeben. Und natürlisch beim Bäcker.« Lachend schüttelt er sich wie ein nasser Pudel. Dann ist er weg.

Morten lässt die Scheibe wieder nach oben gleiten. Keiner von uns sagt ein Wort. Jeder starrt aus seinem eigenen Fenster. Am liebsten würde ich aussteigen, aber wir haben sowohl unsere Schirme als auch unsere Regenjacken im Dachkoffer verstaut, da komme ich jetzt nicht ran.

Kurz darauf geht ein Beben durch den Rumpf der Fähre, und ich habe plötzlich wieder eine Gänsehaut. Beim Klabautermann, wir haben abgelegt. Jetzt gibt es kein Zurück mehr.

Eine Viertelstunde später verlassen wir mit unserem Fahrzeug als Letzte die *Snotra*. Leider ist die Inselstraße so schmal, dass Morten den Traktor nicht überholen kann. Wir zuckeln im Schneckentempo hinter ihm her und hätten viel Zeit, die Schönheiten der Umgebung zu betrachten, wenn wir sie denn sehen könnten. Aber obwohl die nordischen Nächte im Juni lange hell sind, erkennen wir dank der dicken Wolkendecke und des prasselnden Regens nur schemenhafte Umrisse von sehr vielen Bäumen, sehr wenigen Häusern und einer kleinen Kirche. Straßenlaternen gibt es nicht.

Morten setzt den Blinker und biegt links ab, der Traktor fährt zum Glück geradeaus. Jetzt sehe ich durch die beschlagenen Scheiben nur noch Hecken und verwilderte Wiesen.

»Bist du sicher, dass du *hier* abbiegen musstest?«, frage ich.

Ein Blick aufs Navi hilft leider auch nicht weiter. Auf dem Display sieht man plötzlich überhaupt keine Straßen mehr, nur noch ein kleines rotes Auto, das über eine durchgängig grüne Birne auf eine riesige blaue Fläche zufährt.

»Wird schon richtig sein«, sagt Morten vergnügt. »Lasse hat mir den Weg beschrieben. Erst links, dann immer geradeaus, dann rechts. Wir können es gar nicht verfehlen, hat er gesagt.«

Na gut, also fahren wir halt geradeaus. Und fahren. Und fahren. Leider kommt die rechts angekündigte Straße nicht, und das rote Auto auf dem Navi-Display nähert sich bedenklich schnell der blauen Wasserfläche. Tja, groß ist die Insel wirklich nicht. Fünf Kilometer lang und am dicksten Birnenende zweieinhalb Kilometer breit, unten nur einen. Wenn ich ein bisschen trainiere, kann ich sie morgens beim Joggen einmal umrunden.

Auf einmal stoppt Morten. Unsere Scheinwerfer beleuchten zwei Poller direkt vor uns, dahinter führt eine abschüssige Bootsrampe auf kürzestem Weg in den Fjord. Auch das Auto auf dem Navi-Display steht mit der Kühlerhaube fast im Wasser. Gut, dass diese Poller da sind, sonst hätte uns der müde Morten vielleicht in die Fluten gesteuert.

Ich könnte jetzt natürlich auch »Wusst' ich's doch« sagen, aber so was mach ich nicht. Ich beweise Stil und schweige. Trotzdem schwebt der Satz irgendwie zwischen uns. Mein Mann wirft mir einen langen Blick zu, bevor er wendet und im Schritttempo zurückfährt.

Plötzlich sehe ich links einen schmalen, geschotterten Pfad. »Da! Das muss es sein!«

Morten schnaubt verächtlich. »Das ist doch keine Straße.«

»Es ist das Straßenähnlichste, was es hier gibt«, sage ich spitz. »Du musst dich entscheiden. Entweder sind wir hier ganz und gar falsch, oder wir biegen da ab.«

»Versuchen wir es«, sagt Morten knapp und setzt den Blinker, obwohl hier weit und breit niemand ist, der uns sieht.

Wir rumpeln durch Pfützen und Schlaglöcher auf eine dunkle Wand zu, die sich beim Näherkommen als Wald erweist. Kies spritzt von unten gegen den Wagen. Im Scheinwerferlicht sehen wir moosige Stämme und Gebüsch. Zweige kratzen am Auto entlang, und immer wieder kommen vom Unterboden knirschende Geräusche.

»Ich glaub nicht, dass wir richtig sind«, murmle ich.

»Wenden können wir sowieso nicht«, kontert Morten und fährt mit verbissener Miene weiter. Wir folgen einer Rechtskurve, der Wald lichtet sich, und jetzt gibt es nicht mal mehr einen Kiespfad. Im Scheinwerferlicht erkenne ich nur noch Reifenspuren, die über kurz gemähtes Gras zwischen Wildrosenhecken führen. Morten folgt ihnen, er hat keine Wahl. Zum Glück taucht links vor uns eine Bretterwand auf. »Vermutlich hast du recht, wir sind hier falsch«, gibt mein Mann zu. »Da vorn bei dem Schuppen kann ich vielleicht wenden.«

Plötzlich sehe ich etwas, und mich befällt eine ungute Vorahnung. »Ich glaub, wir sind hier doch richtig. Das ist kein Schuppen, das ist unser Haus«, orakle ich mit unheilvoller Stimme. »Das hier muss der Briefkasten sein. Da steht die Hausnummer drauf.«

Ich zeige auf einen hölzernen Kasten neben dem Weg, der im Kegel unserer Scheinwerfer aufgetaucht ist. Auf das morsche Gebilde hat jemand mit weißer Farbe eine Eins gemalt.

»Himmel noch mal, Anna!«, poltert Morten plötzlich los. »Du bist so was von negativ. Das ist kaum auszuhalten. Dauernd gehst du vom Schlimmsten aus. *Immer* ist dein Glas halb oder ganz leer. *Nie* ist es voll!«

Wir haben die Hütte jetzt erreicht, und Morten bremst abrupt. Er reißt die Tür auf, der Wind schlägt sie ihm fast aus der

Hand. Doch er kümmert sich weder um den Sturm noch um den Regen, er springt aus dem Wagen, knallt die Tür zu und stapft einfach los.

Ich schnappe nach Luft. Boah, ist das unfair. Ich bin nicht negativ, ich bin bloß realistisch. Unsere Position auf dem Navi-Display stimmt mit allem überein, was ich über die Lage unseres Hauses im Internet recherchiert habe. Das hier ist es, und vermutlich sieht es von hinten einfach kleiner aus, als es ist. Deswegen muss er doch nicht ausflippen.

Super. Schon wieder Streit. Und Morten haut wieder mal ab. Soll ich warten, bis er die Wahrheit erkennt und zurückkommt? Nein, ich will die Situation nicht verschärfen, ich will mich endlich mit ihm vertragen. Deswegen steige ich aus und stemme mich wie er gegen den eisigen Regen, der mich in Sekunden durchnässt.

Ich höre die Brandung gegen das Land donnern und rieche salzige Luft. Morten umrundet die Hütte mit hochgezogenen Schultern, und ich folge ihm. Eigentlich ist das kleine, hell angestrichene Haus niedlich. Es hat zum Fjord hin sogar eine Terrasse aus Holz. Weder von der Seite noch von hinten wirkt es allerdings größer als von unserem Parkplatz aus. Na ja, vielleicht ist es ja von innen ein Raumwunder. Eine Art Tiny House.

Morten tastet sich vorsichtig die glitschigen Stufen zur Terrasse hoch. Ein Blitz erhellt die dämmrige Sturmnacht. In seinem Licht sehe ich meinen Mann am Geländer stehen, vor ihm die Brandung, die über den Strand schäumt, hinter ihm eine Glasfront, gegen die Regen klatscht. Ein krachender Donnerschlag lässt mich zusammenzucken. Dann erhellt ein weiterer Blitz den Himmel, und ich sehe in der Fensterfront hinter Morten eine gläserne Terrassentür mit einem Schloss, in dem ein Schlüssel steckt. Was das bedeutet, ist mir sofort klar. Lasse hatte an Morten geschrieben, er würde den Schlüssel seines Hauses einfach im Schloss stecken lassen, die Insel sei so sicher, dass da garantiert nichts passiere.

Wieder lässt ein Donner die Insel erbeben.

So, mir reicht's. Ich hab die Nase voll, und zwar nicht halb, sondern ganz. Ich klammere mich an das Treppengeländer, ziehe mich die rutschigen Stufen hoch und tappe mit drei vorsichtigen Schritten zu der Terrassentür. Der Schlüssel lässt sich leicht drehen. Ich stemme die Tür auf.

»Los, komm!«, schreie ich, so laut ich kann, und betrete die Hütte.

Ausnahmsweise tut Morten mal, was ich sage. Kaum sind wir drin, schlägt der Wind die Tür hinter uns zu.

Plötzlich ist es ganz still. Kein Sturmbrausen, kein Meeresrauschen, kein Regen mehr. Ich höre nur unseren Atem, Mortens und meinen, und das Tasten meiner Finger an der Wand, die nach einem Lichtschalter suchen.

Klack, da ist einer, und er funktioniert. Eine altmodische Lampe erhellt die Hütte mit trüb-gelbem Schein. Der Raum, in dem wir uns befinden, ist vielleicht halb so groß wie unser Wohnzimmer zu Hause. Und um eine Art Wohnzimmer scheint es sich auch zu handeln. Vor uns sehe ich Einbauschränke und eine Küchenzeile. Links sehe ich ein Sofa, rechts einen Tisch mit zwei Stühlen. Hinter uns, an der Fensterfront mit der Terrassentür, durch die wir gekommen sind, stehen zwei graublaue Ohrensessel neben einem kleinen Schwedenofen. Weitere Räume gibt es nicht, Betten auch nicht.

»Siehst du«, sagt Morten und verschränkt trotzig die Arme vor der Brust. »Das ist nicht unser Haus. Das ist der Annex für Gäste.«

Ich wünschte, es wäre so! Aber wo ist dann das Haupthaus? Da draußen auf jeden Fall nicht. Na, ich sag lieber nix, sonst findet Morten mich nur wieder negativ.

Mein Blick wandert zu dem Schwedenofen, auf dem eine Flasche Rotwein steht. Darunter klemmt ein Zettel.

Morten bemerkt ihn jetzt auch. In drei Schritten ist er beim Ofen und zieht das Blatt Papier vorsichtig unter der Flasche hervor.

Nachricht auf dem Tisch des kleinen Holzhauses

Hej Anna und Morten!
Herzlich willkommen im Sommerhaus DET LILLE PARADIS!
Fühlt euch wie zu Hause!!!
Das Sofa lässt sich zu einem bequemen Bett ausklappen.
Die Dusche ist außen neben dem Haus.
Die Toilette findet ihr im Wald, ihr müsst nur dem Pfad durch die Rosenhecke folgen.
Jeg ønsker dig en glad og hyggelig sommer -
Ich wünsche euch einen glücklichen und kuschligen Sommer.
Lars

KAPITEL 9

Nie war Rechthaben bitterer. Mir wird richtig flau, als ich realisiere, was dieser Zettel für uns bedeutet. Morten und ich, drei Monate auf dreißig Quadratmetern, das kann nicht funktionieren. Und so, wie wir zurzeit streiten, schon gleich doppelt nicht.

Morten scheint ähnlich zu denken, er sinkt auf das blau geblümte Sofa und vergräbt sein Gesicht in den Händen.

Ich hole tief Luft. »Macht doch nichts«, sage ich so was von positiv. »Wir betrachten diese eine Nacht als ein Abenteuer und suchen uns morgen ein größeres Haus.«

»Ein größeres Ferienhaus, das erstens den ganzen Sommer frei und zweitens erschwinglich ist?«, murmelt Morten durch seine Finger. »Wie willst du das finden?«

»Hmmm … schwierig«, gebe ich zu und durchforste mein Gehirn nach einem besseren Plan. Zurückfahren ist auf jeden Fall keine Option. Ich muss mir nur das Gesicht von Mortens Mutter vorstellen, schon weiß ich, dass ich mir und uns das nicht antue. Und zu unserem Alltagstrott will ich auch nicht zurück. »Dann bleiben wir eben hier«, sage ich einfach mal testweise. »Im Dunkeln wirken Häuser immer viel kleiner. Außerdem sind wir müde. Da erscheinen Probleme oft größer, als sie sind. Das ist eine ganz blöde Mischung. Am besten, wir essen jetzt was, trinken ein Glas Wein und gehen früh schlafen. Morgen sieht bestimmt alles viel besser aus.« Ich will mir nicht schon wieder ein halb leeres Glas vorwerfen lassen.

Morten nimmt die Hände vom Gesicht und schenkt mir einen langen Blick aus rot geäderten Augen. »Bleiben? Wir? Hier? Garantiert nicht!«

Er lässt sich kraftlos gegen die Lehne fallen und starrt schweigend die Decke an. Was mich ärgert. Okay, er muss ja nicht fröhlich tun, wenn er's nicht ist. Aber ein nettes Wort hätte ich jetzt auch gern gehört, ich bin nämlich genauso frustriert wie er. Und, mal ehrlich, Morten hätte im Vorfeld ruhig ein paar Infos über das Haus besorgen können, dann wären wir jetzt nicht in dieser Situation. Lasse ist schließlich *sein* Freund, Morten hätte sich von ihm Bilder schicken lassen können. Man muss bei der Übermittlung heutzutage nicht mehr auf Postkutschen zurückgreifen, das sollte sich mittlerweile auch unter Historikern herumgesprochen haben. Aber Jammern hilft jetzt nicht weiter.

»Heute Nacht bleibt uns nichts anderes übrig«, sage ich gespielt munter. »Komm, wir holen unser Gepäck rein!«

Eine halbe Stunde später ist mein Glas schon wieder halb leer. Diesmal allerdings tatsächlich. Der Pegel in meinem Rotweinschwenker ist nämlich sehr schnell gesunken. Auf das Essen hab ich ganz verzichtet, Morten wollte nichts, und allein hatte ich dann auch keine Lust aufs Kochen. Stattdessen schenke ich mir nach.

Eine weitere halbe Stunde später ist die Weinflasche leer. Nicht halb, sondern ganz. Dafür bin ich jetzt voll, was durchaus Vorteile hat. Ich finde die Hütte auf einmal seeehr gemütlich, und Mortens brummbärige Miene ist bei genauer Betrachtung irgendwie niedlich. Aber vier Gläser Wein haben auch Nachteile. So genau kann ich Morten gar nicht mehr betrachten, sein Anblick verschwimmt. Und so langsam sollte ich mal die Toilette finden, die irgendwo da draußen im Regen sein muss. Ich muss mal.

Vorsichtig erhebe ich mich von meinem Stuhl. »Ups.« Fast hätte ich das Gleichgewicht verloren und wäre aufs Sofa geplumpst.

Morten reagiert nicht, vermutlich, weil er gerade versucht, das Ding auszuklappen. Leider vergeblich, nichts passiert, obwohl er an der Lehne ruckelt und zerrt. Er hat schon einen ganz roten Kopf.

»Hilf mir mal«, bellt er mir entgegen.

»Später!«, vertröste ich ihn. »Eine Frau muss tun, was eine Frau eben tun muss. Bin gleich wieder da.«

Morten schnaubt ungehalten, aber ich nehme das nicht ernst. Erstens finde ich es auch niedlich. Und zweitens kann er ja nicht weglaufen. Wo soll er denn hin? Draußen regnet es, und hier drin kann er sich nicht mal im Badezimmer verbarrikadieren, es gibt nämlich keins, hihi. Was Lars in seiner Botschaft an uns Dusche genannt hat, ist nur ein Duschkopf draußen, seitlich an der Hauswand angebracht, mit zwei Drehknäufen, einen für kaltes und einen für etwas weniger kaltes Wasser. Ich hab es eben selbst ausprobiert.

Jetzt richtet Morten sich auf und reibt sich den schmerzenden Rücken. »Das Ding ist kaputt«, sagt er und guckt das Sofa an, als hätte es ihn persönlich beleidigt.

»Miststück«, sage ich und gebe dem Teil einen Tritt.

Mortens Feinde sind nämlich auch meine Feinde.

Unter dem blau geblümten Polster rumpelt etwas, dann rastet etwas mit einem lauten Schnappgeräusch ein. Oha, das klingt gut. »Probiersss noch mal«, fordere ich Morten auf.

»Was soll das bringen?«, fragt er genervt.

Seufzend bücke ich mich und ziehe an der Sitzfläche. Sie gleitet mir widerstandslos entgegen und verlängert sich zu einer etwa einen Meter zwanzig breiten und zwei Meter langen Liegefläche.

»Jep!«, rufe ich und richte mich hochzufrieden auf. »Ein Problem weniger!«

Morten mustert unser Lager noch griesgrämiger als eben. »Das ist kein Doppelbett«, behauptet er.

Hmmm. Die Liegefläche ist genauso breit wie unser erstes Ehebett. Aber ich lächle meinen Brummbär nur zärtlich an.

»Dann schläft eben einer aufm Sofa, und einer schiebt sich die beiden Sessel zusammmmm. Geht doch.«

»Das ist aber keine Dauerlösung«, wendet Morten ein.

»Ach.« Ich gucke ihn mit großen Kulleraugen an. »Wenn du's nicht erwähnt hättest, hätt' ich's gar nicht gemerkt.«

Dass er nur eine Nacht bleiben will, hat er echt oft genug erwähnt, ich hab keine Lust, das schon wieder zu diskutieren.

Ich winke huldvoll zum Abschied und balanciere auf einer gedachten Linie zur Tür. Jetzt muss es schnell gehen, meine Blase ist voll, und zwar ganz, nicht halb.

Das Wetter hat sich zum Glück ein bisschen beruhigt, und weil der Wind nicht mehr so wild durch die Rosenhecke fährt, entdecke ich im Lichtkegel meiner Taschenlampe neben unserem Auto tatsächlich einen Pfad, der sich durch das buschige Grün windet. Ich folge ihm und tappe nach ein paar Metern in den Erfassungsbereich eines Bewegungsmelders. Eine Lampe geht an, und ich sehe ein grob gezimmertes Holzhäuschen mit einem Herz in der Tür, das mich an die Trissebude von Michel aus Lönneberga erinnert. Brrr, ein Plumpsklo?

Nein, hinter der Tür riecht es überhaupt nicht nach Klo, nur nach Baum. Da ist eine moderne Komposttoilette aus glatt poliertem Holz. Neben dem Sitz steht eine Kiste mit Rindenmulch, über der eine Schöpfkelle hängt. Man muss hier schaufeln statt zu spülen, und das Prinzip scheint zu funktionieren. Eigentlich schön, es hat was Handfestes, Uriges.

Als ich kurz darauf wieder in unser Häuschen zurückkomme, hat Morten Kissen und Decken aufgetrieben. Er hat sich auch schon auf den beiden Sesseln eingerollt, mir überlässt er das Sofa. Wie nett! Ich putze mir schnell an der Küchenspüle die Zähne, dann lösche ich das Licht und krieche unter meine Decke.

Das Sofa ist echt gemütlich, oder, wie der Däne sagt, muggelig. Nein, *hyggelig*. Ach, egal. Morten sagt irgendwas, aber ich bin zu blau und zu müde, um zu antworten. Gute Nacht!

Ein paar Stunden später wache ich auf, weil der Wind an der kleinen Hütte rüttelt. Das leise Dröhnen unter meiner Schädeldecke erinnert mich schmerzhaft an den Wein. Ich setze mich auf und sehe mich um. Der Raum ist von dem milchigen Licht erfüllt, das so typisch für die langen nordischen Sommernächte ist, in denen es nie ganz dunkel wird.

Am Fenster sehe ich Morten auf seinem Sesselbett mehr sitzen als liegen, sein Kopf ist in einem unnatürlichen Winkel nach hinten geknickt. Er schnorchelt leise vor sich hin, und irgendwie rührt mich sein Anblick. Gut, dass er hier nicht allein ist! Er wäre in dieser Wildnis nicht überlebensfähig. Er würde sich beim Sofaausklappen einklemmen, beim Suchen nach der Toilette verirren, er würde verhungern, beim Holzhacken ein Bein verlieren und in kalten Nächten erfrieren, weil er das Feuer im Schwedenofen nicht zum Lodern bringen könnte. Zum Glück bin ich da.

Hey, was ist nur mit uns beiden passiert? Wir brauchen uns doch, oder? Und vor ein paar Wochen war noch alles in Ordnung. Oder stimmt das nicht? Täusche ich mich? Ist es das vielleicht schon länger nicht mehr? Komisch, früher hätte auch ich ein Bett in dieser Breite groß genug für zwei gefunden. Jetzt bin ich froh, dass Morten nicht nah neben mir liegt.

Bedeutet das was?

Lauter Fragen, auf die ich keine Antworten habe, also schließe ich die Augen und versuche weiterzuschlafen.

Irgendwann dringt ein leises Geräusch in meine Träume. Etwas klappert in der Hütte, dann spüre ich einen leichten Windhauch. Als ich mich verschlafen aufrichte, sehe ich, dass die Terrassentür einen Spalt weit offen steht, sie ist mit einem kleinen Riegel festgestellt.

Auf den beiden Sesseln liegen nur noch das Kissen und die zerwühlte Decke. Von Morten ist nichts zu sehen.

Im ersten Moment überlege ich, ob er abgereist ist. Aber das würde Morten dann doch nicht tun. Weglaufen ist zwar so was wie sein zweiter Vorname, aber sitzen lassen würde er mich dann doch nicht. Entweder er musste mal, oder er macht einen seiner geliebten Morgenspaziergänge. Vermutlich beides.

Ich räkle mich und gähne herzhaft. Die Hütte wirkt im Morgenlicht überraschend hell, freundlich und sauber. Die Luft, die durchs Fenster dringt, riecht nach feuchtem Sand, Salz und einem Hauch Rosenblüten. Draußen höre ich sanftes Wellenrauschen, das auf- und abschwillt. Ein leiser Wind bläht die hellen Vorhänge auf.

Ich krieche aus dem Bett und laufe barfuß zur Terrassentür. Von Morten ist nichts zu sehen. Vermutlich macht er wirklich einen Inselrundgang. Aber nicht nur er ist weg. Verschwunden sind auch der Sturm, der Regen und die Wolken am Himmel. Über dem Fjord taucht gerade die Sonne blutorangefarben aus dem Wasser und färbt den Himmel und die Wellen rosarot. Auf einem Stein in der schimmernden Brandung sitzt eine Möwe. Schnell schnappe ich meine Strickjacke und trete auf die Terrasse. Ein Windhauch bläst mir die Haare aus dem Gesicht, ich steige barfuß die Holzstufen hinunter, bis ich den kühlen Sand unter meinen Fußsohlen spüre.

Erst hier am Strand merke ich, wie groß in den letzten Monaten mein Meerweh war. Mir geht es nämlich wie dem Matrosen Ismael im Roman *Moby Dick*. Immer wenn ich merke, dass ich um den Mund herum grimmig werde, immer wenn in meiner Seele sogar im Sommer düsterer, nieseliger November herrscht, ist es höchste Zeit für mich, ans Meer zu kommen. Dort wird es dann in mir ganz hell, und ich kann endlich wieder durchatmen. So wie jetzt.

Ich bohre die Zehen in den Sand und will gerade tief Luft holen, da drückt ein Windstoß den Strandhafer zur Seite, und ich sehe einen dunklen Kopf. Morten? Nein, das kann nicht seine Silhouette sein, so wenig Haare und so einen bulligen Nacken hat er nicht. Aber wer ist das dann? Der Hafer ist wieder zurückgewippt, ich kann nichts mehr sehen und recke mich auf die Zehenspitzen. Als ich einen Seehund erkenne, der mit geschlossenen Augen die Sonne genießt, muss ich lachen. Bei diesem Geräusch reißt das Tier seine runden Knopfaugen auf, wendet den Kopf und fixiert mich.

Dass es ein Seehund ist, keine Kegelrobbe, erkenne ich sofort. Schließlich habe ich erst kürzlich einen Artikel über den Unterschied für den Zoo-Newsletter geschrieben. Man sieht es am runderen Kopf und den Babyaugen. Aber obwohl Seehunde richtig niedlich aussehen, sind sie gefährliche Raubtiere. Und viel schneller, als man denkt, man darf sie nicht reizen. Deswegen bleibe ich regungslos stehen.

Wir starren uns an.

Eine Sekunde vergeht. Noch eine. Und eine dritte, die sich scheinbar endlos dehnt. Auf einmal wendet das Tier den Kopf, schließt die Augen und reckt sein ohrenloses Gesicht wieder der Sonne entgegen.

Puh! Es findet mich harmlos. Soll ich die Gelegenheit nutzen und mich in die Hütte zurückziehen? Wobei … eine solche Chance zur Seehundbeobachtung bekomme ich nie wieder.

Und streitsüchtig wirkt dieses Tier wirklich nicht. Eher nachdenklich und verträumt.

Vorsichtig lasse ich mich auf der untersten Treppenstufe nieder und tue dasselbe wie der Seehund, ich wende mein Gesicht der Morgensonne zu. Die Augen lasse ich aber offen, sicher ist sicher.

Und da sitzen wir jetzt. Der Seehund und ich. Am Strand vor Lille Paradis auf Janø. Wir wissen beide, dass der jeweils andere da ist, aber es stört uns nicht, ich zumindest finde es sogar schön. Wir lassen unsere Gedanken mit den kleinen pastellrosa Wolken am Himmel ziehen. Die Sonne wird langsam gelborange, das Wasser glitzert und funkelt. Die Möwe lässt sich vom Stein ins Wasser gleiten und schaukelt auf den Wellen. Für einen kurzen Moment ist die Welt perfekt. Keine Ahnung, wie lange ich vor mich hinträume. Zeit ist gerade nicht wichtig.

Irgendwann kommt leider Bewegung in das graue Tier zwischen den Strandhaferhalmen. Es reckt den Hals, sieht sich um, schenkt mir einen langen Blick aus seinen dunklen Augen, schüttelt sich kurz und hörbar, dann robbt es langsam und gelassen zum Wassersaum. Irgendwie bin ich auf einmal sicher, dass es ein Mädchen ist, keine Ahnung, warum. Vielleicht, weil das Tier so einen sanften Blick wie meine Tante Trudi hat – und eine ähnlich birnenförmige Figur.

In Gedanken nenne ich meine neue Freundin ebenfalls Trudi und verabschiede mich mit guten Wünschen von ihr. Als sie zu schwimmen beginnt und abtaucht, vermisse ich sie richtig. Vielleicht kommt sie ja morgen wieder. Oder übermorgen. Aber bin ich dann noch da?

Ich stehe auf, trete an den Wassersaum und lasse meinen Blick über den Fjord wandern. Ganz weit draußen entdecke ich einen winzigen runden Kopf. Dann kommt eine Woge, Trudi taucht endgültig weg, und ich bin mit meinen Gedanken allein.

Auf einmal spielt Zeit wieder eine Rolle. Heute bin ich hier, aber wo bin ich morgen? Und übermorgen? Wo wäre ich denn gern? Was will ich überhaupt? Wenn ich das nur endlich wüsste!

Das Wasser glitzert pastellrosahimmelblau. Einem plötzlichen Impuls folgend streife ich meine Strickjacke ab und werfe sie auf den trockenen Sand. Mein Shirt folgt eine Sekunde später. Dann renne ich durch das spritzende Glitzerwasser, das tiefer und tiefer wird, bis es mich bremst und ich mich in das eisig-frische Nass fallen lasse. Kreischend und prustend tauche ich unter. Wow, es ist, als hätte ich plötzlich Champagner in meinen Adern. Ich berste förmlich vor Energie und friere kein bisschen. Wie Trudi stürze ich mich in die nächste heranrollende Welle. Auch in die übernächste, die noch etwas größer ist. Und in ganz viele weitere.

Als ich mich ausgetobt habe, schwimme ich ins Tiefe, drehe mich um und lasse mich auf dem Rücken liegend tragen. Nachdenklich betrachte ich unsere kleine Fischerhütte am Strand. Im sanften Licht der Morgensonne sieht sie ganz anders aus als im nächtlichen Sturm. Sie ist in dem silbrigen Grün des Strandhafers gestrichen, das weiße Terrassengeländer wirkt frisch und sommerlich über dem hellgrauen Sand. Idyllisch liegt sie einsam zwischen dunkelrosa Heckenrosen, blauen Kornblumen und weißen Kamillenblütenwölkchen. Und plötzlich denke ich: Wer einmal im Leben die Chance hat, so viel Schönheit, so viel Einsamkeit und so viel Naturnähe zu erleben, wäre ein Idiot, wenn er abreisen würde, nur weil diese Hütte vielleicht ein bisschen zu klein sein könnte oder die Dusche zu kalt oder das Außenklo zu unkomfortabel. Eigentlich dürfte ein Mensch, der so tickt, in seinem Leben nie wieder etwas Schönes erleben, zur Strafe für so viel Doofheit.

Und, nein, ein solcher Mensch bin ich nicht.

Ich tauche noch einmal unter, mache mich klein, bohre die Zehen in den Sand. Dann reiße ich die Arme hoch und schnelle empor wie ein Delfin im Sprung. Der Himmel über mir ist jetzt blau, Wassertropfen umfunkeln mich wie Diamantsplitter.

Tschakka, mein Entschluss steht fest: Ich bleibe. Ich verbringe diesen Sommer in genau dieser Hütte, selbst wenn morgen meine Ehe und übermorgen die Welt untergeht. Und falls Morten das nicht will, kann er ja gehen. Sein Problem!

WhatsApp-Chat auf Mortens Handydisplay

Lilly Hardenbjerg

Hallo, Daddy! Wie geht's?
Seid ihr gut angekommen? 5:30

Morten Hardenbjerg

Alles bestens! Mache gerade einen Morgenspaziergang über die Insel. Wie geht es dir denn, Mäuschen? Was macht Michigan? Und: Solltest du nicht längst schlafen? 5:33

Paaaapaaaa! Das kann ich schon selbst entscheiden. Hier ist es super! Die Gastfamilie ist cool, und morgen fahren wir nach Chicago! Wo ist Mama? 5:40

Schläft noch. 5:42

Ist das Haus schön? Gefällt es euch? 5:44

Es ist hübsch, aber sehr klein.
Eigentlich zu klein. 5:46

Oh. Was sagt Mama dazu? 5:48

Sie weiß noch nicht, ob sie
bleiben will. 5:49

Und du? 5:50

Ich finde es schön hier. Total idyllisch. Und: Eben hab ich beim Spazierengehen einen großen Felsbrocken mit merkwürdigen Rillen gefunden. Vielleicht ist das ein alter Runenstein der Wikinger. Ich bleibe auf jeden Fall hier! 5:52

Und wenn Mama nicht bleiben will? 5:54

Kein Problem. Wenn sie möchte, bringe ich sie zum nächsten Flughafen. Dann kann sie es sich zu Hause mal so richtig schön machen. 5:56

Daddy, ist wirklich alles okay bei euch?????
Und: Kommst du denn da allein klar? 5:58

Alles bestens! Uns geht es super, und ich komm immer überall klar, weißt du doch!
Mäuschen, bei dir ist es jetzt Mitternacht. Wenn du morgen in Chicago fit sein willst, musst du jetzt schlafen! 6:00

Papaaaaaaa!!! 🙄 6:04

Gute Nacht! 😍 6:05

KAPITEL 10

Pling. Beim Frühstück auf unserer Terrasse mit Meeresblick meldet mein Handy eine Nachricht von Lilly.

Willst du wirklich abreisen? Und Papa bleibt echt allein auf der Insel?, fragt meine Tochter aus weiter Ferne.

Moment mal, *was* will ich? Ich lasse mein Brötchen auf den weiß verschnörkelten Porzellanteller sinken. Wie kommt Lilly denn *darauf?*

Pling, eine weitere Nachricht. *Tu das nicht*, schreibt meine Kleine. *In der Wildnis überlebt er nicht allein!*

Krass. Sie scheint wirklich zu glauben, ich würde Morten allein auf der Insel lassen. Aber warum?

Misstrauisch mustere ich meinen Mann, der neben mir am Terrassentisch sitzt und gerade sein Frühstücksei köpft. Hat er ihr das etwa geschrieben?

Morten bemerkt meinen Blick und lächelt. Es ist ein auffallend unschuldiges Lächeln mit treuherzigen braunen Knopfaugen. So sieht Morten nur aus, wenn er was verheimlicht. Boah, ich glaub, Lilly hat das wirklich von ihm! Dieses miese Ekel will mich immer noch loswerden.

»Ist was?«, frage ich gereizt.

Morten lächelt wieder, Bambis Augen sind nichts gegen seine. »Danke, dass du Frühstück gemacht hast.«

»Kein Thema«, sage ich kühl.

Ich will jetzt keinen Dank, ich will offene Worte. Und eine Entscheidung von Morten.

»Was denkst du denn jetzt über das Ferienhaus? Und über uns hier?«, leite ich das Gespräch ein. Meine Stimme ist eisig.

»Die Hütte ist hübsch, aber klein«, stellt Morten fest und wischt ein paar Krümel von der Tischdecke.

»*Zu* klein?«, will ich wissen. Morten betrachtet die Wellen am Strand, die sanft auf uns zurollen. »Morten?«, hake ich nach.

Er gibt sich einen Ruck. »Definitiv. *Viel* zu klein.«

»Und jetzt?«, nehme ich ihn weiter in die Zange. Ich ahne nämlich, dass er *mich* dazu bringen will, auf *seine* Idee zu kommen, damit er sie anschließend als meine ausgeben kann. So nach dem Motto: Das hast *du* doch gesagt! Aber das kann er vergessen, darauf fall ich nicht rein. Ich bin lange genug mit ihm verheiratet, um diesen Trick im Frühstadium zu erkennen.

Morten zuckt mit den Schultern. »Wir machen es, wie es dir am liebsten ist. Wenn *du* bleiben willst, bleibe ich auch. Wenn du aber fahren willst …« Er stockt.

Aha. Jetzt kommen wir langsam zum Punkt. »Was ist dann?«

»Vielleicht willst du ja nach diesem Fiasko lieber eine Weile ganz für dich sein …«, tastet Morten sich vor.

»Möglich«, gebe ich zu.

»Ich könnte dich zum nächsten Flughafen fahren, du fliegst nach Hause und hast da deine Ruhe.«

So. Da wären wir wieder. Ganz am Anfang unseres Streits. Ganz am Anfang unserer Probleme. Ich fasse es nicht, dauernd dreht sich alles im Kreis.

Bevor ich aber etwas sagen kann, meldet sich mein Handy mit einem weiteren Pling.

Hallo? Mama???, schreibt Lilly. *Alles okay?* Es ist, als hätte sie feine Antennen, die von Michigan aus wahrnehmen, dass ihr Zuhause gerade in den Grundfesten wankt.

Alles bestens! Natürlich bleibe ich hier, tippe ich ein.

Und Papa?, kommt es sofort zurück.

Ich mustere Morten, der so konzentriert den Strand anstarrt, als gäbe es da etwas Spannendes zu sehen. Was nicht der Fall ist.

Okay, wir werden das jetzt regeln. Wir müssen raus aus dem ewigen Kreis. Ich lächle meinen Mann sanft an. »Du sagst, wir machen alles so, wie es mir am liebsten ist«, beginne ich vorsichtig. »Was ist, wenn ich will, dass *du* nach Hause fliegst?«

Morten lacht gekünstelt auf. »Ich lass dich doch nicht allein in dieser Wildnis zurück«, sagt er. »Was da alles passieren kann!« Nervös zerkrümelt er ein Brötchenstück zwischen den Fingern.

Ja, klar, hier kann extrem viel passieren. Ich könnte von marodierenden Touristen überfallen werden, Dänemark ist dafür bekannt. Oder von Seehunden zerfleischt werden. Wie beruhigend, wenn Morten in solchen Situationen an meiner Seite ist, um sämtliche Angreifer mit seinem Geschichtslexikon zu verjagen! Bei dem Gedanken muss ich grinsen.

Vermutlich ist es meine sichtliche Heiterkeit, die Morten vom Weitersprechen abhält. Seine Bambiaugen sind allerdings verschwunden, er blickt mich trotzig und zu allem entschlossen an. Abreisen wird der nicht, so viel ist klar.

Pling. *UND PAPA???*, wiederholt Lilly ihre Frage in Großbuchstaben.

Ich blicke auf den Fjord. Am Horizont sehe ich ganz weit hinten das Festland, davor gleitet ein großes weißes Boot über das blauglitzernde Wasser. Vor uns am Strand huschen ein paar winzige Vögel mit langen, staksigen Beinen über den Sand. Leise schwappen die Wellen gegen den großen Stein, auf dem wieder eine Möwe sitzt, vermutlich dieselbe. Dieser Ort ist wirklich ein Paradies. Andere fahren für so was nach Schweden oder Norwegen, wohnen da freiwillig in Blockhütten, Wohnmobilen oder sogar Zelten und finden es wunderbar. Und für uns soll das hier zu klein sein? Wenn ich ehrlich bin, ist *das* nicht wirklich unser Problem.

Kurz entschlossen nehme ich mein Handy. *Wir bleiben beide*, schreibe ich. Dann drücke ich auf Senden, sehe meinem Mann fest in die Augen und wiederhole laut: »Wir bleiben beide. Das ist dir doch auch längst klar, oder?«

Jetzt ist es Morten, der grinst. »Sicher. Und wer zuerst aufgibt, hat verloren.«

Aufgeben? Ich nicht! Im Gegenteil, ich hab einen Plan.

Eine Stunde später wandere ich tief in Gedanken versunken durch den kleinen Wald hinter unserem Haus. Im Sonnenlicht entpuppen sich die gespenstischen nächtlichen Baumgestalten als knorrige, windzerzauste Eichen, deren Stämme mit weichem Moos bedeckt sind. Nichts erinnert mehr an das gestrige Unwetter, sogar der Sand auf dem Weg ist schon trocken.

Morten ist mit dem Auto zur Fähre gefahren, um auf dem Festland Lebensmittel und eine bequeme Matratze zu kaufen. Und ich erforsche die Insel.

Das ist jetzt nämlich unser Deal: Wir gehen uns eine Weile aus dem Weg, und zwar, indem wir in diesen Sommerwochen die Rollen tauschen. Morten kümmert sich um den Haushalt und *schreibt ein bisschen*, so wie ich ja angeblich sonst immer. Und ich bin dafür tagsüber weg und forsche.

Der Vorschlag kam von mir, und Morten hat ihn angenommen, obwohl er ein bisschen überrascht wirkte. »Und was genau erforschst du?«, hat er gefragt.

Ja, das ist die Schwachstelle in meinem Plan. Was kann man auf einer Insel erkunden, auf der es nichts gibt? Einer Insel, die von Touristen besucht wird, die genau dieses NICHTS suchen? Da liegt eine Antwort sehr nahe: nichts.

Aber natürlich hab ich das nicht zugegeben. »Die Natur«, hab ich stattdessen selbstbewusst behauptet. »Ich bin schließlich Biologin. Und die Menschen. Beides gehört hier ja sehr eng zusammen.«

»Aha«, hat Morten gesagt. »Und wozu erforschst du das alles?«

Mit dieser Frage hat er mich ein bisschen ins Schwimmen gebracht. »Ich schreibe eine Reportage darüber. Oder nein, ein Buch.«

Morten hat zweifellos gemerkt, dass ich improvisiert habe. »Interessant. Für wen? Also, ich meine, wer soll es lesen?«, wollte er sofort wissen.

»Jeder, der sich dafür interessiert«, war meine trotzige Antwort.

An dieser Stelle unseres Gesprächs erschien etwas ekelhaft Überhebliches in Mortens Blick. »Sehr viele Einwohner hat Janø ja nicht.« Er zog eine Augenbraue hoch. »Und auch kaum Touristen.«

»Es wird kein Reiseführer, es wird ein Roman«, habe ich schnell behauptet. Und fand die Idee nicht mal schlecht.

»Oh, ein Romaaan.« Morten dehnte das Wort, bis es richtig lächerlich klang. »Mit Liebe und so, ja?« Solche Bücher sind total unter seiner Würde.

Ich warf ihm einen Blick zu, kalt wie die Arktis. »Wenn du so weitermachst, wird es ein Krimi. Mit einem Ehemann, der plötzlich verschwindet.«

Morten hat breit gegrinst. Und dann ist er wirklich verschwunden. Aber nur zum Einkaufen natürlich.

Tja, und ich umrunde jetzt dieses Eiland und sehe es mir genauer an. Wäre doch gelacht, wenn ich nicht irgendwo ein Romanthema finden würde. Ich hab ja keine Alternative. Ich muss!

Zweieinhalb Stunden später habe ich drei zauberhafte Sandstrände und viele steinige Uferabschnitte durchwandert. Ich habe Hunderte von Möwen, zwei Krebse und einen Nacktbadenden erschreckt. Ein Romanthema ist das noch nicht, aber ich habe beim Spazierengehen richtig Lust aufs Schreiben bekommen. Das ist ja schon mal was. Jetzt bin ich allerdings müde und will erst mal zurück.

Mein Orientierungssinn sagt mir, dass ich schon in der Nähe unserer Hütte bin, noch ein paar Hundert Meter weiter müsste unser kleiner Strand beginnen. Aber der Strandabschnitt direkt vor mir ist felsig, und dafür sind meine Flip-Flops ungeeignet. Ich hätte richtige Schuhe anziehen sollen, nur die hätten zu meinem neuen blauen Strandkleid nicht gepasst, und ich wollte es unbedingt anziehen. Jetzt verfluche ich diese Eitelkeit.

Na ja, dann muss ich eben landeinwärts um die Felsen herumlaufen. Ich folge einem Pfad, der mich durch rosafarbene und weiße Wildrosen zu einem Wäldchen führt.

Im Wald empfängt mich kühler Schatten, aber leider führt der Pfad mich von der Küste weg. Macht eigentlich nichts, wenn ich mich jetzt rechts querwaldein schlage, müsste ich bald an der Hütte sein. Und das geht auch mit Flip-Flops.

Tatsächlich komme ich gut durch das Dickicht, nur manchmal muss ich ein paar Zweige mit den Händen auseinanderschieben. Es riecht nach Nadeln, Holz und Harz. In den vertrockneten Blättern am Boden rascheln Vögel. Ein dicker Käfer brummt an meinem Ohr vorbei. Ein Stück weiter vorn entdecke ich in einem dichten Gebüsch einen riesigen Ameisenhaufen. Wie lange ich schon keinen mehr gesehen habe! Ich trete näher, um mir das Gewusel anzusehen, da erzittert der Haufen plötzlich.

Ich bleibe jäh stehen. Nee, oder? Vielleicht sollte ich langsam mal was trinken.

Aber jetzt, o nein, es raschelt, Zweige knacken, der gesamte Ameisenhaufen wankt! Er wird größer, und, ach du Scheiße, das ist gar kein Ameisenhaufen, das ist ein Bär!

Langsam und vorsichtig mache ich einen Schritt zurück.

Der Bär brüllt auf. Ich erstarre in der Bewegung. »Ganz ruhig!«, sage ich zu dem Tier. »Wir können das klären. Okay?«

Hoffentlich ist das keine Bärin mit Jungtier, denn dann walzen mich gleich sechshundert Kilo geballte Mutterliebe nieder.

Plötzlich höre ich dicht hinter mir eine Männerstimme. »Wenn du nicht willst, dass sie kommt, darfst du sie nicht ansprechen«, sagt der Mann.

Das ist zu viel. Ich mache einen Satz zur Seite und lande auf dem Hinterteil. Nicht vor Schreck, sondern weil sich mein linker Flip-Flop in einer Wurzel verhakt hat.

Jetzt kommt Bewegung in das Tier. Vor mir knacken Zweige.

»Das ist jetzt auch nicht so klug«, höre ich den Mann hinter mir sagen. Er packt mich am Ellenbogen, zieht mich hoch, dann schiebt er sich vor mich und hebt gebieterisch die Arme. »*Tilbage*, Freja, *hej, tilbage!*« Das Gebüsch vor ihm teilt sich. Ich sehe eine feuchte Nase. Es folgen große braune Augen. Eine zottelige Stirntolle. Und zuletzt riesige Hörner. Ups, das ist kein Bär, das ist ein schottisches Hochlandrind, ich kenn die aus dem Zoo. Ich weiß jetzt allerdings nicht, ob das die Lage entspannt. Die Hörner wirken bedrohlich. »*Tilbage*, Freja, *hej, tilbage!*«, wiederholt der Mann und wedelt mit den Armen.

Keine Ahnung, was das heißt, aber das Zottelrind kann was damit anfangen. Es zieht sich langsam zurück.

Der Mann vor mir ist hünenhaft groß und blond, er trägt Jeans und ein kariertes Hemd. Jetzt dreht er sich um und lächelt mich mit auffallend dunkelblauen Augen an. Er muss ungefähr so alt sein wie ich, der stopplige Dreitagebart steht ihm.

»Freja wurde mit die Hände aufgezogen«, sagt er mit kaum hörbarem dänischem Akzent. »Sie ist seeehr harmlos. Aber auch anhänglich. Sehr anhänglich. Kann sein, dass sie mit dir kuscheln will, wenn sie dich mag.«

»In diesem Fall ist es mir lieber, wenn sie mich nicht mag«, sage ich mit zittriger Stimme und klopfe mir unauffällig den sandigen Hosenboden sauber.

»Nein, das willst du auch nicht«, sagt der große blonde Däne und lächelt mich an. »Wen sie nicht mag, schubst sie weg. Mit die …« Er runzelt die Stirn. »Wie sagt man auf Deutsch? Geweih?«

»Mit den Hörnern.« Nervös denke ich an Frejas weit ausladenden Kopfschmuck, der eine Zierde für jeden Wildwest-Saloon wäre.

»Genau.« Der Däne nickt. »Am besten, du beachtest sie gar nicht und sprichst nicht mit ihr, dann wirst du langweilig für sie.«

Da bin ich sofort dabei. Ich werde diese Kuh anöden, so gut ich kann. Am besten, indem ich einfach verschwinde. Bei genauer Betrachtung steh ich nämlich gerade mitten in einem dichten Wald zwischen einer wilden Kuh und einem wildfremden Mann. Solche Situationen liegen nicht in meinem Wohlfühlbereich. Schon gar nicht ohne Morten und sein extrem abschreckendes Geschichtslexikon.

»Alles klar. Ich muss sowieso los. Werde dringend erwartet.« Ich wedle mit der Hand in eine unbestimmte Richtung. »Hab mich nur ein bisschen verlaufen.«

»Du willst zu Frode und Majvi«, stellt der Mann fest. »Da musst du zurück auf den Weg und dann rechts so lange weitergehen, bis du den Wald verlässt.«

Okay, bis eben wusste ich nicht mal, dass es Leute namens Frode und Majvi überhaupt gibt. Aber auf einmal will ich sie wirklich um mich haben. Und zwar schnell. Ich murmle einen undeutlichen Dank und flüchte mit schnalzenden Flip-Flops in die Richtung, die der Däne mir gewiesen hat.

Einkaufszettel, gespeichert im Memo auf Mortens Smartphone

Notizen

- eine gute Matratze (!!!)
- Toilettenpapier
- biologisch abbaubares Duschgel für draußen
- Lebensmittel:
  - Frühstück:
    - Brot
    - Butter
    - Eier
    - Milch
    - Kaffee
    - Marmelade
  - Mittagessen:
    - Was zum Kochen
    - Aber was????
    - vielleicht ein Kochbuch?
    - sicherheitshalber noch ein Brot
  - Abendessen:
    - noch mehr Brot?
    - Käse

- Achtung, unbedingt beim Bäcker fragen:
  Wie lange hält Brot?

KAPITEL 11

Weder der Mann noch das Rind folgen mir, als ich durch den Wald gehe, und mit jedem Schritt werde ich ruhiger. Bestimmt sind beide harmlos. Was der Typ wohl gedacht hat, als er mich sah? Zum Glück hatte ich keine Panikattacke. Bei einem Pferd wäre die Situation nicht so glimpflich verlaufen, da hätte er mich zitternd und weinend vom Waldboden aufklauben müssen. Aber das ist eine andere Geschichte, daran will ich jetzt nicht denken.

Am Waldrand höre ich durch die Zweige eine Kinderstimme, sie klingt vergnügt. Kurz darauf meckert eine Ziege. Was für eine willkommene Abwechslung! Ich trete aus dem Schatten der Bäume und sehe, dass der Weg ab hier durch eine hügelige Wiesenlandschaft führt. Links ist er von Gebüsch bewachsen, rechts sehe ich umzäunte Koppeln mit vereinzelten Bäumen, so weit mein Auge reicht. Auf einer grasen ein paar Tiere, die ich im Baumschatten nicht identifizieren kann.

»Nicht zappeln!«, höre ich plötzlich eine Kinderstimme dicht neben mir.

Hinter einem Holzzaun sehe ich eine Ziege, die an einem Pfosten angebunden ist. Ein kleines Mädchen bürstet das Fell des Tieres.

Die Kleine ist vielleicht sechs oder sieben Jahre alt, sie hat kinnlange blonde Haare und trägt ein kurzes dunkelrotes, nicht mehr ganz sauberes Kleid, in dem sie aussieht wie eine kleine Wikinger-Heidi. Insgeheim frage ich mich, ob die Ziege wirklich gebürstet werden *will*. Sie leistet zwar keinen Widerstand, meckert aber in den höchsten Tönen.

Das kleine Mädchen hingegen ist ganz in seinem Element, es bürstet den Ziegenrücken voller Hingabe. »Warte noch!«, sagt es zärtlich zu dem Tier und glättet das borstige Fell zwischen seinen Schulterblättern. Mich bemerkt es gar nicht. »Noch ein bisschen, okay? Wenn ich fertig bin, darfst du zu den anderen.«

Ein deutsches Kind. Majvi? Oder Frode? Ich kenne beide Namen nicht, aber heutzutage muss das nichts heißen. Ich hatte mir beide, Frode und Majvi, ja ein bisschen größer vorgestellt, und, im Falle der Ziege, auch menschlicher. Aber ich freu mich trotzdem, sie kennenzulernen.

»Hallo!«, sage ich leise, um die beiden nicht zu erschrecken. »Deine Ziege ist sehr hübsch. Wie heißt sie?«

Die Kleine sieht auf und lächelt mich vertrauensvoll an. »Ingebritt«, sagt sie und tätschelt den Ziegenhals. »Sie ist erst zwei. Ich zähme sie.« Sie lächelt und entblößt dabei eine riesige Zahnlücke. »Ich heiße Lisa und bin schon fast sechs.«

Okay, ich lag falsch. Vielleicht sind Majvi und Frode keine Namen, sondern dänische Wörter für Weide und Ziege oder so was Ähnliches.

»Ich bin Anna«, sage ich. »Warum meckert Ingebritt?«

»Weil sie was hört.« Lisa hebt den Zeigefinger, zum Zeichen, dass ich lauschen soll.

»Da brummt was«, stelle ich fest.

Lisa nickt. »Ja. Die Tiere kriegen jetzt ihr Essen. Und die anderen Ziegen durften schon hin, die sind nämlich schon gebürstet.«

Das Brummen wird lauter und schwillt beim Näherkommen zu einem Tuckern an. Ein kleiner grüner Traktor fährt über die Wiese auf uns zu, verfolgt von sechs Ziegen. Vorn auf der Gabel transportiert der Trecker einen großen Heuballen.

»So, jetzt bist du fertig, Ingebritt«, sagt Lisa, und löst den Strick vom Hals der Ziege. Kaum ist das Tier frei, macht es einen Freudenhopser und stürmt auf seine Artgenossen zu. »Sie mag Heu«, sagt Lisa und nickt verständnisvoll wie eine erfahrene Ziegenmama.

Ingebritt ist allerdings nicht die Einzige, die sich Hoffnungen auf den Heuballen macht. Auf der Nachbarkoppel nähern sich Pferde. Puh!

»Es gibt hier Zottelkühe, Pferde, Esel, Alpakas, Schafe, sogar Dalmatinerschweine, weiße mit schwarzen Punkten«, zählt Lisa auf.

»Wo denn?«, frage ich. Ich kann bis jetzt nur Pferde und Ziegen sehen.

»Weiter hinten«, sagt Lisa und wedelt mit der Hand. »Und auf der anderen Seite vom Weg sind auch Weiden! Die sieht man von hier nicht.«

Der Traktor stoppt und setzt den Heuballen ab. Ein stämmiger Mann mit Vollbart und Schiffermütze springt vom Führerhaus. Er durchtrennt mit einem Messer die Schnüre des Ballens, dann greift er mit beiden Händen in die Halme, packt ein großes Büschel, geht zur Pferdekoppel und verteilt es dort entlang des Zauns. Hufe trappeln, Mäuler schnappen nach Halmen. Eins der Pferde legt beide Ohren an und keilt vor lauter Futterneid aus. Mir wird sofort mulmig, als ich das sehe, obwohl ich es aus sicherer Entfernung beobachte.

Als der Bauer gebieterisch *»Hej«* ruft, benimmt sich das streitbare Pferd sofort wieder tadellos.

Ingebritt hat die anderen Ziegen erreicht und meckert nicht mehr. Gierig machen sich die sieben Geißlein über den Heuhaufen vor dem Traktor her.

»Warum kriegen die Tiere Heu?«, murmle ich vor mich hin. »Es ist doch Sommer, und sie haben Gras.«

Lisa verschränkt die Arme vor der Brust und macht ein wichtiges Gesicht. »Frode muss sie jeden Tag zählen«, sagt sie. »Er muss wissen, ob es ihnen gut geht. Die Koppeln sind so groß, und viele reichen bis in den Wald, da kann er nicht immer alle sehen. Deswegen lockt er sie mit dem Heu an. Manchmal liegt eins krank unter einem Baum, das sucht er dann und holt es in den Stall. Und manchmal kriegt eins von den Tieren ein Junges. Das lernt Frode dann beim Füttern kennen und gibt ihm einen Namen.«

Aha. Das also ist Frode. Der Mann trägt über einem karierten Hemd eine grüne Arbeitshose, die nur von einem Träger gehalten wird. Seine Füße stecken in klobigen gelben Gummistiefeln.

»Du kennst dich ja hier gut aus«, sage ich zu Lisa.

Sie nickt ernsthaft. »Ich bin in den Ferien immer hier und helfe Frode. Ich darf das.«

Der bärtige Frode legt jetzt die Hand über die Augen und lässt seinen Blick über die Koppeln wandern. »Guck! Jetzt zählt er sie«, flüstert Lisa neben mir ehrfürchtig.

»Ich weiß schon, was irgendwann dabei rauskommt«, sage ich. »Eine Zottelkuh fehlt. Sie heißt Freja und ist im Wald.«

Lisa reißt ihre dunklen Augen vor Staunen weit auf. »Woher weißt du das?«, fragt sie.

»Na, ich hab sie gesehen«, sage ich. »Und da war ein Mann, der mir gesagt hat, wie sie heißt.«

»Oh!« Lisa sieht mich voller Bewunderung an, und prompt fühle ich mich sehr viel heldenhafter als eben im Wald.

»Darf ich es Frode sagen?«, bettelt Lisa aufgeregt. »Darf ich? Ja?«

»Klar.« Ich zucke mit den Schultern.

»Frooode!«, ruft Lisa so plötzlich mit ihrer hellen, hohen Kinderstimme, dass ich zusammenzucke. »Froooooooode!«

Sie rennt auf den Bauern zu und rudert dabei mit den Armen. »Froooode! Freeeeja ist wieder weg.«

Ich folge ihr langsam.

Der bärtige Bauer sieht auf und lächelt uns entgegen. »Ach«, sagt er, als das Kind atemlos vor ihm stoppt. »Ach, ach, ach, diese Freja. Ist sie wieder weggelaufen, ja? Dann wöllen wir mal losgehen, sie einsufangen, ja?« Er hat den drolligsten dänischen Akzent, den ich bis jetzt auf der Insel gehört habe, und spricht mit einem melodischen Singsang, der entspannt und sehr freundlich klingt.

»Sie ist wirklich weggelaufen«, sage ich. »Ich hab sie gesehen. Mitten im Wald. Ich bin übrigens Anna. Anna Hardenbjerg.«

Um Frodes blaue Augen entstehen beim Lächeln zauberhafte Knitterfältchen. »Hallo, ich bin Frode Rasmussen«, sagt er. »Ja, die Freja ist ein besonderes Kuh. Sie kann die Gatter mit die Sunge öffnen. Mit ihre dicke, starke Kuhsunge drückt sie das Klinke, und dann geht sie weg. Die anderen Rinder bleiben da, sogar wenn die Tor offen ist. Aber die Freja nicht. Sie will Abenteuer.«

»Man könnte es abschließen«, sage ich.

Frode nickt bedächtig. »Ja«, sagt er. »Aber dann kann die Freja nicht weggehen. Und sie will es.« Er nickt nachdenklich. »Es ist ihr ein großer … Wie sagt man? Wunsch?«

»Äh … ja, Wunsch«, bestätige ich. »Aber passiert denn da nichts? Also, ich meine, wenn Freja frei herumläuft?«

»Ach, nein«, sagt Frode. »Sie ist ja nur so ein kleines Kuh.« Er hebt beide Hände, richtige Pranken, und hält sie etwa brustkorbbreit vor sich. »Da passiert nichts. Und, weglaufen kann sie ja nicht. Janø ist ein Insel, und Freja swimmt sehr, sehr slecht.«

»Trotzdem …«, beginne ich, halte dann aber inne. Auf einmal komme ich mir spaßresistent und sehr deutsch vor.

»Wir fangen Freja!« Lisa klatscht begeistert in die Hände. »Ich komm mit. Anna, du auch?«

»Eigentlich wollte ich …«, weiche ich aus, aber dann fällt mir keine Ausrede ein.

»Komm mit«, drängt Lisa mich. »Das ist toll. Freja kann nämlich …« Sie stockt, dann lächelt sie geheimnisvoll. »Nein, das verrate ich nicht, du musst mitkommen und selbst gucken.«

»Und wenn Freja mich nicht mag?«, frage ich. »Sie hat wirklich sehr große Hörner …«

Jetzt mischt Frode sich in unser Gespräch ein. »Freja mag jeden, den ich mag. Komm also ruhig mit.« Wieder erscheinen Fältchen um seine Augen.

»Du musst keine Angst haben, ich bin ja dabei«, sagt Lisa mütterlich.

»Na, dann.« Ich seufze. »Ist ja nur so eine kleine Kuh!« Wie Frode eben hebe ich die Hände und deute Katzengröße an.

Er lacht so laut, dass sein Bauch wackelt. »Steigt ein, Mädchen«, sagt er und zeigt einladend auf das Führerhaus seines Traktors.

Mädchen! So hat mich schon ewig niemand mehr genannt.

Kurz darauf zuckeln wir auf dem grünen Traktor eine Baumallee entlang, die an einem sonnengelben Dreiseithof endet, wie er für Dänemark typisch ist. Das Gehöft besteht aus einem Wohnhaus mit Reetdach und geschwungenen Gauben, links befindet sich ein ebenfalls reetgedeckter Stall, rechts eine Scheune. Die drei Gebäude umgeben einen kiesbedeckten Hof, in dem Hühner picken. In seiner Mitte steht eine beeindruckende Linde mit gewaltigen Ästen. Eine graue Katze sonnt sich vor der Scheune. Als wir laut tuckernd in den Hof einfahren, steht sie auf und räkelt sich.

Frode stoppt den Traktor, springt ab und hebt Lisa aus dem Führerhaus.

»Lauf su Majvi und hole Kartoffeln«, sagt er. Die Kleine rennt zum Wohnhaus und verschwindet hinter der dunkelgrünen Holztür.

Frode wendet sich an mich. »Herzlich willkommen auf Lykkegaard.«

»Was für ein zauberhafter Name für einen ebenso zauberhaften Bauernhof«, sage ich, denn *lykke* heißt Glück, und *gaard* bedeutet Hof, so viel weiß ich.

»Lykkegaard ist eigentlich kein richtiges Bauernhof mehr«, sagt Frode. »Majvi und ich wollen das viele Arbeit nicht mehr machen, und unsere Kinder leben alle in der Stadt. Wir haben jetzt nur noch ein klein Streichelzoo für Sommerkinder.«

»Für mich«, sagt Lisa, die wieder aus dem Haus aufgetaucht ist. Sie trägt ein rot kariertes Stoffsäckchen, das von seinem Inhalt ganz ausgebeult ist. »Kleingeschnittene Kartoffeln«, verkündet sie vergnügt.

Ihr folgen ein großer brauner Hund und dicht dahinter eine zierliche Frau mit kurzen braunen Haaren. Der Hund nutzt den Ausflug nach draußen, um sein Bein an der Stallecke zu heben. Die Frau kommt auf uns zu. Sie hat ein schmales Gesicht und große blaugrüne Augen. »*Hej*«, grüßt sie typisch dänisch. Beim Lächeln entstehen Grübchen in ihren Wangen. »Ich bin Majvi.« Sie reicht mir die Hand.

»Ich bin Anna.«

Ihr Lächeln vertieft sich. »Oh, ich weiß. Und noch viel mehr! Du bist aus Deutschland. Du hast Freja gefunden. Du hast ein bisschen Angst vor ihr. Und du bist nett.«

Sie blinzelt Lisa zu. Ihr Deutsch ist besser als das ihres Mannes. Lisas kleines Gesicht färbt sich dunkelrot.

»Ja, das stimmt alles«, sage ich schnell, um Lisa die Verlegenheit zu nehmen. »Mein Mann und ich wohnen am Strand in einem Haus namens Lille Paradis.«

Jetzt strahlen Majvis Augen. »Oh, du bist das! Lasse hat dich und deinen Mann schon angekündigt. Wir sollen uns kümmern um euch, das hat er gesagt.«

»Oh, danke, wir kommen sehr gut zurecht! Ich mache gerade einen Erkundungsspaziergang über die Insel. Und jetzt möchte ich mitkommen, um zu sehen, wie Frode Freja fängt.«

Majvi schmunzelt. »Ja, das lass dir nicht entgehen. Frode hat Freja von Hand aufgezogen. Die beiden sind ein tolles Team.« Sie wendet sich an Lisa. »Der Ball ist in der Scheune neben dem Tor.«

Sofort rennt die Kleine wieder los und erscheint Sekunden später mit einem großen hellgrünen Gymnastikball. Keine Ahnung, wozu sie den braucht. Für die Kuh?

»Los, kommt!« Sie schubst den Ball Richtung Baumallee.

Ein paar Minuten später betritt eine farbenfrohe Karawane das Eichenwäldchen hinter der Ziegenkoppel. An der Spitze des Zuges läuft der große braune Hund, der auf den Namen Olsen hört. Oder nicht hört, wenn er keine Lust dazu hat. Meistens eher nicht, weil er voll und ganz damit beschäftigt ist, jedes Grasbüschel am Wegesrand zu beschnüffeln.

Hinter Olsen läuft Lisa in ihrem roten Kleid, sie treibt den hellgrünen Ball neben sich her. Der dritte in der bunten Reihe ist Frode in seiner dunkelgrünen Hose und den gelben Gummistiefeln. Und ich in meinem leuchtend blauen Kleid bilde die Nachhut. Dank meiner verflixten Flip-Flops komme ich kaum hinterher.

»Freja«, ruft Frode mit tiefer Stimme, kaum haben wir den Wald betreten. »Freja, komm her!«

»Freeeeeja!«, mischt sich jetzt auch Lisas helle Stimme mit ein.

»Wuff!«, bellt Olsen.

Ich gebe keinen Mucks von mir, denn Freja muss gar nicht wissen, dass ich auch wieder hier bin.

Plötzlich knacken neben mir Zweige im Gebüsch am Wegesrand, und ich mache einen Satz rückwärts. Ein zotteliger Rinderschädel mit gewaltigen Hörnern schiebt sich zwischen zwei Büschen hindurch. Ein sanfter Blick aus großen braunen Augen ruht nachdenklich eine Weile auf mir, dann wandert er zu Frode und Lisa.

»Freja!«, quietscht Lisa begeistert. »Guck mal, ich hab Kartoffeln!«

Die Ohren der Kuh zucken, als würde sie das Wort kennen. Lisa greift in ihren Beutel. In drei Schritten ist sie bei der Kuh und hält ihr ein Kartoffelstück vor die Nase.

Vor dem großen Kopf mit den ausladenden Hörnern sieht das kleine Mädchen winzig aus, aber von Frode kommt keine Warnung, also ist das wohl okay so.

Mit angehaltenem Atem beobachte ich, wie das feuchte Maul Lisas Hand näherkommt. Mit tiefen Atemzügen beschnuppert Freja die angebotene Gabe. Dann schnellt eine lange rosarote Zunge aus ihrem Maul, und die Kartoffel ist weg. Zufrieden zermalmt Freja den Leckerbissen.

»So«, sagt Frode. »Später es gibt mehr. Lisa und Anna, stellt euch jetzt mal hinter mich.«

Nichts lieber als das. Ich greife nach Lisas Hand und bringe uns hinter Frodes breitem Rücken in Sicherheit.

»Freja, *vi spiller nu!*« Frode legt den Gymnastikball vor seinen Fuß. Dann holt er aus und gibt ihm einen gewaltigen Tritt. Der Ball holpert über den Schotterweg Richtung Lykkegaard. Wie auf Knopfdruck setzen sich sechshundert Kilo Kuh in Bewegung und brechen krachend durchs Unterholz. Freja hat eindeutig den Ballinstinkt eines Profifußballers, sie stürmt dem grünen Gummiball so motiviert nach, dass der Boden bebt. Eleganz sieht zwar anders aus, aber Power hat sie definitiv. Als sie mit wehendem Fell den Ball erreicht, stoppt sie, senkt die Hörner und gibt ihm einen Puff. Ihre Ballpower wäre im Profifußball allerdings höchstens was für die Ersatzbank. Wenn überhaupt. Der Ball rollt ein paar Meter, dann bleibt er liegen. Schnaubend und bebend dreht sich das haarige braune Rind nach uns um. »Sie möchte ein Kartoffel sur Belohnung«, sagt Frode.

Lisa nickt, saust mit ihrem Beutel zu Freja, stellt sich ein zweites Mal völlig angstfrei neben die imposante Kuh und schiebt ihr eine Kartoffel ins tropfende Maul.

Dann tritt sie zur Seite und lässt Frode vorbei, damit der zum nächsten Schuss Richtung Hof ausholen kann.

Freja stürmt wieder los, das Ganze wiederholt sich, und so kommen wir flott voran. Beim dritten Schuss verlassen wir schon den Wald. Beim siebten ist Freja fast an der Kuhweide.

Ich folge dem ungewöhnlichen Fußballteam aus Bauer, Kuh und Kind und schüttle immer wieder fassungslos den Kopf. Es ist wirklich kaum zu glauben. Ich, Anna, eben noch im regnerischen Deutschland, wandere über einen sonnigen Inselweg und beobachte eine Kuh beim Kopfball. Ein ganz besonderes Gefühl breitet sich in mir aus. Ich erwarte nichts und halte alles für möglich. Ist das *lykke?*

Ich bin so in Gedanken versunken, dass ich das Knattern, das langsam lauter wird, erst spät bemerke. Zu spät.

»Aus dem Weeeg, Liiisa! Vooorsicht, Aaaanna!«, brüllt Frode.

Ich blicke auf und sehe plötzlich alles in einer Art Zeitlupe: Aus der Baumallee, die zum Hof führt, schießt ein kleines Gefährt auf uns zu, gefahren von einer Art grünem Marsmännchen. Freja sieht es, zuckt zusammen und brüllt vor Schreck auf. Sie wirft ihren massigen Körper herum und donnert auf Lisa und mich zu.

WhatsApp-Chat auf Mortens Handydisplay

Morten Hardenbjerg

Hallo, Janakob! Du, was braucht man eigentlich für diesen Brokkoliauflauf, den es neulich bei euch gab? Also, außer Brokkoli … 11:35

Jakob Hardenbjerg

Janakaaa! 11:36

Oh, sorry! 11:07

Kartoffeln, Eier, Frischkäse, Milch, Haferflocken, Käse, gehackte Mandeln, Salz, Pfeffer, Muskat, Curry 11:09

Oh, das ist viel. Hätt' ich gar nicht gedacht. Und wie koch ich das? 11:11

Du kochst? 11:13

Noch nicht, grad steh ich im Laden und kauf ein. Aber nachher versuch ich's mal. Schickst du mir das Rezept? 11:15

Spaß, oder? 11:18

Bitterer Ernst. Schick's einfach, okay? Muss mich beeilen. Will das Essen auf dem Tisch haben, wenn deine Mutter zurückkommt … 11:20

Krass. Dass ich das noch erleben darf! 11:22

Schick es!!! 11:22

KAPITEL 12

Eine Stunde nach meinem Ausflug falle ich im Ferienhaus erschöpft aufs Sofa und erzähle Morten von meinem Abenteuer. Und ich mache es spannend. Schließlich hat der arme Kerl heute noch nicht viel erlebt. Er steht am Herd und starrt in einen Topf, der merkwürdig zischende Geräusche von sich gibt. Ich glaub, er braucht dringend geistige Anregungen.

»Plötzlich seh ich dieses seltsame rote Gefährt mit dem kleinen grünen Marsmännchen drauf«, erzähle ich. »Es macht einen Höllenlärm. Der Bauer stößt einen Fluch aus. Das Kind schreit auf. Und bevor ich so richtig kapiere, was los ist, rennt eine panische schottische Hochlandkuh direkt auf mich zu.« Auffordernd sehe ich Morten an. Er sollte jetzt eigentlich mindestens einen Laut des Erschreckens von sich geben. Tut er aber nicht, also muss ich noch eins drauflegen. »Der Boden bebt unter den Hufen der büffelähnlichen Kuh. Sie kommt näher und näher. Ich sehe das Weiße in ihren vor Angst aufgerissenen Augen und werfe einen raschen Blick zu Lisa rüber. Zum Glück schiebt sie sich katzengleich hinter einen Baum. Mir ist klar, dass auch ich etwas tun muss, aber ich hab keinen Baum in Reichweite, und ich bin starr vor Schreck.« Trotz meiner dramatischen Schilderung wirkt Morten nur mäßig interessiert. Er starrt in den Topf, als ginge da etwas sehr viel Spannenderes vor sich. Klar, natürlich ahnt er das Happy End. Schließlich lieg ich gerade heil und gesund auf unserer Couch. Aber ein bisschen mitfiebern könnte er schon, so macht Erzählen echt keinen Spaß. Gut, dann fasse ich mich eben kürzer. »Wäre ich nicht mit einem Riesensatz über den Alpakazaun geflankt, hätte die Kuh mich zermalmt«, beende ich meinen Bericht.

»Da hast du ja Glück gehabt«, murmelt Morten geistesabwesend.

Also, ich finde, etwas mehr Erschütterung könnte er schon zeigen. »Das war nicht nur Glück, das war auch sportliches Geschick. Der Zaun war immerhin hüfthoch, so einen Sprung muss man erst mal schaffen, und dann auch noch im Kleid und mit Badeschlappen. Aber es ging um Leben und Tod, da mobilisiert man ungeahnte Kräfte«, leg ich noch einmal nach.

»Klar«, sagt Morten und starrt weiter in den Topf.

Hmpf. Er ist heute ein harter Brocken.

»Was machst du da eigentlich?«, frage ich misstrauisch. »Und was riecht hier so komisch?«

Schon beim Eintreten habe ich einen merkwürdig müffelnden Geruch bemerkt, gleichzeitig faulig und angebrannt. Ich hab den Kaminofen als Ursache vermutet. Und Morten, der vielleicht versucht hat, darin ein Feuer zu machen. Aber so langsam dämmert mir, dass der Geruch was mit dem Topf zu tun haben könnte.

Jetzt hab ich Mortens volle Aufmerksamkeit. »Es riecht komisch?«, fragt er über die Schulter.

»Als hättest du einen Pups gegrillt«, gebe ich zurück.

Endlich dreht Morten sich zu mir um. Er sieht irgendwie schuldbewusst aus. »Vielleicht ist das mein Brokkoliauflauf«, sagt er zerknirscht.

»Ein Auflauf?«, frage ich. »Der so riecht? Und du machst ihn … in einem Topf?«

»Wir haben keine Auflaufform«, behauptet Morten trotzig.

»Schon okay«, besänftige ich ihn. »Ist zwar ungewöhnlich,

könnte aber funktionieren, der Topf hat ja keine Kunststoffteile. Nur stell ihn in den Ofen, nicht auf die Platte.«

»Das Problem ist, dass wir auch keinen Backofen haben«, sagt Morten mit säuerlicher Miene und öffnet die Klappe unter den Herdplatten. Ich sehe Töpfe und Pfannen. »Siehste.« Morten pfeffert die Klappe wieder zu.

»Und was ist das da links neben dir?«, frage ich vorsichtig.

Morten blickt nach links. »Ein Kühlschrank.«

»Weiter oben«, sage ich. »Direkt vor deiner Nase.«

Er schnaubt ärgerlich. »Erklär mich nicht für doof. Das ist eine Mikrowelle.«

»Nein. Das ist ein niedlicher kleiner Backofen für zwei Personen mit integrierter Mikrowelle«, sage ich. »Darin hab ich heute Morgen auch die Brötchen aufgebacken. Und weißt du was? Guck da doch mal rein.«

Morten öffnet gehorsam die kleine Ofenklappe und sackt ein bisschen in sich zusammen. Da steht eine kleine Auflaufform. Woher ich das weiß? Na, ich hab sie heute früh hineingeschoben. Wir haben extrem wenig Stauraum in unserer Hüttenküche, ich musste alles ein bisschen umräumen, um Platz für unsere Lebensmittel zu schaffen, und ich dachte, dass die Auflaufform uns dort am wenigsten stören würde.

»Nee, oder?«, sagt Morten kraftlos.

»Wie um Himmels willen wolltest du deinen Auflauf ohne Backofen machen?«, frage ich.

»Na, umgekehrt.« Klirrend feuert Morten den Löffel ins Spülbecken und zieht den mittlerweile bedrohlich zischenden Topf von der Herdplatte.

Jetzt kapier ich überhaupt nichts mehr. »Umgekehrt?«

»Im Rezept hieß es, man solle erst Brokkoli und Kartoffeln in die Form legen, dann eine Soße aus Eiern, Milch und Frischkäse darüber gießen und zum Schluss Reibekäse und Mandeln auf das Ganze streuen. Aber weil die Hitze im Topf ja von unten kommt, und nicht von oben wie im Backofen, hab ich alles in umgekehrter Reihenfolge eingefüllt. Erst Mandeln, dann Käse, dann Soße, dann das Gemüse.«

»Aha. Ach so.« Bei dem Versuch, nicht zu lachen, schneide ich eine Grimasse. Und mit einem lauten Räuspern unterdrücke ich den Impuls, Morten zu sagen, dass die Hitze in Backöfen nicht nur von oben, sondern von allen Seiten kommt. »Jetzt hast du vermutlich angebrannten Mandelkäse und kalte Brokkolikartoffeln«, quetsche ich stattdessen heraus.

Morten betrachtet mit gerunzelter Stirn das Ergebnis seiner Kochkünste. »Das trifft es ziemlich genau«, gibt er zu.

Ich kann nicht anders, ich muss schallend lachen. Aber als ich wieder Luft bekomme, tut mir das wirklich leid. Morten hat sich eindeutig viel Mühe gegeben. »Wir essen einfach das Gemüse«, schlage ich vor. »Ist ja sowieso gesünder. Und den angebrannten Käse schmeißen wir weg.«

Morten scheint nicht überzeugt von der Idee. »Du sagst doch, es riecht hier nach Pups.«

»Das tut Brokkoli immer«, tröste ich ihn.

Morten wirkt immer noch nicht beruhigt. »Kann man Kartoffeln denn roh essen?«, will er wissen.

»Die sind roh?«, frage ich fassungslos. »Hast du sie vorher nicht gekocht?«

»Muss man das?« Morten schnappt sich sein Handy, starrt aufs Display, liest etwas. »Oh, stimmt.« Jetzt wirkt er sichtlich geknickt. »Ja. Hmmm. Ich hätte stattdessen auch Brot …«

»Brot ist toll«, springe ich ihm sofort bei. »Sogar viel besser. Mir ist bei der Hitze gar nicht nach was Warmem.«

Morten sieht ein bisschen getröstet aus. Aber nicht sehr. Vermutlich hat er sich auf den Auflauf gefreut.

Er nimmt den Topf vom Herd, knallt ihn ins Spülbecken

und lässt Wasser hineinlaufen. Jetzt zischt und stinkt der Inhalt noch mehr.

»Hast du denn eine Matratze bekommen?«, versuche ich ihn abzulenken.

Morten nuschelt etwas, das ich nicht verstehe, und zeigt mit dem Daumen in die Ecke neben dem Kamin. Eine Matratze sehe ich dort allerdings nicht. Nur einen schmalen grauen Beutel, der an der Wand lehnt. Sieht aus wie ein verpacktes Zelt oder so was Ähnliches.

»Was ist das?«, will ich wissen.

»Ich hab kein Matratzengeschäft gefunden. Nur eins mit Campingzubehör.« Morten dreht sich um, lehnt sich an die Spüle und verschränkt die Arme vor der Brust. »Der Verkäufer war richtig doof. Ich frag ihn, ob er Schlafmatten zum Selbstaufpusten hat. Ich meinte natürlich diese Self-Inflating-Dinger, ist ja klar. Sagt der doch tatsächlich zu mir: *Hej*, wir haben *nur* Matten zum Selbstaufblasen. Glaubst du wirklich, dass es auch welche gibt, die *wir* für dich aufpusten?«

Ich muss wieder lachen, und diesmal lacht Morten mit. Sekunden später wird mir allerdings klar, dass er mich mit seiner Geschichte nur vom eigentlich Offensichtlichen ablenken will. Fakt ist, wir haben keine Matratze. Einer von uns muss also die Nächte auf dieser Isomatte verbringen, und das wird die Lage in unserem kleinen Paradies ganz bestimmt nicht entschärfen.

»Wieso gab es kein Matratzengeschäft?«, frage ich leicht gereizt. »Es muss doch irgendwo so was geben. Die Dänen schlafen längst nicht mehr auf Schaffellen am Boden.«

Morten wendet mir wieder den Rücken zu, greift nach einer Tüte und wickelt ein Brot aus dem Papier. »Klar gibt es auf dem Festland irgendwo Matratzen«, sagt er. »Aber ich hatte keine Zeit, lange danach zu suchen. Ich hatte schließlich die ganzen

Einkäufe im Auto, und es war heiß. Außerdem wollte ich das Essen rechtzeitig auf den Tisch bringen.«

Ich starre entgeistert auf seinen Rücken, während er mit einem viel zu kleinen Messer viel zu dicke Scheiben von dem Brotlaib absäbelt.

»Warum hast du die Matratze nicht *zuerst* gekauft? Und *danach* die Lebensmittel?« Ich werde unbeabsichtigt lauter.

»Weil mir das Kochen *wichtiger* war.« Morten hebt ebenfalls die Stimme.

»Und jetzt essen wir *Brot*. Und haben *keine* Matratze«, sage ich spitz.

»Himmel, Anna«, poltert Morten los. »Lass mich bitte *meine* Angelegenheiten regeln, wie ich will, und kümmere du dich um *deine*.«

»Ob ich auf einer Isomatte oder einer Matratze schlafe, ist durchaus *meine* Angelegenheit«, fauche ich zurück.

»*Du* schläfst auf dem Sofa, das geht dich also gar nichts an«, sagt Morten mit Nachdruck.

Gut zu wissen. Und trotzdem. »Wenn du Rückenschmerzen hast, geht mich das sehr wohl etwas an, dann hast du nämlich eine Saulaune.«

»Die machst du mir doch gerade auch, und das ist dir sichtlich egal. Außerdem ist das da drüben eine übergroße, bandscheibenschonende, wärmeisolierende High-Tech-Self-Inflating-Matte. Und ich hab mir noch eine Nackenrolle aus irgendeinem Schaum gekauft, der die Halswirbelsäule optimal stützt. Autsch!«

Morten lässt das Messer fallen, sein Daumen färbt sich rot, sein Gesicht wird kreidebleich. Mist, er kann kein Blut sehen.

»Nicht hingucken!«

Ich springe auf und bin in drei Schritten bei ihm.

Eine Viertelstunde später habe ich Morten aufs Sofa gebettet, seinen Daumen desinfiziert und den winzigen Schnitt mit einem riesigen Pflaster verarztet. Ich habe meinem Mann Käseschnittchen mit Tomatenverzierung gemacht und sie auf ein kleines Beistelltischchen neben sein Krankenlager gestellt, zusammen mit einem dampfenden Becher Kamillentee, weil ihm ganz plötzlich danach war.

Um Mortens Genesung nicht zu stören, habe ich meinen eigenen Teller und mein Glas Wasser auf Zehenspitzen nach draußen balanciert, wo ich mich an unseren kleinen Privatstrand in den Sand gesetzt habe. Wenn Morten den sterbenden Schwan spielt, haben Gespräche sowieso keinen Sinn, er kann dann nur leiden und seufzen. Und das kann er ohne mich besser, denn ich muss darüber leider oft lachen, was ihn verständlicherweise zutiefst verletzt.

Der dänische Käse schmeckt toll. Versonnen blicke ich aufs Wasser und denke an alles, was ich Morten gerade *nicht* erzählt habe, weil es ihn kein bisschen interessiert hat.

Ganz so elegant wie behauptet war meine Flucht vor der Kuh in Wahrheit nicht. Ich bin nämlich nicht über den Holzzaun geflankt, so was kann ich gar nicht. Tatsächlich habe ich mich mit dem Oberkörper auf die oberste Zaunlatte geworfen, hing da wie ein wild zappelnder Mehlsack, habe in echter Panik meine Beine auf die andere Seite geschwungen und dabei beide Flip-Flops verloren, die ich anschließend mit zitternden Knien im hohen Gras suchen musste.

Trotzdem, ich war in Sicherheit, und ich war außerdem unglaublich erleichtert, dass ich auf Kühe sogar in solchen Situationen deutlich gelassener reagiere als auf Pferde. Lisa war auch beeindruckt. »Cool!«, hat sie gerufen und in die Hände geklatscht.

Selbst Frode nickte mir anerkennend zu. Dann drehte er

sich um, verschränkte die Arme und wartete mit brummigem Gesicht auf das Marsmännchen, das langsam auf uns zutuckerte und sich beim Näherkommen als zierliche ältere Dame mit riesigen Ohrenschützern in einem grünen Arbeitsoverall entpuppte, die einen kleinen Aufsitzrasenmäher fuhr.

»Das ist Frodes Mutter«, flüsterte Lisa mir zu. »Sie wohnt auch hier. Sie heißt Matilde und fährt dauernd mit dem Rasenmäher. Sogar, wenn sie einkaufen geht. Ich find sie toll! Und du?«

Dankbar für die Info lächelte ich Lisa an. Antworten konnte ich ihr nicht, denn Matilde kam vor uns zum Stehen, würgte den Motor ab, schwang sich vom Sitz und zog ihre Marsmännchenohrenschützer vom Kopf. Ihre kurzen grauen Haare standen wild in alle Richtungen ab.

Fröhlich schmetterte sie uns entgegen: »Da war ich wohl zur falschen Zeit am falschen Ort, sagte der platt gefahrene Frosch auf der einsamen Landstraße.« Ihre blauen Augen blitzten gleichzeitig schuldbewusst und amüsiert.

Bevor ich mir klarmachen konnte, was ein platt gefahrener Frosch mit der Sache zu tun hatte, nämlich nichts, wandte sie sich an mich. »*Hej*, ich bin Matilde.« Anders als ihr Sohn und ihre Schwiegertochter hatte sie gar keinen dänischen Akzent. »Du kannst gern Tilde zu mir sagen. Und du musst Anna sein, Majvi hat mir schon alles über dich erzählt. Ich wollte gerade losfahren, um den Weg zur Paradieshütte für euch zu mähen.« Sie sah mich ehrlich zerknirscht an. »Tja, und jetzt hätte Freja dich fast umgemäht.«

»Macht nichts.« Ich grinste. »Sie ist ja nur so eine kleine Kuh.« Mit beiden Händen deutete ich Dackelgröße an, worauf Tilde laut auflachte. Zauberhafte Knitterfältchen überzogen ihr schmales Gesicht. »Da höre ich meinen Sohn reden!«

»Von dem bekommst du jetzt wirklich was zu hören«,

mischte Frode sich in das Gespräch ein. »Klein oder nicht klein, Freja ist auf jeden Fall weg.« Er schenkte seiner Mutter einen brummigen Blick. »Du kannst doch hier nicht einfach um die Ecke rasen wie eine Rennfahrerin. Das ist gefährlich. Hier leben Tieren. Und Menschen.«

Doch die winzige, weißhaarige, wuselige Person hatte ihr Kontingent an Zerknirschung für diesen Tag offenbar aufgebraucht. Sie grinste verschmitzt. »Ich hole sie heute Abend rein, versprochen. Dann kann sie noch ein bisschen frei sein, und wir können alle weiterarbeiten.« Sie setzte ihre Ohrenschützer wieder auf, schwang sich erneut auf den Sattel, startete den Motor, hielt dann aber noch einmal inne. »Anna!«, brüllte sie meinen Namen viel lauter als notwendig. Offenbar hatte sie vergessen, dass meine Ohren keine Schalldämpfer trugen. »Falls du nachher den kürzesten Weg nach Lille Paradis suchst, folge einfach der Spur des Rasenmähers. Auf Freja wirst du dabei garantiert nicht treffen, die hat Angst vor dem Mäher. Ach, das weißt du ja schon!« Sie hob die Hand zum Abschied. »Bis gleich, sagte der Junge, und warf seinen Bumerang.« Sie gab Gas und knatterte an uns vorbei Richtung Wald.

Frode blickte seiner Mutter nachdenklich nach. »Hoffentlich vergisst sie Freja nicht«, murmelte er, dann grinste er und ergänzte, »... sagte der Bauer über seine *mor*, die gern alles vergaß, worauf sie keine Lust hatte.« Er zuckte mit den Schultern. »Mein *mor* ... äh ... Mutter, ist ein bisschen schrullig vielleicht. Aber ganz wunderbar. Das Rasenmähen ist ihr selbst gewähltes Job, weißt du. Sie sorgt dafür, dass die Wege auf das Insel nicht zuwüchern. Oder wie sagt man? Das macht sie glücklich.«

»Wie alt ist sie?«, wollte ich wissen.

»Achtundsiebzig.« Er gab dem Gymnastikball einen Tritt, und Lisa lief ihm fröhlich nach.

Das Geräusch des Rasenmähers wurde leiser, und wenig

später zeugten nur noch eine Spur und der Duft von frischem Gras von Tildes Wirken.

Ich verabschiedete mich, und tatsächlich war es ein guter Tipp, Tildes Spur zu folgen. Unterwegs traf ich weder wilde Kühe noch wildfremde Männer und gelangte in wenigen Minuten zu unserer Hütte, wo Tilde deutlich erkennbar sogar den Weg zur Toilette frisch gemäht hatte, bevor sie Richtung Landstraße weitergetuckert war. Selbst jetzt, hier am Strand, liegt noch ein Hauch Grasduft in der Luft.

Ob das auch was für Mortens Mutter wäre? Ein Aufsitzrasenmäher? Allein bei dem Gedanken an meine Schwiegermutter, die auf einem laut lärmenden Gefährt über eine Wiese cruist, muss ich lachen. Nein, das passt nicht.

Aber irgendetwas, das sie glücklich macht, bräuchte Mortens Mutter auch. Braucht ja jeder.

Versonnen beiße ich in mein Käsebrot und blicke aufs Wasser. Gleich werde ich erst mal einen Artikel für den Zoo-Newsletter schreiben. Über schottische Hochlandrinder, die gibt es im Zoo nämlich auch, und wenn ich mich in dieses Thema einarbeite, schlage ich zwei Fliegen mit einer Klappe.

Vielleicht sollte ich aber auch was über Glück schreiben. Für meinen Roman. Über glückliche Menschen. Ich hab nämlich so langsam das Gefühl, dass es hier auf der Insel einige davon gibt.

Morten und ich gehören nicht dazu. Noch nicht. Aber wir arbeiten dran.

An: **paula.baer@em.uni-frankfurt.de**
Betreff: **Runen**
Von: **mortenhardenbjerg@gmail.com**

Guten Morgen, Frau Bär,

bitte beauftragen Sie einen meiner Hiwis, mir neueste Forschungsergebnisse über skandinavische Runenfunde, Schwerpunkt Nordjütland, herauszusuchen, einzuscannen und zuzumailen. Ich glaube, ich habe hier auf der Insel eine interessante Entdeckung gemacht.

Aber bitte nicht darüber reden, noch ist nichts spruchreif! Sagen Sie, falls es Fragen gibt, einfach, dass ich das für den Glücksvortrag brauche.

Mit herzlichen Grüßen aus dem sonnigen Dänemark

Morten Hardenbjerg

KAPITEL 13

Mitten in der Nacht schreckt mich ein lautes Geräusch aus dem Schlaf. Etwas kratzt und schabt an unserer Hütte. Ich setze mich auf, taste nach meinem Handy und checke die Uhrzeit. Halb drei.

In dem merkwürdig milchigen Dämmerlicht der skandinavischen Sommernacht erkenne ich, dass auch in das dunkle Bündel am Boden Bewegung kommt. Morten auf seiner Isomatte vor der geöffneten Terrassentür ist ebenfalls aufgewacht.

Wieder schabt etwas an der Hüttenwand. »Was ist das?«, flüstere ich ängstlich.

»Zweige, die sich im Wind bewegen«, vermutet Morten.

Ich schüttle den Kopf. »Es windet heute viel weniger als gestern. Und gestern hat nichts geschabt.«

Morten gähnt. »Zweige wachsen.«

Wieder dasselbe Geräusch, jetzt an einer anderen Stelle. »Zweige wandern nicht«, stelle ich fest und spüre, wie mein Herz schneller schlägt.

Plötzlich höre ich einen Schlag. Dann ein dumpfes Poltern. Ein riesiger Schatten erscheint auf der Terrasse.

Ich springe vom Sofa auf und presse beide Hände auf meinen Mund, um nicht laut zu schreien. Morten rappelt sich hoch und knallt geistesgegenwärtig die Terrassentür zu.

Donnernde Schritte lassen die Hütte erbeben. Der wuchtige Schatten nähert sich der gläsernen Tür.

»Ein Bär«, flüstert Morten.

Bär? Moment mal! Plötzlich kapiere ich, wer da steht. Tilde hat Freja wirklich vergessen, und die macht einen nächtlichen Hausbesuch. Ich kichere hysterisch. Und jetzt? Einen Ball hab ich nicht, aber Kartoffeln. Das ist besser als nichts.

Mit drei Sätzen bin ich am Kühlschrank und nestle die Papiertüte aus dem Gemüsefach. »Was machst du da?«, zischt Morten mir zu. Statt zu antworten, reiße ich ein Messer aus der Schublade, hacke eine Kartoffel in Stücke, haste zur Terrassentür und reiße sie wieder auf. »Bist du verrückt?«, ruft Morten. »Mach die Tür zu!«

Als ich nicht reagiere, schleicht mein Held auf Zehenspitzen hinter das Schlafsofa.

»Freja«, rufe ich in die Nachtdämmerung hinaus. Der Schatten auf der Terrasse weicht zurück, mit lautem Poltern. »Freja, komm her!«

Ich beuge mich vor, strecke die Hand aus und halte der Kuh ein Kartoffelstück vor die Nase, immer bereit, zurückzuweichen und die Tür zuzuknallen. Sekunden später fühle ich eine feuchte, kratzige Zunge an meiner Hand, gefolgt von malmendem Kauen. Jep! Es klappt. Ich schiebe die restlichen Stücke nach.

Freja muht zufrieden.

Hastig sehe ich mich um. Ich brauch jetzt was zum Werfen. Okay, das könnte gehen. Mit dem Fuß angle ich nach Mortens Nackenrolle, die neben seine Isomatte gekullert ist. Ohne Freja aus den Augen zu lassen, bücke ich mich und packe das wurstförmige Kissen.

Was hatte Frode noch mal zu Freja gesagt? Ich erinnere mich nur ungefähr. »Freja, spielen!«, schmettere ich in die Nacht und werfe die Rolle in hohem Bogen über die Terrassenbrüstung. Freja schwenkt langsam den mächtigen Schädel. Versonnen blickt sie meinem Ballersatz nach. Leider setzt sie sich nicht in Bewegung. Mist. Wenn sie hier weiter hin und her rumpelt, haben wir bald genug Kleinholz, aber keine Terrasse mehr. »Freja … äh … *spiller*«, versuche ich es noch einmal dänischer. Und endlich setzt sich die zottlige Kuh in Bewegung.

Zum Glück ist Freja klug und folgt dem Wurfgeschoss nicht so schnell wie gestern dem Ball. Langsam und behäbig klettert sie die drei Treppenstufen hinunter und stupst das Kissen mit ihrem Maul an. Es bleibt, wo es ist. Freja muht empört auf. Aber bevor sie umkehren kann, um sich bei mir zu beschweren, schiebe ich unseren Terrassentisch vor die Treppe. Jetzt ist ihr der Rückweg versperrt.

»Bist du verrückt?«, blafft Morten japsend, als ich wieder in die Hütte komme.

»Das war kein Bär, das war eine Kuh«, sage ich. »Du erinnerst dich, ich hatte dir von ihr erzählt. Oder besser gesagt, ich hatte es versucht.«

Diese kleine Spitze kann ich mir nicht verkneifen. Hätte er besser zugehört, wäre ihm dieser Schreck erspart geblieben.

»Das war keine Kuh, das war ein ausgewachsener Büffel«, behauptet Morten.

Er geht um das Sofa herum und lässt sich entkräftet darauf fallen.

»Das war ein schottisches Hochlandrind«, sage ich. »Und wirklich nur ein ganz kleines.« Ich deute mit den Händen Kaninchengröße an und versuche, ein Grinsen zu unterdrücken.

»Es war ein Bison«, widerspricht Morten trotzig. »Hey, warum hast du mir nicht gesagt, dass das Vieh nicht gefährlich ist? Warum hast du einfach wortlos die Tür aufgerissen und mich fast zu Tode erschreckt?«

»Das war kein Moment für lange Erklärungen«, erwidere ich entrüstet. »Freja wiegt ein paar Hundert Kilo und war gerade dabei, die Terrasse zu zerlegen. Ich musste blitzschnell handeln. Eigentlich könntest du dich bedanken, dass ich dich gerettet habe, statt mich auch noch anzumeckern, dass ich dabei sprachlos war.«

Morten springt vom Sofa auf und richtet wütend den Zeigefinger auf mich. »Du bedankst dich ja auch nicht, dass ich die Tür zugeschlagen habe. Dabei hab in Wahrheit *ich* uns gerettet. Die Kuh hätte zwei Sekunden später hier drinnen gestanden und die gesamte Bude demoliert.«

»Du bist also hier der Retter?«, frage ich ungläubig.

Morten steht barfuß in einer viel zu kurzen Pyjamahose vor mir. Sein Pyjamaoberteil hat er aus Versehen falschherum angezogen, ich sehe die Nähte. Seine Haare sind zerzaust. Er verschränkt die Arme vor der Brust.

»Genau!«

Das ist zu viel. Ich weiß, es ist falsch und unpassend, ja sogar gemein. Aber mein Lachen bricht aus mir hervor wie eine Naturgewalt.

Als ich am nächsten Morgen aufwache, liegt Morten in seine dünne Decke gewickelt und gekrümmt wie ein Haken neben der Isomatte. Ich steige vorsichtig über ihn hinweg und tappe auf die Terrasse. Der Fjord glitzert im Morgenlicht. Von Freja ist weit und breit nichts zu sehen und zu hören. Das Nackenkissen liegt unten im Sand und braucht ganz dringend eine Wäsche.

Trotz der frühen Stunde ist es warm, deswegen beschließe ich, die Außendusche auszuprobieren. Und zwar nackt. Hier ist ja niemand. Außer mir sind da nur die Rosenbüsche, die Bäume und die leise gegen den Strand brandenden Wellen. Fest in ein Badetuch gewickelt verlasse ich wenig später das Haus, schiebe den Terrassentisch zur Seite und drehe seitlich an der Hütte den Hahn auf. Es gurgelt in der Hauswand, der Duschkopf spuckt und sputzt laut und vernehmlich, bevor ein sanfter, lauwarmer Sprühregen auf den Sandboden und die sattgrünen Grashalme zu meinen Füßen rieselt.

Ich wickle mich aus dem Handtuch und werfe es über einen Rosenbusch, dann stelle ich mich unter den Schauer und atme tief durch. Erst ist es komisch, splitterfasernackt in der Natur zu stehen, aber nach ein paar Sekunden fühlt es sich großartig an. Als wäre ich der erste Mensch auf der Welt. Im Freien zu duschen ist fast wie Duschen unter einem Wasserfall. Ich hab das zwar noch nie gemacht, aber ungefähr so stelle ich es mir vor.

Zehn Minuten später wird das Wasser immer kälter, ich drehe es ab und angle nach meinem Handtuch. Als ich zurück in die Hütte komme, strotze ich nur so vor Lebensfreude.

Morten nicht. Er öffnet gequält die Augen, wälzt sich ächzend auf die Seite, erhebt sich mit einem Schmerzenslaut und hinkt ohne Gruß oder Kuss an mir vorbei nach draußen, in Richtung Toilette. Dass ich hier quasi im Evaskostüm vor ihm stehe, registriert er gar nicht, genauso wenig wie die prickelnde Frische, die von mir ausgeht. Hmpf. So viel zum Thema »Meine Matratze ist allein mein Problem«.

Als dieses Muffelmonster dann auch noch meinen Kaffee zu dünn und die frisch aufgebackenen Fertigbrötchen, die er selbst gestern gekauft hat, zu weich findet, steht mein Tagesplan fest: Nichts wie weg hier!

Hey, ich hab Sonne, ich hab Wasser, und ich hab frei. Ich will nicht mehr streiten oder Trübsal blasen. Ich will glücklich sein. Wenn Morten weiter schmollen will, macht er das eben allein.

Kurz entschlossen packe ich einen Rucksack mit Badezeug, Käsebroten, Äpfeln und einer Wasserflasche. Ich bleib heute nämlich auch zum Mittagessen weg, das macht Morten zu

Hause ja auch dauernd, und wenn schon Rollentausch, dann richtig.

Meinen Schreibblock packe ich auch ein. Ich werde ab sofort eine Art Glückstagebuch führen. Alles, was schön ist, wird aufgeschrieben, solange die Eindrücke noch frisch sind. Egal, wovon mein Roman handelt, diese Aufzeichnungen kann ich darin ganz bestimmt verwenden, und bestimmt begegnet mir heute viel, was mich glücklich macht. Wenn man in die Welt hineinlächelt, lächelt sie auch zurück!

Na ja, nicht immer. Morten zumindest lächelt nicht, obwohl ich ihm zum Abschied einen lauten Schmatz auf die Wange drücke.

Als ich die Hütte verlasse, atme ich erst mal ganz tief durch. Dann wähle ich den von Matilde frisch gemähten Weg durch den Wald. Vor Freja habe ich keine Angst mehr. Falls sie auftaucht, werde ich sie ignorieren.

An der Wegkreuzung schlage ich nicht den Weg nach Lykkegaard ein, sondern biege links ab, Richtung Strand. Ab ins kühle Nass und ein paar Züge schwimmen! Danach werde ich dann versuchen, Wörter für das Gefühl zu finden, wenn man erhitzt in Wellen watet und sich dann langsam tiefer und tiefer ins schäumende Salzwasser sinken lässt, bis die Wogen über dem Kopf zusammenschlagen und man von den Haarspitzen bis zu den Zehen von kühlem, prickelndem Nass umschlossen wird. Soweit mein Plan.

Aber es kommt anders. An dem kleinen Sandstrand neben dem steinigen Küstenabschnitt bin ich heute nicht allein. Direkt vor mir spielen sechs rundliche, flauschige Wuschelwesen in den blaugrünen Wellen des Fjords, in die ich gerade eigentlich selbst sinken wollte. Es handelt sich eindeutig um die Alpakas von Lykkegaard. Zwei stehen einfach nur da und recken ihre braunen Hälse, um mit sanften, dunklen, lang bewimperten Augen das Glitzerwasser und den Horizont zu betrachten. Ihre Flauschohren klappen abenteuerlustig nach vorn und zur Seite, als würden sie dem Rauschen der Brandung lauschen. Ein großes hellbraunes Tier mit gewaltigem Bauch schreitet majestätisch den Wassersaum entlang und beschnuppert Muscheln und Algenbüschel. Zwei schlanke Jungtiere, ein geflecktes und ein weißes, scharren mit den Füßen im feuchten Sand. Jedes Mal, wenn die Wellen weichen, rücken sie vorsichtig drei Schritte vor. Kaum kehrt das Wasser aber wieder zurück, machen sie gespielt entsetzt einen riesigen Sprung auf den sicheren, trockenen Sand. Ein kleines kohlrabenschwarzes Alpaka mit frecher Stirntolle ist mutiger. Es marschiert beherzt ins knöcheltiefe Wasser, knickt langsam und umständlich erst die Vorderbeine, dann die Hinterbeine ein und liegt schließlich zufrieden schnaubend in dem seichten, salzigen Nass.

Dürfen die Tiere hier sein? Egal! Vielleicht ist es ja ihr Wunsch, so was scheint man auf Janø locker zu sehen. Und das hier ist eindeutig Glück pur. Bei den Tieren und bei mir. Aber ich kann jetzt nichts aufschreiben, ich muss diesen Moment sehen, hören, riechen und ohne Worte speichern. Direkt im Herzen.

»Aaanna«, höre ich da von Weitem eine Kinderstimme.

Ich löse den Blick von den Alpakas und bemerke ein Stück von mir entfernt in einer Dünenkuhle eine Gruppe bunt gekleideter Menschen. Alle sitzen im Sand, bis auf ein kleines Menschlein im roten Kleid, das am Rand der Kuhle aufgeregt hüpft und winkt. Lisa! Ich winke zurück und stapfe durch den weichen Sand auf die Gruppe zu.

Beim Näherkommen erkenne ich Matilde, die etwas erzählt, das alle außer Lisa ganz in ihren Bann zu ziehen scheint. Heute trägt die wilde Tilde keinen grünen Arbeitsoverall und keine Ohrenschützer, sondern ein blau geringeltes Strandkleid. Zierlich, wie sie ist, könnte man sie glatt mit einem Kind verwechseln, wären ihre Haare nicht grau. Sie hebt grüßend die Hand und lächelt mir entgegen, während sie weiterspricht.

Lisa hat mich jetzt erreicht. »Duhuuu, Anna!« Sie nimmt meine Hand. »Wir machen einen Alpakaspaziergang. Und ich darf ein Alpaka führen, obwohl ich noch nicht acht bin. Weil Tilde mir hilft.« Sie strahlt über das ganze Gesicht. »Gerade haben wir die Führstricke abgemacht, damit die Alpakas spielen können. Das mögen die!«

Ja, das tun sie wirklich. Eins der schlanken Jungtiere jagt in diesem Moment ein großes, behäbigeres und bestimmt älteres Tier über den Strand. Ich könnte schwören, dass beide lächeln.

Lisa zieht mich in die Kuhle, und Tilde unterbricht ihren Vortrag. »Hey, Anna! Du siehst erhitzt aus, sagte der Kannibale zu dem Missionar im Topf.« Sie grinst. »Setz dich zu uns und trink was. Ich erzähle gerade, wie Alpakas leben. Auf Deutsch. Du wirst alles verstehen!« Dankbar lasse ich mich neben einer Frau in einem wallenden korallenroten Gewand nieder, die mir einen Becher Apfelsaft reicht. Sie nickt mir kurz zu, dann konzentriert sie sich wieder auf Matildes Bericht. »Unsere Alpakas lassen sich streicheln«, erklärt Tilde. »Und diese Formulierung trifft es genau. Es bedeutet, sie lassen unsere Berührungen zu. Das haben wir ihnen beigebracht.« Matilde betrachtet nachdenklich die spielenden Tiere, während sie weiterspricht. »Von Natur aus haben Alpakas eigentlich nichts für Körperkontakt übrig. Sie sind anders als zum Beispiel Ziegen, die es lieben, gebürstet und gekrault zu werden. Man kann sie eher mit scheuen Rehen vergleichen, die sich nur ansatzweise zähmen lassen. Alpakas sehen zwar unglaublich kuschelig aus, aber sie sind vom Wesen her keine Kuscheltiere, selbst ihresgleichen gegenüber bleiben sie auf Distanz. Deswegen ist es wichtig, dass wir uns ihnen nicht aufdrängen.« Matilde erhebt sich und klopft den Sand von ihrem Ringelkleid. »Wir müssen ihren Wunsch nach Abstand respektieren und ruhig auf den Augenblick warten, in dem sie neugierig auf uns sind und uns von sich aus Nähe gewähren. Dann dürfen wir sie berühren. Und das üben wir jetzt mal.« Sie blickt auffordernd in die Runde aus knapp zehn Personen. »Hängt euch die Führstricke um, damit ihr die Hände freihabt. Und dann sucht euch irgendwo am Strand einen Ort, an dem ihr euch ganz ruhig hinstellt. Nehmt ein bisschen Futter in die Hand und streckt den Arm aus. Irgendwann wird eins der Tiere euch erwählen. Es wird zu euch treten, euch beschnuppern und euch aus der Hand fressen. Dann könnt ihr es streicheln. Oder auch nicht. Das entscheidet das Tier.«

Matilde hat einen Eimer mit einer Art Müsli dabei, den stellt sie jetzt in die Mitte, und jeder kann sich bedienen. Aufmunternd nickt sie mir zu. »Mach doch mit, Anna! Das macht Spaß.«

Ich nehme mir auch eine Handvoll Körner und suche mir einen Platz nah am Wasser, wo ich mich mit entspannt gestrecktem Arm hinstelle und einfach abwarte, was passiert.

Erst geschieht gar nichts. Die Alpakas waten durchs Wasser und beachten uns nicht. Aber dann merke ich, wie sie die Ohren spitzen und uns immer intensiver beäugen. Das kleine schwarze Jungtier nimmt mich ins Visier. Es gibt ein leises Brummen von sich, eher ein Summen, und kommt auf mich zu. Etwa einen Meter von mir entfernt bleibt es stehen und nähert seine Nase mit gerecktem Hals meiner Hand. Als es merkt, dass es das Futter so noch nicht erreichen kann, macht es vorsichtig einen weiteren Schritt, dann noch einen. Behutsam ziehe ich den Arm ein bisschen an, und das kleine Alpaka kommt noch näher. Ich öffne die Finger und spüre eine weiche Nase und warmen Atem in meiner Handfläche.

»Darf ich dich streicheln?«, frage ich leise.

Das Alpaka pustet behutsam in die Körner. Dann nimmt es ein paar davon zwischen seine flaumbesetzten Lippen. Ich werte das einfach mal als Ja. Langsam lege ich die andere Hand an seinen Hals und fühle das wollige Fell unter meinen Fingern. Das Tier bleibt ganz ruhig stehen.

»Das ist Pauli«, sagt Tilde, die leise neben mich getreten ist. »Er ist erst ein Jahr alt und noch sehr scheu. Es ist ein großes Kompliment, dass er dich kennenlernen will. Das bedeutet, dass du gerade sehr ruhig und ausgeglichen bist. Alpakas sind große Menschenkenner. Sie spüren, wie sich ein Mensch fühlt.«

Ich lächle. Tilde hat recht, ich fühle mich großartig!

Unsere Kuschelminute endet allerdings jäh, denn jetzt tritt die Frau in dem korallenroten Wallegewand zu uns. Es bauscht sich im Wind, Pauli reißt erschrocken den Kopf hoch und macht einen Satz rückwärts.

»Alpakas sind die Delfine des Festlandes«, sagt die Frau viel zu schrill und zu laut für meinen Geschmack. Tilde verdreht die Augen und zieht sich zurück, aber die Frau merkt nichts davon. »Wenn man ihnen zuhört und eine innere Verbindung zu ihnen herstellt, kann man den großen Geist spüren, der Tiere, Menschen, Natur und Kosmos verbindet. Alpakas sprechen die Sprache des Herzens, die uns daran erinnert, dass wir alle aus Liebe bestehen und deswegen eins sind.« Hmmm. Sind wir das? Pauli scheint es anders zu sehen. Er zuckt zurück, als die Frau ihn jetzt am Halfter packt und den Karabinerhaken ihres Führstricks in den Ring unter seinem Kinn einhakt. »Entschuldige, dass ich euren Austausch unterbreche«, sagt sie. »Aber ich habe diese Alpakawanderung gebucht, und Pauli ist heute mein Tier.«

»Klar.« Ich mache einen Schritt zurück, denn ich habe ja wirklich nichts gebucht, ich bin nur zufällig hier.

Pauli seufzt. Ich auch. In der Welt, in der wir alle eins sind, war er heute mein Tier. Aber in der Welt, in der die Sprache des Geldes gesprochen wird, hat die wallende Frau recht, und ich will jetzt keinen Ärger anfangen.

Mit einem langen Blick in Paulis sanfte dunkle Augen verspreche ich ihm ohne Worte, dass wir unsere Herzensunterhaltung bald weiterführen werden.

Tilde hat alles gehört, blinzelt mir verständnisvoll zu und flüstert: »Das machen wir die Tage noch mal, nur wir beide.« Sie hält kurz inne, um dann grinsend zu ergänzen: »Sagte die Eintagsfliege zu ihrem Mann.« Dann versammelt die zierliche grauhaarige Person ihre Truppe und führt sie vom Strand. Lisa darf zusammen mit Tilde das dicke braune, vermutlich trächtige Alpaka führen, das majestätisch voranschreitet – an seinem Halfter sind zu diesem Zweck zwei Stricke befestigt. Das kleine Mädchen im roten Kleid ist ganz ergriffen von seiner Aufgabe, die Wallefrau hingegen läuft mit ruckenden Bewegungen, Pauli zuckelt lustlos neben ihr her und wirkt gestresst.

Als alle weg sind, lasse ich mich in den Sand sinken, nestle meinen Schreibblock aus dem Rucksack und schreibe auf eine leere Seite:

Wie man definitiv NICHT glücklich wird:

1. Wenn man achtsam eine Rosine isst.

2. Wenn man aus Starrköpfigkeit auf einer Isomatte schläft.

3. Wenn man mit einem Alpaka die Sprache des Geldes spricht.

WhatsApp-Chat auf Mortens Handydisplay

Morten Hardenbjerg

Wann planst du deine Rückkehr? 12:35

Anna Hardenbjerg

Erst gegen Abend. Sieben oder so.
Warum? 12:35

Ich geh noch mal einkaufen. Brauchst
du was? 12:44

Erdbeeren wären toll. Alles in Ordnung
bei dir? 12:48

Okay, Erdbeeren. Hier alles bestens.
Und bei dir? 12:49

Alles fein! Dann bis später. 12:51

KAPITEL 14

Allein am Strand schicke ich Lilly und Jakob Fotos und Nachrichten. Ich schwimme im Fjord, telefoniere mit Christina, sammle Muscheln, beobachte Möwen und rette einen Krebs vor ihren gierigen Schnäbeln. Mein Glückstagebuch wächst um viele positive Einträge, und bei alldem merke ich nicht, wie die Zeit vergeht. Am frühen Nachmittag hat meine Haut dann aber genug Sonne getankt, sie rötet sich trotz Sonnencreme. Ich springe noch ein letztes Mal ins kühle Wasser, schlüpfe in mein Kleid und verlasse sonnensatt und meeresmunter den einsamen Strand.

Heute will ich den Rest der Insel erkunden, und mein Weg führt mich an Lykkegaard vorbei. Als ich mich dem Hof nähere, höre ich leise Klaviermusik. Ich biege in die kleine Allee und bemerke an einem Baum ein Schild, das mir gestern entgangen ist. Es ist mit vielen Tieren verziert. Ich sehe Hühner, Enten, Alpakas, Ziegen, Pferde, Rinder und einen großen braunen Hund. In der Mitte steht der Name des Hofes in bunten Buchstaben, und unten stehen die Öffnungszeiten.

Aha, Montag ist Ruhetag, deswegen war gestern nur Lisa da. Dienstags findet immer eine Alpakawanderung statt, die habe ich ja heute miterlebt. Mittwochs können Reiter ab vierzehn Jahre Pferde für Ausritte am Strand mieten, auf Wunsch unter sachkundiger Führung. Okay, dann werde ich den Hof mittwochs meiden. Donnerstags gibt es einen Eselkurs für Anfänger, das ist nicht viel besser, aber doch ein bisschen. Esel erinnern mich zwar geruchlich an Pferde, aber damit kann ich umgehen, weil sie viel kleiner sind. Freitags gibt es noch mal geführtes Reiten für Kinder, also wieder nichts für mich. Aber die Samstage und Sonntage sind ganztags Streichelzootage, die merke ich mir vor. Da dürfen Kinder und Erwachsene auf dem Hof mithelfen, Ziegen und Schweine mit Bürsten putzen, Alpakas füttern, Schafe auf die Weide bringen und noch viel mehr.

Außerdem gibt es auf Lykkegaard einen Hofladen, der täglich außer montags ab vierzehn Uhr geöffnet ist. Und da kann man laut Schild sogar Bauernhofeis aus eigener Milch kaufen. Ich sehe auf meine Uhr. Es ist kurz vor zwei. Zeit für ein Eis.

Als ich den von sonnengelben Mauern umgebenen Innenhof betrete, höre ich die Klaviermusik deutlicher. Jemand verspielt sich, setzt dann neu an und schafft die Stelle beim zweiten Anlauf fehlerfrei. Wow, Livemusik. Den Spieler oder die Spielerin kann ich leider nicht sehen. Im Schatten der Linde entdecke ich Majvi und Matilde, die beiden können es also nicht sein. Sie sitzen einträchtig in bequemen Korbstühlen unter dem alten Baum und nippen an Teetassen. Olsen, der zu Majvis Füßen liegt, wedelt freundlich mit dem Schwanz, als er mich bemerkt. Echt erstaunlich, was für eine Harmonie über dieser Szene liegt. Wenn ich mir nur vorstelle, ich müsste mein Leben lang mit meiner Schwiegermutter unter demselben Dach leben, rast mein Herz, als wollte es fliehen.

»Oh, ich bin zu früh.« Ich hebe entschuldigend die Hände. »Ich wollte im Hofladen einkaufen.«

»Keine Sekunde zu früh und auch nicht zu spät für eine Tasse Tee.« Majvi zeigt auf den dritten, leeren Korbstuhl »Setz dich zu uns! Wir freuen uns über Gesellschaft.«

Sie lächelt mich so herzlich an, dass ich ihr glaube. Dankbar nehme ich Platz.

Tilde erhebt sich, um mir eine Tasse aus dem Haus zu holen.

»Wer spielt da Klavier?«, will ich wissen.

Majvi lächelt. »Frode.«

»Echt? Wow! Er ist gut.«

»Ja, so haben wir uns kennengelernt. Er hat am Hafen ein Konzert gegeben, ich war unter den Zuhörern. Frode war damals der beste Spieler auf Janø. Und das ist bedeutender, als es vielleicht klingt. Wir haben hier nämlich viele gute Klavierspieler.«

Ihr Blick schweift auf einmal weit in die Ferne. Ich glaube, sie befindet sich gerade in längst vergangenen Zeiten und hört ihren Mann zum allerersten Mal spielen.

Tilde kommt mit einer Tasse zurück und schenkt mir Tee ein. Er duftet nach Früchten. »Hier, für dich, frisch aus dem Garten, sagte der Mann mit dem Schierlingsbecher.« Sie reicht mir mit einem zauberhaft zerknitterten Lächeln die Tasse.

Ich lache. Und dann muss ich ein Kompliment loswerden. »Du sprichst wirklich absolut akzentfrei Deutsch.«

»Du auch!« Tilde schmunzelt. »Spaß beiseite, ich bin Deutsche. Oder besser, ich war es, bevor ich Ole kennengelernt habe, Frodes Vater.«

Ich grinse. »Das erklärt, warum hier alle so gut Deutsch sprechen.«

Majvi zuckt mit den Schultern. »Vielleicht. Wir sprechen es manchmal aus Spaß mit Tilde. So können wir es üben. Aber wir hatten schon in der Schule Deutsch, und wir haben viele deutsche Gäste, da können wir es lebendig halten. Außerdem ist es für Dänen auch nicht so schwer, die deutsche Sprache zu lernen, andersherum ist es schwieriger.«

Hmmm, da kann ich nicht mitreden. Obwohl mein Mann Halbdäne ist, kann ich nur ein paar Brocken, die ich zufällig aufgeschnappt habe. Eigentlich wollte ich das ja ändern.

Majvi klatscht in die Hände. »Möchte jemand ein Eis?«

Tilde nickt. »Und ob wir wollen, sagten die Matrosen und heuerten auf der *Titanic* an.«

Majvi verschwindet hinter der großen Scheunentür, über der in hölzernen Buchstaben *GÅRDBUTIK* – HOFLADEN steht, und kommt mit drei Eiswaffeln wieder. Darin befindet sich das sahnigste und erdbeerigste Eis meines Lebens.

Frode beginnt einen melancholischen Walzer von Chopin. Erst jetzt fällt mir auf, dass der Klavierklang nicht durch die Fenster des Wohnhauses zu uns dringt, sondern durch das Tor des Stalls.

»Steht das Klavier wirklich da drin?«, frage ich ungläubig.

Majvi grinst. »Wir hatten früher Milchkühe. Die mussten wir letztes Jahr aufgeben, zusammen mit der restlichen Landwirtschaft. Frodes Herz war krank, er hat die schwere Arbeit nicht mehr verkraftet. Wir haben den Stall dann für die Streicheltiere umgebaut, die ehemalige Milchkammer renoviert und Frodes Klavier reingestellt. Im Haus haben wir wenig Platz, und die Tiere mögen es, wenn er spielt.« Sie lacht. »Wir natürlich auch.« Im Haus wenig Platz? Ich mustere das Wohnhaus an der Stirnseite des Hofs, das von außen groß und geräumig aussieht. Es hat in der Mitte zwei Haustüren. »Es ist geteilt«, sagt Majvi, die meinem Blick gefolgt ist. »Wir bewohnen die eine Hälfte, in der anderen lebt Matilde.« Sie sagt das fröhlich. Sie mag ihre Schwiegermutter wirklich.

Auf den Walzer folgt jetzt ein schwermütiges Nocturne. »Er spielt lauter traurige Stücke«, murmle ich.

Majvi nickt. »Noch. Er muss sich an die neue Situation erst gewöhnen.« Sie schweigt und blickt versonnen vor sich hin.

Ich frage nicht weiter, denn wenn sie mehr erzählen möchte, wird sie es irgendwann tun. Und natürlich sind selbst die Bewohner von Lykkegaard nicht pausenlos glücklich.

»Ich habe neulich im Wald jemanden kennengelernt«, wechsle ich das Thema. »Der Mann kannte Freja beim Namen und wusste alles über sie. Wer war das wohl?«

»Groß, blond, breitschultrig, wortkarg, Stoppelkinn?«, will Tilde wissen.

Ich nicke. »Genau!«

»Dann hast du Frederik Vesterlind getroffen. Unseren Tierarzt.« Tilde lächelt. »Netter Kerl. Er betreut alle Tiere auf Janø, vom Zwerghamster bis zum Zuchtbullen. Auch Wildtiere, deswegen ist er oft im Wald unterwegs. Er hat schon viele gerettet.«

»Ja, mich auch!« Lachend erzähle ich den beiden von meinem Flip-Flop-Unfall.

»Das klingt ganz nach Frederik.« Majvi schmunzelt. »Seine bloße Anwesenheit beruhigt jedes Tier.« Sie richtet sich auf und blickt über meine Schulter. Ich drehe mich um.

Eine Frau betritt den Hof, über ihrem Arm hängt ein Weidenkorb. *»Er butikken åben?«*, fragt sie, und das verstehe sogar ich. Sie will wissen, ob der Laden geöffnet ist.

Majvi nickt und erhebt sich. »Wir öffnen jetzt. Sieh dich ruhig auch um, Anna!«

Der Hofladen in der Scheune ist viel größer, als ich dachte. Gleich neben der Tür befindet sich eine Frischeecke, in der es Eier, Milch, Käse, Eis, Brot, Obst und Gemüse zu kaufen gibt. Dieser Teil des Ladens sieht modern aus, die meiste Ware wird in großen Kühlschränken mit Glastüren und in Holzregalen aufbewahrt. Ich schlendere in den hinteren Teil der Scheune, der rustikal im Landhausstil eingerichtet ist. Hier dienen Strohballenstapel als Regale. Darauf sehe ich hausgemachte Marmeladen und Liköre, selbst geimkerten Honig, Socken und Schals aus Alpakawolle, zauberhafte gefilzte Tiere – Lamas, Ziegen und Schafe, Igel, Rehe, Hirsche, Wildschweine, Füchse. Es gibt selbst getöpferte Teller und Tassen, selbst genähte Tischdecken und Servietten und sogar Bettwäsche. An der Schuppenwand hängen handgemalte Aquarelle mit Meeresansichten und Inselmotiven, von der Decke baumeln filigrane Traumfänger aus Fischernetzstücken, Treibholz, Muscheln, Steinen und Möwenfedern.

Fassungslos sehe ich Tilde an, die mir gefolgt ist. »Habt ihr das alles selbst hergestellt?«, will ich wissen.

Sie hebt abwehrend die Hände. »Nein! So fleißige Bienchen sind wir nicht! Das ist ein Gemeinschaftsprojekt, viele Inselbewohner machen mit. Majvi und ich sind nur für den Verkauf zuständig.«

Dass das gar nicht so wenig Arbeit ist, sehe ich, als sich der Laden wenig später füllt. Majvi steht in der Ecke mit den frischen Sachen, sie wiegt Obst und Gemüse ab, steckt Brot in Papiertüten, redet und lacht mit der Kundschaft.

Tilde ist im hinteren Ladenteil unermüdlich damit beschäftigt, Fragen zu beantworten. »Die Traumfänger aus Treibholz macht Mikkel Andersen«, berichtet sie gerade. »Jeder auf Janø kennt ihn, wirklich jeder. Ihr auch. Er ist nämlich unser Fährkapitän.«

Ach was! Käpt'n Graubär. Wer hätte das gedacht!

Tilde schmunzelt, als sie mein verdutztes Gesicht sieht. »Ja, viele der Wikinger haben und hatten auch eine künstlerische Seite. Mein Mann Ole zum Beispiel hat gern gedichtet. Und Frode hast du ja eben selbst gehört.«

»Mein Mann ist auch Halbdäne«, berichte ich. »Und er singt sehr schön.«

»Die beiden sollten sich zusammentun«, schlägt Tilde vor. »Das wäre eine tolle Band.«

Ich muss lachen, als ich mir meinen durchgeistigten Elfenbeinturmbewohner singend neben dem anpackenden Frode am Klavier vorstelle.

In dem stimmungsvollen Laden verfalle ich in einen regelrechten Kaufrausch. Ich erwerbe nicht nur den schönsten Traumfänger der Welt aus Möwenfedern und zarten Schneckenhäusern, sondern auch einen kleinen Filztierzoo. Wofür ich die weichen Tierchen brauche, weiß ich noch nicht. Aber dass ich sie ganz dringend benötige, spüre ich deutlich, ich freu mich nämlich schon beim Aussuchen darauf, sie zu besitzen.

Als ich bezahle, wirft Majvi einen Blick durch die geöffnete Scheunentür. »Ach, Anna …« Sie sieht mich Hilfe suchend an. »Könntest du kurz nach Olsen sehen? Er hat anscheinend gerade Besuch bekommen, und ich lasse ihn nicht gern mit Kindern allein.«

Ich folge ihrem Blick und sehe Olsen unter der alten Linde liegen, ganz entspannt, mit der Schnauze auf der sonnenwarmen Erde. Vor ihm stehen zwei Winzlinge in gelben Latzhosen, der Kleinere von beiden hat noch einen dicken Windelpo und kann nur schwankend stehen. Weit und breit ist keine Aufsichtsperson zu sehen.

»Er wird den Kindern nichts tun«, sagt Majvi. »Aber umgekehrt bin ich da nicht so sicher.«

»Natürlich«, sage ich und verstaue rasch meine Einkäufe. »Hunde und Kinder darf man nicht allein lassen.« Ich beeile mich, dem freundlichen Hund beizustehen. Oder besser beizusitzen, denn ich hocke mich einfach neben ihn und lege meinen Arm um ihn. »Das ist Olsen«, erkläre ich den Zwergen.

»Olsen«, wiederholt der Kleine und strahlt mich an. Er hat niedliche Mausezähne und lässt sich, meinem Beispiel folgend, in den Kies plumpsen.

Olsen seufzt erleichtert auf. Offenbar war ihm der schwankende Stand des Knirpses unheimlich. Sein Bruder setzt sich neben den Kleinen, beide betrachten Olsen und mich neugierig. Sie sind fast weißblond und haben blaue Augen. Vermutlich kleine Dänen.

»Hund«, sage ich testweise und zeige auf Olsen. Die Kerlchen nicken. »Hund«, sagt der Kleine.

Ich zeige auf Olsens Schlappohr. »Ohr.«

Wieder nicken die beiden, das verstehen sie also auch. Der Kleinere der beiden streckt die Hand aus und versucht, Olsens Ohr zu streicheln, traut sich aber nicht richtig ran.

»Er ist lieb«, sage ich.

Das verstehen die beiden ganz offensichtlich nicht. Ich strecke die Hand aus, der kleine Junge legt seine vertrauensvoll in meine, zusammen streicheln wir ganz vorsichtig Olsens Ohr.

Das Kind kichert glücklich. Ich auch. Plötzlich taucht eine Frau mit blondem Pferdeschwanz an der Scheunentür auf, sieht sich hektisch um, erblickt die beiden Kinder.

»Jesper!«, ruft sie. »Paul!« Wir zucken alle drei zusammen, die Jungs rappeln sich auf und laufen zu ihr. Sie umarmt sie fest und hebt sie ein bisschen hoch, dann kommt sie zu mir. »*Tusind tak!*« Sie bedankt sich lächelnd.

Ich erhebe mich und klopfe mir den Staub vom Rock. »*Selv tak*«, erwidere ich, was meines Wissens nach bitte heißt.

Am liebsten hätte ich ihr noch gesagt, was für tolle Kinder sie hat, aber dafür reicht mein Dänisch leider nicht aus.

Jesper und Paul winken mir noch einmal mit einem vertrauensvollen Lächeln zu, dann wenden sich die drei zum Gehen.

»Du hast vielleicht etwas Zeit?«, höre ich eine Stimme hinter mir. Frode steht da, keine Ahnung, wie lange schon. Er trägt eine Art Werkzeugkasten.

»Ich hab alle Zeit der Welt«, sage ich. Und das stimmt. Was sich richtig gut anfühlt.

»Ich brauche jemanden, der mir bei das Schafen hilft.« Frode grinst. »Es sind nur so kleine.« Er zeigt Mäusegröße an. »Und du hast ein gut Gespür für Tiere.«

»Gern«, sage ich und freue mich auf die für mich neue Aufgabe.

Kurz darauf stehen Frode und ich auf der Schafkoppel. Ich halte einen wolligen Widder am Halfter fest, und Frode schneidet ihm nacheinander alle vier Klauen. Dann darf das Schaf in den Nachbarpferch, und wir fangen das nächste ein. Das Halfter überzustreifen ist der schwierigste Teil, denn die Schafe wenden uns ihre Hinterteile zu, sobald wir uns nähern, das scheinen sie richtig lustig zu finden. Zu zweit können wir sie aber mit ein bisschen Geschick austricksen.

Beim Schneiden sind die Tiere dann zum Glück ganz brav. »Wir üben das, seit sie klein sind«, erklärt Frode, während er an einer Schafklaue das überstehende Horn abschneidet. »Das Boden ist hier sehr weich, man muss das oft tun.«

Frode hat nur sechs Schafe, und wir sind bald fertig. »Die Ziegen auch?«, will ich wissen.

»Die habe ich gestern schon gesnitten.« Er seufzt. »Jeden Tag ein bisschen. Schritt für Schritt. Das ist gesund.« Er lächelt, aber seine Augen sehen dabei traurig aus. »Da kommt schon mein Aufpasserin.« Mit dem Kinn weist er zu dem Schotterweg, auf dem sich Matilde nähert, diesmal nicht auf ihrem Rasenmäher, sondern zu Fuß.

Sie tritt an den Zaun und legt die Arme darauf. »Es ist heiß, Frode«, sagt sie mit sanftem Tadel.

»Gut, dass ich ein Mutter hab, sonst hätte ich das nicht gemerkt«, antwortet Frode freundlich.

Ich muss lachen, weil ich das auch immer sage, wenn mich jemand mit etwas Offensichtlichem nervt.

»Möchtet ihr noch einen Tee?«, fragt Tilde.

Ich schüttle den Kopf. »Ich will die Insel noch ein bisschen erkunden. Es gibt so viel zu entdecken.«

»Ja, das stimmt.« Tilde nickt zufrieden. »Am besten, du nimmst Kaisa mit. Dann entdeckst du noch mehr.«

Ich sehe sie fragend an. »Kaisa?«

»Sie ist die gutmütigste Stute auf unserem Hof. Sie ist so nervenstark, wir nehmen sie manchmal sogar zu Ausritten aufs Festland mit. Und sie ist trittsicher, das ist hier sehr wichtig. Dort, wo ich mit meinem Rasenmäher noch nicht war, sind die Wege auf der Insel nämlich zugewuchert. Nur hoch zu Ross kommt man überall hin, und Vögel, Wildtiere und Robben sind viel zutraulicher, wenn man sich ihnen auf dem Pferderücken nähert.«

»Klingt gut«, sage ich und merke, wie mir schon beim Gedanken daran schummrig wird. »Da gibt es nur ein Problem: Kaisa ist ein Pferd. Ich hatte mal einen Unfall, seitdem reite ich nicht mehr.«

Frode mustert mich aufmerksam. »Hast du Schmerzen beim Reiten?«

»Nur in der Seele.« Ich versuche ein Lächeln, das eindeutig misslingt. »Und zum Reiten komm ich gar nicht mehr. Ich hab schon Angst, wenn ich Pferde nur von Weitem sehe.«

Frode nickt verständnisvoll. »Dann leihen wir dir Gummistiefel. Damit kommst du auch überall hin.«

Tilde allerdings verschränkt die Arme vor der Brust und sieht mich kampfeslustig an. »Du bekommst *erst mal* die Gummistiefel«, sagt sie. »Für den Anfang ist das gut. Aber Kaisa wartet hier auf dich, und ich bin sicher: Das kriegen wir wieder hin.«

»Kein Mensch muss reiten«, sage ich ausweichend.

»Richtig.« Matilde nickt. »Aber das Glück liegt auf der anderen Seite der Angst.«

»Sagte wer?« Ich versuche ein Grinsen, das gründlich misslingt.

»Sage ich«, betont die zierliche grauhaarige Bäuerin mit fester Stimme. »Und wer könnte das besser wissen, als wir hier auf Lykkegaard?«

In Strandkleid und Gummistiefeln durchstreife ich an diesem Nachmittag auf schmalen Pfaden ein sumpfiges Vogelschutzgebiet. An einem kleinen See entdecke ich so viele unterschiedliche Wasservögel und Enten, dass ich beschließe, demnächst mit einem Fernglas wiederzukommen, um sie alle zu bestimmen. Sieht so aus, als würde es mir auf der Insel auch ohne Morten nicht langweilig werden.

Zu Hause erwartet mich dann eine Überraschung. Oder müsste es in diesem Fall *zu Hütte* heißen? Wie auch immer, die Bleibe, die ich heute früh überhastet im Chaos verlassen habe, sieht jetzt aus wie neu. Sie ist nicht nur blitzsauber, an der Wand lehnt außerdem eine nagelneue Federkernmatratze, und der Tisch ist richtig schön gedeckt – mit weißen Tellern und Suppentassen, funkelnden Weingläsern, Servietten mit blauen Muschelmotiven und blitzblankem Besteck. Eine entkorkte Weinflasche und ein Wasserkrug stehen bereit.

Morten werkelt am Herd. Als er mich sieht, nimmt er den Topf, in dem er gerade gerührt hat, hoch und trägt ihn zum Tisch.

»Wir haben leider keine Suppenterrine.« Er hebt den Deckel, ein verführerischer Geruch steigt daraus hervor. »Kartoffelsuppe. Selbst gemacht!« Der Stolz in seiner Stimme ist unüberhörbar. Ich bin echt überrascht. Die Flüssigkeit in dem Topf ist hell, cremig und mit fein geschnittenem Schnittlauch bestreut. Morten füllt mit einem Schöpflöffel die Tassen. »Nimm doch bitte Platz«, sagt er. »Guten Appetit.«

Die Suppe schmeckt definitiv nach Kartoffelsuppe. Und nicht nur das. »Sie ist hervorragend«, lobe ich meinen Mann.

Morten strahlt. »Danach gibt es Fleischklöße, Salat und Salzkartoffeln. Hoffentlich sind dir das nicht zu viele Kartoffeln.«

»Nein, im Gegenteil«, sage ich.

Morten lächelt und schenkt mir ein Glas Weißwein ein.

Aus dem Backofen dringt der Duft von würzigen Fleischklößchen. Am liebsten hätte ich den Mann, der mir gegenübersitzt und mir zuprostet, gefragt: Wer bist du? Und was hast du mit Morten gemacht?

An: **mortenhardenbjerg@gmail.com**
Betreff: **Alles okay?**
Von: **lillyvanilly@gmail.com**

Hallo, Papa,

ist alles in Ordnung? Geht es euch wirklich, wirklich gut? Ganz ehrlich? Oder sagt ihr mir irgendwas nicht? Irgendwie klingt ihr immer so komisch!

Bitte schreib mir die Wahrheit!

Kuss, Lilly

An: **lillyvanilly@gmail.com**
Betreff: **Re: Alles okay?**
Von: **mortenhardenbjerg@gmail.com**

Hallo, Mäuschen,

natürlich geht es Mama und mir gut! Warum machst du dir Sorgen? Es geht uns sogar ganz ausgezeichnet! Wenn wir komisch klingen, liegt das bestimmt daran, dass wir schreiben und nicht reden.
Oder hast du etwa Heimweh, kleine Maus? Hast du deswegen ein komisches Gefühl?
Also, um uns musst du dir wirklich keine Gedanken machen! Wir bewohnen hier auf der Insel ein schönes kleines Haus direkt am Strand, und das Wetter könnte besser nicht sein. Ich arbeite mit Blick auf die Wellen an meinem Vortrag und lese mich in das Thema Wikinger und Runen ein. Mama erkundet

die Insel. Fast alle auf Janø sprechen Deutsch, sodass sie wunderbar ohne mich klarkommt.
Heute war ich noch mal kurz auf dem Festland und habe mir eine bessere Matratze gekauft, denn die letzten beiden Nächte waren für meine Bandscheiben eine Tortur. Außerdem hab ich einen gut sortierten kleinen Supermarkt in Hafennähe entdeckt, mit einem richtig netten Kerl an der Kasse. Er heißt Kalle Andersen und hat mir Tipps gegeben, wie selbst ich es schaffe, ein perfektes Menü zu kochen. Du, das läuft optimal. Weil der Laden ganz in der Nähe eines Campingplatzes liegt, ist er auf Lebensmittel spezialisiert, aus denen man mit wenig Aufwand und Zubehör tolle Gerichte kochen kann. Stell dir vor, sie haben da Kartoffeln, die schon geschält sind. Tiefgefrorenen Schnittlauch, bereits klein gehackt. Und fertige Fleischklopse, die man nur noch im Backofen aufwärmen muss. Es gibt sogar gewaschenen Salat und Dressing in kleinen Tütchen, das man mit Wasser anrührt, dann ist es fertig. Fantastisch!
Ich hab unsere Vorräte aufgefüllt, und deswegen ab morgen alle Zeit der Welt. Und die brauche ich auch, ich habe vielleicht etwas wirklich Sensationelles entdeckt. Aber davon erzähle ich dir ein andermal mehr. Draußen höre ich Schritte. Mama kommt. Und die Klopse sind fertig!

Kuss, Papa

An: **mortenhardenbjerg@gmail.com**
Betreff: **Re: Alles okay?**
Von: **lillyvanilly@gmail.com**

… dann ist ja gut! Hab euch lieb!

Lilly

KAPITEL 15

Zweieinhalb Wochen später wandere ich wieder einmal durch den Wald nach Lykkegaard und nehme die Duftmischung wahr, die ich insgeheim *Dänischer Sommerwald* nenne und am liebsten in Parfüm verwandeln würde – ein Mix aus Tannennadeln, Moos und Holunderblüten. Man kann wundervoll nachdenken, wenn man das riecht. Deswegen sind meine Spaziergänge durch diesen Wald auch immer so was wie Therapiestunden.

Morten und ich haben uns inzwischen ganz gut in unserem neuen Alltag arrangiert. Wir kommen uns zwar beide immer noch vor wie im falschen Film, aber wir fühlen uns in unseren neuen Rollen schon lange nicht mehr unwohl.

Mortens Film erinnert an Robinson Crusoe. Er verbringt seine Tage wie ein Einsiedler in der Strandhütte, und um in dieser Abgeschiedenheit klarzukommen, reaktiviert er Überlebenstechniken, die noch irgendwo in seinen Genen schlummern. Während es bei Robinson um Lager- und Waffenbau, um Jagd, Schlachtung und ums Gerben von Fellen geht, lernt Morten Nestbau, Waschen, Putzen und Einkaufen. Das ist nicht ganz so wild und gefährlich, aber ein Mann muss bekanntlich tun, was ein Mann eben tun muss. Und für Morten sind auch das Grenzerfahrungen.

Mein derzeitiges Leben wäre als Film eher so was wie *Unsere kleine Farm*. Ich verbringe nämlich inzwischen jede freie Minute auf Lykkegaard, das hat sich so ergeben. Und ich habe jede Menge freie Minuten.

Majvi strahlt jedes Mal, wenn ich komme, um ihr im Laden oder im Streichelzoo zu helfen. Frode kann bei der Pflege der Tiere oft zusätzliche Hände gebrauchen. Und wenn die wilde Tilde von ihren Rasenmähertouren zurückkommt, bittet sie mich jedes Mal, mit ihr unter der Linde Tee zu trinken und zu plaudern. Über die Insel, das Rasenmähen, das Leben, die Liebe und den ganzen Rest.

Diese Gespräche sind toll, denn Tilde ist witzig und klug. Der Umgang mit den Tieren und den Besuchskindern macht mir auch viel Spaß, denn ich merke, dass ich gut darin bin. Tilde hatte recht, es ist erstaunlich, was man alles lernt, wenn man sich mal durch die eigenen Ängste durchbeißt.

Vor vielem, was ich jetzt mit links erledige, hätte ich mich noch vor Kurzem gegraust. Jetzt kann ich Schafe scheren, Alpakas die Stirntollen stutzen, Schweine duschen, Kühe melken (ja, wirklich, ist ganz leicht), Hühner einfangen, Zäune reparieren und sogar virtuos mit der Motorsäge umgehen. Erstaunlich dabei: Es ist ein ganz neues Lebensgefühl, plötzlich so viel zu *können*. Ich komme mir stark vor, und irgendwie hab ich das Gefühl, überlebensfähiger als früher zu sein. Von der körperlichen Arbeit habe ich Muskeln bekommen. Außerdem bin ich braun gebrannt wie eine Haselnuss. Meine Kleider und Flip-Flops gehören der Vergangenheit an, gerade trage ich eine blaue Latzhose und stapfe in klobigen Arbeitsstiefeln durch den Wald. Morten hat mir beides bei seinen Einkaufstouren im Landhandel besorgt. Ich bin jetzt kein verpimpeltes städtisches Weichei mehr, sondern eine anpackende Frau der Tat.

Für mein Glückstagebuch hab ich keine Zeit mehr, ich bin lieber selbst glücklich. Ich schreibe zurzeit nur noch das Nötigste, also meine Artikel für den Zoo-Newsletter. Als Thema nehme ich immer Tiere, die es auch auf Lykkegaard gibt. Alpakas. Ziegen. Schafe. Schweine. Es gibt hier so viel zu tun, und ich lerne täglich Neues. Das ist mir jetzt einfach wichtiger als die ewige Wörterklauberei.

Morten hat mich zwei Mal auf den Hof begleitet und dabei alle drei Rasmussens kennengelernt. Sie mochten ihn und er sie auch, aber er wirkte fremd, unsicher und sehr … nun ja, akademisch in dem ländlichen Getümmel auf dem Hof, während ich mich hier wie ein Fisch im Wasser fühle.

Gut, Rückschläge gibt es natürlich auch für mich, und ich gerate immer wieder an meine Grenzen. Frode würde mich jetzt bestimmt lachend daran erinnern, wie ich gestern in die Brennnesseln gefallen bin, nur weil mich eine der Gänse quer über die Schafkoppel gejagt hat. Und die Alpakas haben sehr lustige Frisuren, seit ich versucht habe, ihre Stirnfransen zu kürzen. Aber insgesamt hat sich bei mir viel getan, und würde auf dieser Welt die gesamte Zivilisation plötzlich wegbrechen, könnte ich inzwischen garantiert ein paar Tage länger überleben.

Besonders dankbar bin ich allen drei Rasmussens, dass sie nie über meine Pferdephobie sprechen. Sie sind da unglaublich feinfühlig. Frode fragt nicht, ob ich ihm bei den Pferden helfe, und Majvi bringt die Tiere immer auf die Koppel, bevor ich komme. Obwohl alle davon wissen, und obwohl Tilde ja der festen Überzeugung ist, dass ich diese Angst überwinden muss, spielt niemand den Hobbytherapeuten, keiner doktert an mir und meiner Angst herum. Ich fühle mich also ganz unbeobachtet, und das hilft mir dabei, meine eigene Pferdegewöhnungstherapie in die Tat umsetzen. Morgens begrüße ich die Pferde alle mit ihren Namen, abends verabschiede ich mich von ihnen, und jedes Mal trete ich dabei etwas näher an die Koppel heran. Ich bin schon ein ganzes Stück weiter, im wahrsten Sinne des Wortes. Auch das führt dazu, dass ich mich stark fühle.

Natürlich gibt es auf Lykkegaard nicht nur fröhliches, idyllisches Landleben. Es geht hier naturgemäß auch viel schief. Wie könnte es anders sein bei so vielen Tieren und Menschen?

Neulich sind zum Beispiel die Ziegen ausgebüxt. Sie haben in der stillen Mittagspause den Gemüsegarten geentert und alle jungen, zarten Salatpflanzen ratzekahl abgefressen, weswegen es zurzeit keinen Salat im Hofladen gibt. Ein andermal hat einer der Kühlschränke in der Frischetheke plötzlich schrille Pieptöne von sich gegeben. Er war kaputt, und wir mussten die darin gelagerte Ware schnellstmöglich in andere Kühlschränke räumen. Vor drei Tagen dann, an einem richtig heißen Nachmittag, platzte der Schlauch zu den Wassertrögen auf den Tierkoppeln, und wir mussten zwei Stunden lang in sengender Hitze schwappende Eimer schleppen. Und am nächsten Tag war dann auch noch Tildes Aufsitzrasenmäher defekt. Möglich, dass sich manche heimlich darüber gefreut haben, ohne ihr Knattern war es deutlich idyllischer auf dem Hof. Tilde allerdings war am Boden zerstört, und sie wurde erst wieder die Alte, als Mikkel Andersen, unser bärtiger Fährkapitän, in seiner Mittagspause rasch rüberkam, um ihn zu reparieren.

Tief in all diese Gedanken versunken, habe ich den Wald durchquert, nun trete ich aus dem Schatten der Bäume und freue mich wie jeden Morgen über die Blütenpracht am Wegesrand. Weiße Kamillewolken, blaue Kornblumenpracht, roter Mohn, und immer wieder Lupinen in allen Farbschattierungen von Blau, Rosa und Violett. Zwischen den Zweigen am Wegrand schimmern die sonnengelben Mauern von Lykkegaard. Ich freu mich auf die nächste actionreiche Folge von *Unsere kleine Farm.*

Heute ist wie immer am Sonntag Streichelzootag, und es ist

richtig voll auf dem Hof. Inzwischen hat nämlich die Hauptsaison angefangen, alle Ferienhäuser und der Campingplatz sind ausgebucht, und am Wochenende kommen zusätzlich viele Tagestouristen mit der Fähre vom Festland. Sie leihen am Hafen Fahrräder aus und radeln an die Inselstrände. Die meisten landen irgendwann auf dem Hof und stärken sich mit Getränken und Eis.

Wie bisher alle Streichelzootage vergeht auch dieser wie im Flug. Ich mag den Trubel aus Kindern, Eltern und Tieren, ich liebe es, in der Sonne mitzuarbeiten oder im Schatten des Hofladens mit Gästen zu plaudern. Und ich wachse jedes Mal ein paar Millimeter, wenn Tilde, Majvi oder Frode sagen, wie froh sie sind, dass ich hier bin.

Gegen Abend legt sich Ruhe über den Hof. Tilde und Frode bringen die Pferde in den Stall, ich bin im Hofladen in Sicherheit und bediene mit Majvi die letzten Kunden. Plötzlich stürmt Lisa zu uns in den Laden. »Freja ist komisch«, ruft sie uns schon von Weitem entgegen. »Ich glaub, sie ist krank.«

Majvi wendet sich an mich. »Kannst du hier weitermachen?«

Ich nicke, und sie eilt mit Lisa hinaus.

Kurz darauf kommt Lisa wieder zurück. Ihr kleines Gesicht ist kreidebleich, ihre Augen schimmern feucht. »Freja stirbt«, ruft sie mir entgegen und schnieft.

Sie packt meine Hand und zieht mich mit sich. Weil keine Kunden mehr im Laden sind, lasse ich es zu und renne mit ihr zur Kuhweide.

Dort stehen Majvi und Tilde am Zaun und bitten die Feriengäste mit freundlichen Worten, den Hof lieber an einem anderen Tag noch einmal zu besuchen. Und tatsächlich ziehen sich alle Besucher rasch zurück. Kein Wunder. Frejas Schmerzenslaute sind wirklich schwer auszuhalten, sie gehen mir durch Mark und Bein.

Frode steht neben der Kuh auf der Weide, er hat ihr ein Halfter angelegt und versucht, sie hin und her zu führen. Aber das ist fast unmöglich, denn Freja reckt den Hals ganz weit vor, sie verdreht den Kopf in einem merkwürdigen Winkel und macht ständig Anstalten, sich hinzulegen. Frode muss sich förmlich gegen sie anstemmen, und das fällt ihm sichtlich schwer.

»Soll ich vielleicht …« Ich will zum Gatter gehen, doch Majvi hält mich zurück.

»Lass die beiden lieber allein, ihm vertraut sie am meisten«, sagt sie leise.

Aus dem Maul der Kuh fließen Fluten von zähem Speichel. Ihre Augen sind unnatürlich weit aufgerissen – offensichtlich vor Schmerz und vor Angst.

»Ihr steckt etwas im Hals«, erklärt Tilde. »Der Tierarzt kommt gleich. Majvi hat ihn angerufen.« Mit besorgter Miene beobachtet sie, wie Frode mit der Kuh ringt. »Lisa, du solltest nicht hier sein«, wendet sie sich an das Kind.

»Ich werde aber erst um sieben abgeholt«, verkündet Lisa. »Und ich geh jetzt sowieso nicht weg. Freja ist meine Freundin, und morgen früh fahren wir nach Hause. Ich will hier nicht weg, wenn ich nicht weiß, wie es ihr geht.«

»Soll ich dich vielleicht …«, beginne ich.

Lisa unterbricht mich. »Da kommt er!«

Tatsächlich rumpelt ein dunkelgrauer SUV über den Schotterweg und hält in rascher Fahrt auf uns zu. Hinter der Windschutzscheibe sehe ich ein bekanntes Gesicht mit Dreitagebart. Frederik Vesterlind stoppt seinen Wagen am Koppeltor, springt raus und reißt die Heckklappe auf. Ohne ein Wort zu sagen, zieht er eine schwere schwarze Tasche aus dem Kofferraum, hievt sie über den Zaun und flankt ihr nach. Sein Blick ist auf Freja gerichtet, die in immer kürzeren Abständen laut aufstöhnt. In drei Schritten ist er bei ihr, spricht auf sie ein und streicht ihr sanft mit der Hand über den Kehlkopf. Dann geht er zu seiner Tasche und entnimmt ihr ein Metallgestell, das ich aus meiner Zeit als Reiterin kenne. Es handelt sich um eine Maulsperre, wie man sie auch bei Zahnbehandlungen von Pferden anwendet. Frederik setzt das Gerät ein und sagt auf Dänisch etwas zu Frode, der sich daraufhin mit der Schulter noch fester gegen Freja stemmt. Von der anderen Seite lehnt sich der Tierarzt gegen die Kuh.

Lisa atmet schwer, vorsichtig drücke ich ihre Hand. Sie sollte wirklich nicht hier sein, aber dass sie jetzt nicht gehen kann, verstehe ich. Ich rechne damit, dass Frederik einen Schlauch oder eine Zange in Frejas Hals einführt, aber er greift mit der Hand in das weit geöffnete Maul und befördert kurz darauf einen roten Apfel ans Tageslicht, ganz und gar unzerkaut.

»Der war das?«, haucht Lisa.

Ein Schwall grüner Nahrungsbrei folgt und ergießt sich über das Hemd des Tierarztes, der viel zu spät einen Satz rückwärts macht. »Ja, das ist der Bösewicht«, sagt er, schiebt den Apfel in die Hosentasche und nestelt mit spitzen Fingern an seinem Hemd, um die spinatartige Masse abtropfen zu lassen. »Und das hier hat sie auch geplagt.« Er blickt an sich herunter. »Sie ist ein Kuh, sie muss ihr Essen immer zweimal kauen, und das konnte sie nicht, weil das Leitung verstopft war. Aber jetzt geht es ihr gut. Sie ist wieder gesund.«

Frejas Schmerzenslaute sind tatsächlich verstummt. Ein Seufzen geht durch ihren schweren Leib. Sie hebt den Schwanz und scheidet mit lautem Platschen einen riesigen Kuhfladen aus.

Tilde lacht auf. »Das erleichtert, sagte das Mädchen und gebar Zwillinge«, gibt sie eine ihrer typischen sinnfreien Weisheiten zum Besten.

Alles ist gut ausgegangen, und so ist die Stimmung danach bestens. Weil Frederik sowieso schon da ist, impft er zusammen mit Lisa den alten Olsen, der ist nämlich wieder mal dran. Wir anderen versorgen die Tiere.

Dann wird Lisa von ihrer Mutter abgeholt, sie verabschiedet sich tränenreich bis zu den Herbstferien. »Und gebt Freja bis dahin ja keine Äpfel«, ruft sie schluchzend aus dem Auto heraus. »Äpfel sollten auf dieser Insel ganz verboten werden!« Mit geballten Fäustchen reibt sie ihre müden, verweinten Augen.

»Warte kurz«, sage ich, laufe schnell in den Laden und hole eine kleine braune Kuh aus Filz mit sehr großen Hörnern für das verzweifelte Kind. »Die kannst du festhalten, wenn du Freja vermisst!«, raune ich ihr zu. »Dann spürt sie vielleicht, dass du an sie denkst.«

»Wirklich?«, fragt Lisa hoffnungsvoll.

Ich zucke mit den Schultern. »Beweisen kann ich es nicht. Aber ich mach so was oft und glaube fest dran.«

Lisa drückt die kleine Kuh mit beiden Händen an sich.

»Was sagt man?«, fragt ihre Mutter streng.

»Danke!« Lisa lächelt und entblößt dabei ihre niedliche Zahnlücke.

Kurz darauf sitzen wir unter der knorrigen Linde im Hof. Majvi fragt, ob Frederik und ich mitessen möchten. Sie hat *smørrebrød* vorbereitet, das sind herrliche belegte Brote, so üppig beladen, dass man sie mit Messer und Gabel essen muss.

»Du wirst doch nicht …« Frederik sieht sie besorgt an.

»Natürlich nicht«, sagt Majvi. »Würde ich nie tun!«

Beide lachen.

»Was denn?«, will ich wissen.

Frederik grinst. »Es gibt eine ganz berühmte Rezept für *smørrebrød*, das heißt *dyrlægens natmad*. Auf Deutsch Tierarztnachtmahl. Und immer, wenn ich irgendwo zum Essen eingeladen werde, gibt es …«

»*Dyrlægens natmad*«, ergänzt Majvi. »Dabei mag Frederik das nicht.«

Frederik schüttelt sich. »Nein. Wirklich nicht. Mir wird davon schlecht.«

Majvi lächelt. »Nun, heute gibt *Lykkegaards natmad*. Mit Rührei aus Eiern von unseren Hühnern, Tomatensalat, Kräutern aus dem Garten und Nordseekrabben, frisch am Hafen gekauft. Und dazu Bier.«

Das mögen alle. Natürlich bleiben wir gern.

Majvi verschwindet mit Tilde in der Küche, und während wir auf sie warten, unterhält Frederik uns mit Schwänken aus seinem Tierarztalltag. »Und dann war da noch dieses Chirurg«, erzählt er mit breitem Grinsen. »Ein Mann, groß wie eine Baum, der Tag für Tag Bäuche aufsneidet und Blinddärme herausholt. Er hatte ein ganz kleines Dackel.«

»So klein?« Frode deutet Mausgröße an.

Frederik schmunzelt. »Etwas größer, aber nicht viel. Das Dackel hatte Geld verschluckt. Mehrere Kronen, einfach aufgegessen. Wir mussten es operieren, und sein Herr wollte dabei sein und zugucken.«

»Damit ihr das Geld wirklich rausrückt«, vermutet Frode.

»Vermutlich«, räumt Frederik ein. »Wir haben das Dackel namens Elsie ein Beruhigungsmittel gegeben, dann die Narkose begonnen, und als Elsie fest schlief, habe ich seine Bäuchlein rasiert. Ich wollte gerade das Skalpell ansetzen, da machte es neben mir Bumm, und Elsie war susammen mit die Operationstisch weg. Genau wie das Baum von Herrchen-Mann. Das lag wie umgefällt am Boden. Er konnte Menschen aufschneiden, aber nicht mitansehen, wie seine kleines Elsie operiert wurde. Und als er fiel, hat er alles mitgerissen, die Operationstisch, das Dackel, alle Instrumente.«

»Oh, nee«, entfährt es mir. »Arme Elsie.«

»Die ist nichts passiert«, beruhigt Frederik mich: »Die hat fein und gut weitergeschlafen. Aber der Herrchen ist nicht so heil aufgewacht, er brauchte danach vorn neue Sähne. Seitdem darf niemand mehr mitkommen in den Operationssaal. Ist nicht gut für die Sähne.«

Frode lacht so laut, dass sein Bauch wackelt, und Frederik erzählt noch eine Geschichte von einem Rudel Mäuse, das während der Behandlung aus seinem Reisekäfig ausgebüxt ist und die ganze Praxis in Atem gehalten hat. Das gibt mir die Gelegenheit, ihn ungestört zu betrachten. Ich weiß inzwischen, dass er etwas älter ist als ich. Er ist nicht auf klassische Weise gut aussehend, aber er wirkt so sympathisch und authentisch. Seine Ausstrahlung ist dynamisch, was ihn jünger wirken lässt, und wenn er verschmitzt lächelt, blitzen seine Augen wie die eines ungezogenen Schuljungen. Vom Typ her erinnert er ein bisschen an seinen Namensvetter Prinz Frederik, den dänischen Thronfolger.

Es macht ihm sichtlich Spaß, die Rasmussens und mich zum Lachen zu bringen. Dem Bier spricht er allerdings stärker zu, als gut für seine Fahrtüchtigkeit ist, und als er sich gegen neun erhebt, erwähnt er zum Glück in einem Nebensatz, er würde den Wagen am nächsten Morgen abholen.

Ich überlege kurz, ob ich anbieten soll, ihn heimzufahren, aber so richtig fahrtauglich bin ich auch nicht mehr, deswegen lass ich das lieber. Ich bleibe noch ein paar Minuten sitzen und lasse mir von Majvi erklären, wie man *smørrebrød* macht. Roggenbrot ist wichtig und salzige Butter. Darauf kann man alles legen, was schmeckt.

Als ich müde werde, verabschiede auch ich mich.

»Wir sehen uns bald wieder, sagte die Schwangere zu ihrem Frühstück«, schallt es mir noch nach. Dann verebben die Stimmen.

An der Pferdekoppel konzentriere ich mich wie immer kurz auf Kaisa, Bjarne, Afra und Tulle, nehme den Geruch ihres Fells wahr und höre ihr leises Schnauben, bevor ich dem Weg zur Hütte folge, den Tilde alle paar Tage speziell für mich mäht. Dabei summe ich leise das Lied des Kochs aus der *Muppet Show* vor mich hin. *Smørrebrød, smørrebrød, røm pøm pøm pøm.*

Als ich in der Hütte eintreffe, ist Morten stinksauer. »Schuhe aus!«, bellt er mir entgegen. »Der Boden ist frisch gewischt. Und wo warst du überhaupt so lange? Jetzt ist das Essen kalt.«

»Hey, ich hab dir eine Nachricht geschrieben, dass es später wird und ich auf Lykkegaard esse.«

Morten zieht sein Handy aus der Tasche und überfliegt die Zeilen. »Hab ich nicht gesehen. Du könntest ruhig anrufen, wenn du merkst, dass ich nicht antworte.«

»Stimmt«, sage ich, denn wo er recht hat, hat er recht. Aber er könnte auch einfach mal auf sein Handy gucken, wenn er auf mich wartet und ich nicht erscheine. Ach, egal, ich will jetzt keinen Streit, deswegen murmle ich: »Entschuldige bitte. Nächstes Mal ruf ich an.«

Aber ich sehe ihn dabei nicht an. Ich finde nämlich, dass er sich auch entschuldigen könnte. Für seine miese Laune zum Beispiel. Und so was tut *er* nie.

»Nächstes Mal kommst du einfach zur verabredeten Zeit«, sagt Morten trotzig. »Ich hab schließlich auch eine Zeitplanung. Und einen Küchenzettel. Und ich hab stundenlang am

Herd gestanden, damit alles fertig wird. Hey, was ist daran denn bitteschön lustig?«

»Nichts«, sage ich und ziehe rasch mein Gesicht glatt.

Stimmt ja auch. Die Tatsache, dass wir genauso klingen wie früher in Deutschland, nur mit verkehrten Rollen, ist eigentlich überhaupt nicht witzig. Liegt wohl am Bier, dass ich trotzdem lachen muss.

An diesem Abend gehen wir früh zu Bett. Wir sind müde. Vor allem streitmüde.

Küchenzettel für die kommende Woche, zusammengestellt von Kalle Andersen, Supermarkt Dagli'Brugsen am Hafen (aus dem Dänischen übersetzt):

Montag: *Würstchen, Pommes, Tomatenviertel: Das ist leicht! Würstchen nicht zu lang in der Pfanne braten. Bei den Pommes Packungsbeilage beachten, Tomaten einfach nur schneiden, leicht salzen, auf jedes Stück ein Basilikumblatt legen (Frauen stehen auf so was).*

Dienstag: *Bunter Nudelauflauf: Da kochst du einfach ein Paket bunte Nudeln, taust eine Packung buntes Tiefkühlgemüse auf, verrührst das mit Sahnesoße (Fertigprodukt, merkt man nicht) und streust ganz viel geriebenen Käse darüber. (Altes Hausfrauengeheimnis: Die Geheimzutat ist immer Käse!)*

Mittwoch: *Burger: Klopse (fertig) mit Salatblättern, dünnen Tomatenscheiben, Essiggurkenscheiben, Senf und Ketchup in Brötchen.*

Donnerstag: *Rührei mit Kartoffelpüree und Spinat: Eier mit Salz und Milch verrühren, in Pfanne langsam weiterrühren, Püree (Pulver plus Milch nach Packungsangabe zubereiten), Tiefkühlspinat (einfach langsam im Topf auftauen, umrühren, damit er nicht anbrennt).*

Freitag: *Rollmops (aus dem Glas): dazu Kartoffeln (geschält kaufen), in Salzwasser kochen, und Sahnesoße (siehe oben).*

Samstag: *Schollenfilet, Kartoffeln und Gurkensalat: Zuerst die Kartoffeln kochen (siehe oben). Dann den Gurkensalat machen (Gurke ist Bio, muss also nicht geschält werden). Auf der Reibe in Scheiben raspeln, Tütensoße anrühren, fertig. Zuletzt Schollenfilet in Öl zwei Minuten braten, vorsichtig einmal wenden (dabei nicht zerstören), auch auf der anderen Seite zwei Minuten braten.*

Sonntag: *Jetzt wird's spannend! Du wagst einen echten deutschen Sonntagsbraten. Deine Frau wird beeindruckt sein. Ich habe das Fleisch schon eingelegt und gewürzt. Das Ungetüm, das du in deiner Einkaufskiste findest, ist ein Bratentopf. Den will ich wiederhaben! Du lässt ihn heiß werden, gibst zwei Esslöffel Öl hinein, brätst das Fleisch darin von allen Seiten an. Dann gießt du ein Glas Rotwein darüber. Du fügst die gehackten Tiefkühlzwiebeln dazu und gießt eine Tasse Brühe darüber (1/4 Brühwürfel auf eine Tasse heißes Wasser). Deckel drauf, ab in den Backofen damit, bei 180 Grad zwei Stunden garen. Dazu dann eine Fertigsoße anrühren, Nudeln kochen, Tiefkühlzuckerschoten nach Packungsanweisung. (Sie wird dir zu Füßen liegen!)*

KAPITEL 16

Das Erste, was ich am Montagmorgen höre, ist Regen. Er tropft auf die Blätter der Bäume, er prasselt aufs Hüttendach und platscht in schweren Tropfen auf die Holzbretter der Terrasse. Draußen ist es dennoch windstill und überhaupt nicht kalt. Ein richtiger Sommerregen eben. Die Luft, die durch die offenen Fenster in die Hütte dringt, ist angenehm frisch, sie duftet nach nassem Sand, Wildrosen und Meer.

Ich überlege, ob ich mich noch einmal umdrehen und weiterschlafen soll. Montag ist schließlich Ruhetag auf Lykkegaard, und bei strömendem Regen gibt es auch auf den Koppeln nichts zu tun. Aber weil mein Magen knurrt, rapple ich mich doch auf und tappe zum Kühlschrank.

Morten schläft noch. Er liegt auf der Seite, hat beide Hände unters Kinn geschmiegt wie ein zufriedenes Baby und schnorchelt leise vor sich hin. Seit er auf der neuen Matratze schläft, ist er ein richtiges Murmeltier. Vermutlich könnte ich jetzt neben ihm steppen, und er würde nicht aufwachen.

Neidisch reibe ich meinen schmerzenden Rücken. Das alte Schlafsofa, auf dem ich meine Nächte verbringe, hängt leider ziemlich durch. Aber nach allem, was war, kann ich darüber echt nicht meckern.

Im Kühlschrank entdecke ich einen Teller mit einer Plastikschüssel als Haube. Seltsam. Was ist das? Vorsichtig hebe ich die Abdeckung an. Auf dem Teller schwimmen madenähnliche Nudeln in einer zähen, fettigen, rotbraunen Soße, daneben kompostieren schlaffe Zuckererbsenschoten still vor sich hin. Ein dunkler Klumpen am Tellerrand erweist sich bei näherer Betrachtung als trockenes, faseriges, leicht angebranntes Fleisch. Brrr, das sieht eklig aus.

Es riecht allerdings deutlich besser, als sein Anblick vermuten lässt. Gestern Abend war das vermutlich ein richtig leckeres Essen. *Mein* Essen.

Beschämt werfe ich Morten einen Blick zu. Er schläft immer noch tief und fest und sieht dabei richtig friedlich aus. Ganz anders als gestern, als er wie Rumpelstilzchen höchstpersönlich wirkte, und zwar kurz bevor es sich selbst in zwei Teile zerriss.

Eigentlich ist es kein Wunder, dass Morten sauer war, denke ich jetzt und schiebe den Teller zurück in den Kühlschrank. War ich ja früher auch immer, wenn mir so was widerfahren ist.

Ich werfe einen Blick auf die Uhr. Viertel vor acht, bald wacht Morten vermutlich von selbst auf, er schläft schon seit zehn Stunden. So leise wie möglich beginne ich, Brötchen aufzubacken, Kaffee und Eier zu kochen, Orangensaft in Gläser zu füllen und zwei Frühstückstabletts liebevoll zu dekorieren. Als ich fertig bin, stelle ich eins davon vor Mortens Nase auf den Boden. Es klirrt nur ganz leise, tatsächlich wacht er auch davon nicht auf.

Anschließend mache ich es mir mit meinem Tablett auf dem Schlafsofa gemütlich und beobachte neugierig, was passiert.

Erst gar nichts. Aber nach ein oder zwei Minuten beginnen Mortens Nasenflügel zu zucken, der Kaffeeduft hat ihn in seinen Träumen erreicht. Weitere zwei Minuten später schlägt er die Augen auf. Als er erkennt, was vor ihm steht, lächelt er.

»Na, das ist ja mal eine gelungene Überraschung.« Er richtet sich auf und betrachtet das hübsch angerichtete Tablett.

»Ich wollte mich entschuldigen wegen gestern«, sage ich. »Tut mir echt leid. So was kommt nicht wieder vor.«

Sein Lächeln vertieft sich, auf seiner linken Wange erscheint das Grübchen, das ich so an ihm liebe. Seine Haare sind zerzaust, seine Haut hat eine gesunde Bräune, und der dunkle Bartschatten steht ihm gut. Nach drei Wochen auf der Insel wirkt Morten sichtlich erholt. Er setzt sich auf, beugt sich vor und versucht, in dieser Körperhaltung ein Brötchen zu schmieren, was ziemlich unbequem aussieht. Da habe ich es mit der Sofalehne im Rücken echt besser.

Einladend klopfe ich neben mich. »Du kannst gern hier frühstücken.«

Kurz darauf sitzen wir beide auf dem Sofa, blicken auf den graublau verregneten Fjord und nippen an unseren Kaffeetassen. Die beiden Tabletts stehen zwischen uns wie eine unüberwindbare Barriere. Trotzdem, so nah waren wir uns schon lange nicht mehr.

»Haben wir es gut«, sage ich, stelle die Tasse ab und beiße in mein dick mit Frischkäse und Himbeermarmelade bestrichenes Brötchen.

Morten nickt. »Besser kann man es nicht haben.« Er schenkt mir noch einmal Kaffee nach.

Danach schweigen wir und lassen unsere Gedanken über das Wasser bis zum Horizont wandern.

»Hast du heute was vor?«, will Morten irgendwann wissen.

Ich kuschle mich tiefer in meine Decke. »Nö.« Interessant. Ein so kleines Wort, und es sagt so viel. »Ich hab überhaupt nichts vor«, denke ich laut weiter. »Aber es beunruhigt mich kein bisschen. Im Gegenteil, ich bin sicher, dass ich was Tolles erleben werde, einfach so. Ich weiß das einfach. Erstaunlich, zuletzt hab ich mich als Kind so gefühlt.«

Morten schmunzelt. »Ich könnte dir was zeigen. Im Wald.«

Ich grinse. »Klingt ein bisschen nach Rotkäppchen und dem bösen Wolf. Oder Schlimmerem.«

Morten knurrt und zeigt Raubtierzähne. Aber dann wird er wieder ernst. »Ich hab was entdeckt.« Seine Augen blitzen vor Abenteuerlust.

Neugierig richte ich mich auf. »Einen Schatz?«

»Vielleicht so was in der Art.« Er lächelt geheimnisvoll.

»Erzähl«, fordere ich ihn auf.

Morten zögert. »Das ist aber eine lange Geschichte. Sie beginnt vor über tausend Jahren.«

»Ich hab Zeit.«

»Gut. Hmmm, wo fange ich an?« Morten reibt sich nachdenklich die Nase. »Also, pass auf. Es geht um die zweite Frau des Dänenkönigs Sven Gabelbart.« Oje, er hat mal wieder seine Professorenstimme. Das wird ein langer Vortrag.

»Der hieß echt so?«, frage ich, um die Sache ein bisschen aufzulockern.

Morten nickt. »Er trug seinen Bart in zwei Strängen. Er war übrigens der Sohn von Harald Blauzahn.«

Ich kichere. »Auch ein schöner Name.«

»Und er heiratete Sigrid die Stolze«, fährt Morten fort.

»Oha. Klingt nicht gerade nach einer anschmiegsamen Gattin.«

»Nein, das war sie in der Tat nicht«, gibt Morten zu. »Sigrid galt als knallhart, machthungrig, grausam und rachsüchtig. Und sie war eine Frau mit Vergangenheit. In erster Ehe war sie mit dem Schwedenkönig Erik dem Siegesfrohen verheiratet, sie ließ sich aber vermutlich scheiden.«

»Das konnte sie?«

»Oh, sie konnte noch viel mehr. Nach der Scheidung reisten viele Kleinkönige an ihren Hof, um ihr einen Antrag zu machen. Schließlich war sie schön, reich und mächtig. Aber

Kleinkönige, diese Sorte Verehrer, waren absolut unter ihrer Würde. Kurzerhand ließ sie zwei davon in ihrer Burg bei lebendigem Leib verbrennen. Als Abschreckung für alle anderen. Daher ihr Beiname.«

»Krass!« Ich kann es nicht fassen. »Sie hat sie echt angezündet? Und dann nennen die sie nur *stolz?*«

Morten zuckt mit den Schultern. »Es waren andere Zeiten. Und der Trick hat funktioniert. Die Freier blieben weg, und sie hat dann selbst Sven Gabelbart erwählt, den ebenfalls mächtigen dänischen König.«

Plötzlich klingelt Mortens Handy. Er erhebt sich, geht zum Tisch, wirft einen Blick auf das Gerät und seufzt. Mit genervtem Gesichtsausdruck zeigt er mir das Display, auf dem in Großbuchstaben MUTTER steht.

»Nee, oder?«, frage ich.

Morten wirft einen raschen Blick aufs Display und denkt kurz nach. »Hast recht.« Mit drei Schritten ist er bei dem gläsernen Schwedenofen, öffnet die Klappe und legt sein Handy hinein. Dann wirft er die Ofentür zu. Das Klingeln ist jetzt fast nicht mehr zu hören.

Ich muss lachen, denn damit hab ich nicht gerechnet. Die Situation hat was von Hänsel und Gretel, nur dass in unserer modernen Version die alte Hexe nicht selbst im Ofen landet.

Moment, sollte ich so über meine Schwiegermutter denken? Ach, egal, ich hab ja nicht laut gedacht. Und Morten wirkt plötzlich ausgesprochen vergnügt und befreit. Er räumt die beiden Tabletts vom Sofa auf die Küchentheke, dann kriecht er neben mich unter die Decke. »Wo waren wir stehen geblieben?«, will er wissen.

»Bei Sigrid der Stolzen und ihrer Hochzeit mit Sven Gabelbart«, gebe ich zurück.

Morten nickt anerkennend. »Gut aufgepasst! Also, eine Liebesheirat war das nicht, vermutet man heute. Eher ein Bündnis, beide hatten nämlich denselben Feind: den norwegischen König Olaf Krähenbein.« Morten ignoriert mein Kichern und doziert weiter. »Man weiß nicht viel über Sigrid, einige Historikerkollegen bezweifeln sogar, dass es sie überhaupt gab. Leider widersprechen sich nämlich Snorri Sturluson und andere Geschichtsschreiber des Mittelalters in ihren Berichten über Sigrid.«

Diesmal muss ich laut lachen. »Snorri? Echt jetzt?«

Morten grinst. »Das ist ein beliebter isländischer Vorname.«

Morten erzählt weiter, er ist jetzt warmgelaufen. Aber die komplizierten Familienverhältnisse und die noch komplizierteren Freundschaften und Feindschaften der Dänenkönige verwirren mich. Bald achte ich nur noch auf interessante Namen und kuriose Details. Harald Schönhaar. Erik Blutaxt. Bischof Poppo, der den Dänenkönig Blauzahn am Poppostein legendär taufte, solche Sachen, und ich könnte mich insgeheim wegschmeißen vor Lachen. Aber ich tue es natürlich nicht. Ich will Morten, der mit roten Wangen und wild gestikulierenden Händen die Perlen der dänischen Geschichte vor mir ausbreitet, nicht unterbrechen.

Stattdessen frage ich mich, wie die einst so wilden Wikinger zu den ausnahmslos freundlichen heutigen Dänen werden konnten, die ich hier auf der Insel kennengelernt habe.

»Du hörst ja gar nicht zu«, stellt Morten irgendwann fest.

»Tut mir leid, ich hab mich wirklich ausgeklinkt«, gebe ich zerknirscht zu. »Aber die dänische Geschichte ist für Laien echt schwer durchschaubar.«

»Hmpf.« Morten wirkt ein bisschen beleidigt.

»Entschuldige bitte.« Ich schmiege mich an ihn. »Es interessiert mich wirklich. Das ist alles nur so abstrakt, ich kann mir darunter nichts bildlich vorstellen. Vielleicht zeigst du mir erst mal deinen Fund und erklärst mir dann die Zusammenhänge. Das wäre einfacher.«

»Ja«, sagt Morten wenig begeistert. »Können wir machen.«

»Am besten sofort«, beschließe ich und richte mich auf. »Los, wir ziehen uns an.« Fast hätte ich noch gesagt: Und bringen es hinter uns. Ich ahne nämlich, dass Morten mir einen Mauerrest oder einen Erdhügel oder etwas ähnlich Spannendes zeigen will. Aber zum Glück kann ich mir diese Bemerkung gerade noch verkneifen, indem ich schnell etwas anderes ausspreche, das mir durch den Kopf schießt. »Kann man eigentlich bei Regen draußen duschen? Oder spricht was dagegen?«

Morten grinst. »Hast du Angst, dabei nass zu werden?«

»Ja, klar«, sage ich ganz ernst. »Hast du noch nie was von Doppelbenassung gehört? Viele denken ja, doppelt riecht besser. Aber in diesem Fall ist eine Verdopplung überhaupt nicht gut. Das ist wie bei der Doppelbesteuerung. Oder bei Doppelbelastungen. Dem geht man besser aus dem Weg.«

»Na, dann bleiben wir hier!« Morten zieht mich an sich. Er trägt nur Boxershorts, sonst nichts. Ich lege die Hand auf seinen Brustkorb und spüre sein schlagendes Herz. »Oder wir duschen zusammen!«, murmelt er in meine Haare. »Damit halbieren wir die Doppelbenassung und multiplizieren das Vergnügen.« Er hat plötzlich ein gewisses Timbre in seiner Stimme.

Irgendetwas daran macht mich nervös. Er ist mir so fremd geworden. »Es ist da draußen ja schon seeehr nass …«, wende ich ein.

Morten lächelt maliziös. »Ich sorge dafür, dass du das vergisst.«

»Du meinst …?«, beginne ich, um Zeit zu schinden.

Aber Morten unterbricht mich. »Wusstest du, dass die Wikinger unglaublich reinlich waren?«, fragt er. »Sie haben jeden Samstag gebadet. Und danach hatten sie Sex.«

Er küsst mich sanft auf die Lippen, unterbricht sich dann aber selbst dabei und fügt noch hinzu: »Ich bin übrigens ein halber Wikinger.«

»Es ist Montag«, weiche ich aus. »Und wir haben keine Badewanne.«

»Da müssen wir wohl improvisieren.« Morten springt vom Bettsofa, nimmt meine Hand und zieht mich mit. »Los, komm. Widerstand ist zwecklos!«

Lachend gebe ich nach.

Als draußen kalte Regentropfen mein weißes Schlafshirt durchnässen, erschaudere ich. Aber nur im ersten Moment. Schon Sekunden später prickelt meine Haut, und mir wird angenehm warm. Vor uns schäumen wilde Wellen gegen den Strand.

»Wie schöööön!«, rufe ich Morten zu.

»Wunderschön!«, sagt er hinter mir.

Lächelnd drehe ich mich um und stelle fest, dass er nicht das Meer meint. Sondern mich. Mein nasses Shirt zeigt inzwischen mehr, als es verhüllt.

Morten ist aber auch schön, wie er da vor mir steht, seine Haare aus dem Gesicht streicht und seinen Blick über mich wandern lässt. Wassertropfen perlen über seinen Oberkörper. In seinen Augen liegt ein Glitzern, das ich schon lange nicht mehr gesehen habe. Und irgendwie merke ich gerade tatsächlich, dass ein bisschen Wikingerblut in ihm steckt.

Meine Nervosität ist wie weggeblasen. Langsam gehe ich auf ihn zu, um ihn im strömenden Regen zu küssen.

Aber was ist das? Täusche ich mich, oder bewegt sich hinter ihm etwas am Strand? Ich bleibe stehen und lasse die Stelle nicht aus den Augen. Am Wassersaum brechen sich die Wellen an einer großen grauen Masse. Einem Stein?

»Was ist los?« Morten dreht sich zum Strand um.

Wir erkennen Trudi im selben Moment. Langsam und schwerfällig wuchtet die Seehunddame ihren grauen Körper aus dem Fjord. Matt und müde schleppt sie sich zu den Dünen. Sie bebt am ganzen Körper. Jede Bewegung scheint ihr Schmerzen zu bereiten.

»Sie zittert ja wie Espenlaub«, stoße ich erschrocken hervor.

»Kein Wunder. Wir auch«, stellt Morten fest.

Na ja, wir frösteln ein bisschen, aber das ist jetzt ja wohl unwichtig. Ich trete ans Geländer und beobachte das Tier. »Solche Temperaturen dürften sie überhaupt nicht stören, sie hat ein Fettpolster und könnte sogar im ewigen Eis überleben. Sie muss krank oder verletzt sein.«

»Sie war lange schwimmen und zittert sich jetzt warm. Wie ein bibberndes Kind«, behauptet Morten. »Sie kommt schon klar. Lass uns lieber reingehen, du erkältest dich noch.« Er nimmt meine Hand. »Komm, ich wärme dich.«

Da ist wieder das Timbre in seiner Stimme, aber dafür habe ich jetzt keinen Kopf. Ich muss irgendwas tun, das ist klar. Nur was? Widerwillig folge ich Morten in die Hütte.

Kaum sind wir drin, will Morten mir das klatschnasse Shirt ausziehen. Und zwar in eindeutiger Absicht. Doch ich schiebe ihn auf Distanz. »Morten, das Tier hat sich merkwürdig bewegt. Ich glaub, es ist wirklich krank.«

»Anna, das ist ein *Seehund.* Die bewegen sich nun mal an Land schwerfällig. Aber du bist ein Mensch, und wenn du das nasse Zeug anlässt, wirst *du* krank.«

Achtlos streife ich das Shirt ab, angle nach einem Handtuch und wickle mich hinein. »Morten, ich bin Biologin, ich weiß einfach, dass da was nicht stimmt. Ich muss Frederik anrufen.«

»Frederik?« Morten sieht mich verständnislos an.

»Den Tierarzt.« Ich suche mein Handy, entdecke es auf dem Nachttisch und drücke eine Kurzwahltaste.

Morten zieht eine Augenbraue hoch. »Du hast seine Nummer?«

»Jeder auf Janø hat die. Es gibt hier schließlich keinen Arzt. Frederik renkt im Notfall sogar Schultern ein oder näht Platzwunden an Köpfen.«

»Ich hab seine Nummer nicht«, sagt Morten gedehnt.

Ich verdrehe die Augen, aber bevor ich etwas sagen kann, höre ich Frederiks tiefe Stimme an meinem Ohr.

»Vesterlind.«

»Hey, hier ist Anna!« In knappen Worten berichte ich, was passiert ist.

»Seehunde wirken an Land oft sehr, wie sagt man, swag?«, höre ich Frederik sagen.

»Ich weiß«, sage ich ungeduldig. »Das ist nicht der erste Seehund, den ich sehe. Dieser hier bewegt sich aber wirklich seltsam. Und er zittert und bebt am ganzen Leib.«

»Ich komme«, sagt Frederik knapp. »Bis gleich.«

»Danke.« Erleichtert atme ich auf. »Bis gleich.«

Morten hat dem Gespräch kopfschüttelnd zugehört. Jetzt steuert er den Stuhl an, auf dem seine Klamotten liegen. »Er hat dasselbe gesagt wie ich«, stellt er fest, während er in seine Hose schlüpft. »Dem Tier fehlt nichts.« Er stülpt sich sein Shirt über. »Aber du wolltest unbedingt, dass er kommt.«

»Bist du etwa eifersüchtig?«, frage ich ungläubig.

Dieses Gespräch hier fühlt sich schon wieder an, als wäre ich im falschen Film. Diesmal ist es aber offenbar eine Liebesschmonzette, in der ganz plötzlich ein attraktiver Tierarzt auftaucht und Turbulenzen in eine ausgelatschte Ehe bringt.

»Eifersüchtig? Nein.« Morten setzt sich auf den Stuhl und zieht seine Socken über. »Ich bin stinksauer.«

»Wieso das denn?« Ich atme scharf ein. »Ich kann doch nichts dafür, dass da draußen ein Tier leidet!«

Morten springt auf. »Anna, was willst du eigentlich von mir? Sag mir das mal.«

Jetzt verstehe ich überhaupt nichts mehr. »Was? Wieso? Ich will doch nur …«

Aber bei Morten ist offenbar gerade eine Sicherung durchgebrannt. »Verdammt, ich will wissen, was du von mir willst.«

»Aber …«

Er lässt mich nicht zu Wort kommen. »Ich soll nicht allein wegfahren, sagst du, wir sollen was zusammen unternehmen. Gut, du kommst also mit. Dann haust du aber jeden Tag ab und lässt mich allein. Ich soll dafür den Haushalt übernehmen. Gut, ich koche, ich putze, ich räume auf. Ich lass sogar all meine Sachen im Auto, damit du in dem einzigen Wandschrank genug Platz für deine hast. Und du? Siehst es nicht. Freust dich nicht. Isst mein Essen nicht. Unterbrich mich jetzt nicht! Dann sagst du, ich soll dir von meiner Arbeit und meinem Fund erzählen. Gut, ich tue das, aber du hörst nicht zu. Und als ich aufhöre zu reden und dich küssen will, erfindest du einen kranken Seehund und rufst nach dem Arzt.« Jetzt brüllt er mich an. »Was. Ist. Falsch. An. Mir? Verdammt noch mal!«

Ich weiß nicht, was ich denken oder sagen soll, kurz ist es ganz still. In diesem ruhigen Moment hören wir einen Motor, der sich langsam nähert. Frederik kommt.

»Das ist alles nicht wahr«, sage ich schnell. »Lass uns später darüber reden, okay?« Hastig zapple ich mich irgendwie in meine Klamotten. Ich fahre mit allen zehn Fingern durch meine Haare und streife mir eine Regenjacke über, die an einem Haken hängt. Es ist Mortens, aber das ist mir jetzt egal.

Als Frederik um die Hüttenecke biegt, erwarte ich ihn auf der Terrasse. Er trägt Gummistiefel, aber kein Regenzeug, nur einen leichten Pullover. Für einen Inseldänen ist das hier vermutlich nicht mehr als ein kleiner Sprühregen.

»Da ist sie!« Ich zeige auf Trudis grauen Schatten inmitten von Dünengras.

Er hebt sein Fernglas und beobachtet das Tier. »Sie zittert nicht mehr«, stellt er fest.

»Ist sie tot?«, frage ich bestürzt.

Frederik verlässt die Terrasse und bestimmt mit fester Stimme: »Warte hier!«

Was ich natürlich nicht tue. Wir sind ja hier nicht bei *Daktari*, wo die Männer Gefahren bestehen und die Frauen bangend auf ihre Rückkehr warten. Ich folge Frederik an den Strand.

»Zurück!«, ruft er ganz plötzlich, streckt den Arm aus und stellt sich schützend vor mich.

Diesmal gehorche ich, denn auf einmal kommt Leben in Trudi. Sie stößt eine Art Schrei aus, macht sich ganz lang, dann zieht sie ihren Leib zusammen und robbt plötzlich überraschend flink aufs Wasser zu. Kaum hat sie den Fjord erreicht, stürzt sie sich in die Wogen und ist weg.

Frederik lacht laut auf. »Puh, das war knapp. Fast hätte er uns umgewalzen.«

»Er?«

Frederik nickt. »Das ist ziemlich sicher eine männliche Jungtier.«

»Ist er krank?«, hake ich nach.

Frederik schüttelt immer noch lachend den Kopf. »Nein, der Kleine hat erst wenig Speck. Und er ist verspielt. Er hat wohl bei Regen zu viel Spaß im Wasser gehabt und die Zeit vergessen. Dann ist sein Körpertemperatur gesunken, und er ist an Land gekommen, um sich da warmzuzittern. Seehunde machen das, sie regulieren so ihr Körpertemperatur. Wie Kinder, die … Wie sagt man? Biebern?«

»Bibbern«, verbessere ich ihn mit gesenkter Stimme. O Gott,

ist das peinlich. Hoffentlich hat Morten das nicht gehört. »Bist du sicher?«, frage ich Frederik. »Er ist vorhin so extrem schwerfällig über den Sand gerobbt.«

Frederik zuckt mit den Schultern. »Er ist eine Seehund, keine Windhund.«

Ich drehe mich zur Hütte um. Natürlich steht Morten auf der Terrasse, war ja klar.

»*Hej*«, ruft er Frederik zu, dann folgt ein dänischer Wortschwall.

Frederik antwortet, zeigt aufs Wasser und macht bibbernde Bewegungen. Morten grinst.

Na toll.

»Ich muss los.«

Frederik verabschiedet sich mit einem Winken von Morten. Ich begleite ihn noch zu seinem Wagen und bedanke mich wortreich. Die Wagentür fällt ins Schloss, der Motor jault auf, dann ist Frederik weg.

Ich muss jetzt mit Morten reden, daran führt kein Weg vorbei. Aber was soll ich sagen? Um Zeit zu gewinnen, suche ich erst mal die Toilette auf.

Als ich wenig später zur Hütte zurückkehre, weiß ich, was ich tun muss. Ich geh jetzt da rein und küsse meinen Mann. Wenn er widerspricht, küsse ich ihn erst recht. Und wenn er nicht mehr widerspricht, ziehe ich ihn aufs Sofa und verführe ihn.

Energiegeladen reiße ich die Tür auf. Und erstarre mitten in der Bewegung. Die Hütte ist leer. Morten ist weg. Ohne Bescheid zu sagen. Ohne eine Nachricht zu hinterlassen. Und ohne Regenjacke, die hab nämlich ich an. Blöder, verdammter Mist, blöder.

Nachricht auf Mortens Mailbox

Hallo, Morten, hier ist deine Mutter.
Du weißt schon, die kleine Frau mit den weißen Haaren, die dich aufgezogen hat. Vielleicht erinnerst du dich.
Hallo? Morten, geh ran.
Du, ich hab ja jetzt einen Gärtner angestellt. Wie du gesagt hast. Aber der macht das nicht gut. Ob du vielleicht mal mit ihm reden kannst? Er will die Hecke jetzt nicht schneiden, weil man das angeblich im Sommer nicht darf. Ja, wann soll man es denn sonst tun? Im Winter? Die Vögel brüten da jetzt, sagt er. Pfff. Der hat 'nen Vogel. Die haben doch längst fertig gebrütet.
Morten? Hallo? Ruf mich zurück!!! Und zwar bald. Solange ich noch lebe. Danach kannst du nämlich nur noch mit meinem Friedhofsgärtner reden.
Aber das ist dir natürlich egal.
Ich bin dir ja ohnehin egal.
Elfriede sagt das auch. Die Alten sind den Jungen nur noch eine Last, sagt sie. Verantwortung, das Wort kennt ja heute keiner mehr.
Na, eines Tages wirst du …

Piiiiiiep. Piep. Piep. Piep.

KAPITEL 17

»Wer in der Liebe Nein sagt, hat die Macht«, tönt Christinas Stimme aus meinem Handy. »Das ist so. Weiß man ja.«

Ich nicht. Ich sitze auf dem feuchten Sand einer dänischen Inseldüne, telefoniere heulend mit meiner besten Freundin und weiß gar nichts mehr. Aber als Christina diesen Satz ausspricht, klingelt was bei mir, und zwar in der Lautstärke einer Alarmanlage.

Wer Nein sagt, hat die Macht. Der Satz passt, das spüre ich deutlich, und genau deswegen setzt jetzt mein Denken aus.

Das ist bei mir immer so. Wenn ich etwas höre oder lese, das mir so richtig ans Eingemachte geht, schaltet sich mein Gehirn komplett ab. Man könnte denken, das wäre Selbstschutz, aber eigentlich ist es Selbstsabotage, denn es würde mir ja helfen, wenn ich gerade in solchen Situationen glasklar denken könnte.

Weil ich das aber nicht kann, schniefe ich den Schnodder hoch, trockne meine Tränen, räuspere mich und frage meine beste Freundin: »Wie meinst du das genau?«

»Na ja«, sagt Christina. »Morten wollte Sex, du nicht. Und was war das Ergebnis? Kein Sex, oder? Anderes Beispiel, du wolltest reden, er nicht. Ergebnis: kein Gespräch.«

»Äh … ja«, sage ich zögernd. »Aber worauf willst du hinaus?«

»So ist das in Beziehungen immer«, erklärt Christina. »Wer Nein sagt, schafft Fakten und bestimmt die Richtung. Aber irgendwie merkt man das oft selbst nicht.«

»Was merkt man nicht?«, hake ich nach und zerbröckle geistesabwesend feuchten Sand zwischen den Fingern.

»Die wahren Rollen in einer Beziehung«, fährt Christina fort. »Neinsager wirken oft so still, friedlich und defensiv, als könnten sie kein Wässerchen trüben. Aber tatsächlich setzen sie einen Schlusspunkt unter einen Dialog und beenden mit einem einzigen Wort jegliche weitere Kommunikation. Brüller und Schimpfer wirken oft aggressiv und dominant. Aber in Wahrheit sind sie den stillen Neinsagern total unterlegen. Sie sitzen am kürzeren Hebel.«

»Hmmm, interessanter Gedanke. Und was bedeutet das jetzt für Morten und mich?«

Meine innere Alarmanlage klingelt immer noch, als wäre eine ganze Verbrecherbande in mein Innenleben eingebrochen und würde da mein Denken blockieren.

»Das kann ich leider nicht beurteilen«, sagt Christina bedauernd. »Das ist kompliziert. Ich denke, du musst es selbst herausfinden.«

Ja, klar. Ist ja mein Leben. Nur leider weiß ich gerade gar nichts mehr. »Ich denk drüber nach. Du, mein Akku ist gleich leer. Danke fürs Zuhören!« Das gilt nicht nur für den Akku meines Handys, sondern auch für meinen eigenen. Ich brauch jetzt ganz dringend eine Pause, um mich neu zu sortieren.

»Immer gern«, sagt Christina. »Halt die Ohren steif! Der Weg ist das Ziel, und ich glaub, ihr seid auf dem richtigen.«

»Meinst du?« Ich bin mir da nicht so sicher.

»Ja, echt. Immerhin hat Morten dich mal so richtig angebrüllt, er ist wenigstens ganz kurz mal nicht weggelaufen, das ist neu. Da geht also was. Da ist eine Entwicklung drin.«

»Stimmt.« Ich fühle mich plötzlich ein bisschen besser.

Wir verabschieden uns.

Der Geruch nach Salzwasser und vertrocknetem Seetang

weht zu mir herüber. Eine Silbermöwe sitzt auf einem ausgeblichenen Holzpfahl im Wasser, sie spreizt einen Flügel ab, um ihn in der Sonne zu trocknen, die jetzt endlich wieder durch die Wolken bricht. Ich ziehe die Regenjacke aus und setze mich darauf, obwohl es dafür eigentlich zu spät ist, meine Hose ist bereits klamm.

Eigentlich merkwürdig, denke ich und blicke nachdenklich auf die Wellen. Mein Mann schreit mich an, und mir geht es besser. Aber im Zusammenhang mit Christinas Ansage ergibt das plötzlich Sinn. Wer brüllt, ist unterlegen, hat Christina gesagt. Geht es mir also besser, weil Morten mir unterlegen war? Hmmm, besonders sympathisch wäre das ja nicht. Und es ist auch nicht richtig. Aber es ist ebenfalls nicht ganz falsch. Irgendwie geht es schon oft um Macht, wenn Morten und ich streiten. Er hat sie, weil er weggeht. Ich nicht.

Auf einmal habe ich Sehnsucht nach einem Alpaka. Genauer gesagt, nach Pauli, *meinem* Alpaka. Diese Tiere sind Menschenkenner und spüren, wie es einem geht, hat Tilde gesagt. Genau das brauch ich jetzt – warme braune Augen, in denen ich Verständnis lese, auch wenn ich gerade ein unsympathisches, machtbesessenes Ekel bin. Oder spuckt er mich an, wenn ich in dieser Stimmung zu ihm komme? Nein, das glaube ich nicht. Pauli spricht doch die Sprache des Herzens, die uns daran erinnert, dass wir alle aus Liebe bestehen und deswegen eins sind. Oder irgendwie so.

Meine beiden Akkus reichen noch, um Tilde eine Nachricht zu schreiben: *Darf ich mir Pauli für einen Ausflug ausleihen?*

Sekunden später kommt die Antwort. *Ein wirklich guter Plan, sagte die Kuh und verspeiste die Landkarte.* Und noch etwas später: *Aber lass ihn auf gar keinen Fall auf deine Picknickdecke. Er pinkelt gern drauf!*

Es ist wirklich ein guter Plan. Pauli spuckt nicht, und er kritisiert mich auch sonst nicht. Er kommt bereitwillig zum Zaun, als er mich dort mit dem Halfter winken sieht. Und unterwegs sagt er kein einziges Mal Nein, ganz egal, was ich ihm in Gedanken vorschlage. Willst du in den Wald, kleines Tier? Na klar, Pauli trottet los. Willst du Gras fressen? Gute Idee, sofort senkt er sein weiches schwarzes Maul und knabbert an zarten Halmen. Wollen wir weiter zum Strand? Pauli hört auf zu grasen und zuckelt in Richtung Dünen.

Normalerweise haben Alpakas bei Ausflügen durchaus ihren eigenen Willen. Heute gibt Pauli mir in allem nach. Spürt er, dass ich so was jetzt brauche? Oder will er mir was beibringen? Oder ist er einfach nur richtig gut drauf?

Wie auch immer, dank seiner Nachgiebigkeit passiert nämlich zwischen uns etwas Interessantes: Ich möchte seine Gutmütigkeit nicht ausnutzen und überlege deswegen die ganze Zeit, was Pauli jetzt wohl braucht. Wäre das auch unter Menschen denkbar? Also, wäre es eine Lösung, wenn in einer Beziehung beide immer nur überlegen würden, was der andere gerade will? Wenn keiner mehr Nein sagt? Irgendwie auch nicht, oder?

Nachdenklich löse ich Paulis Leine, damit er ein bisschen am Strand spielen kann. Morten hat schon viel Wahres gesagt, als er mich angebrüllt hat. Es war ja wirklich so: Ich wollte unsere Zweisamkeit auf dieser einsamen Insel, aber jetzt bin ich jeden Tag weg, und er ist allein. Eins zu null für Morten. Und weiter: Er sollte den Haushalt übernehmen, und er macht das prima, aber ich nehme es kaum wahr. Ich hab nicht mal gemerkt, dass er seine Klamotten mir zuliebe im Auto verstaut hat. Zwei zu null für Morten. Und es stimmt außerdem, dass ich ihn gebeten habe, mir die ganze lange Geschichte von seinem Fund zu erzähle. Und dann hab ich ihm nicht zugehört. Drei zu null.

Das mit dem Sex und dem Seehund war aber ein ungerechter Vorwurf. Ich dachte wirklich, dass Trudi in Gefahr ist. Oder Trudo, wer auch immer. Dass ich mich so geirrt habe, war mehr als peinlich. Hätte Morten aber von Anfang an verständnisvoller reagiert und sich *mit mir* um das Tier gesorgt, hätten wir anschließend bestimmt zusammen über meine Panne gelacht. Und jetzt würden wir uns immer noch in den Laken wälzen. Ich finde, es steht drei zu eins.

So richtig erschüttert hat mich aber die Frage, die Morten mir am Schluss so dermaßen wütend entgegengeschleudert hat. *Was ist falsch an mir?* Nichts, würde ich am liebsten zu ihm sagen. Wirklich gar nichts. Es gibt nur ein Problem zwischen uns: *Du* gibst mir ständig das Gefühl, falsch zu sein. Ich bin immer zu laut oder zu leise, zu lustig oder zu zickig, zu geschwätzig oder zu verstockt. Nur eins bin ich nie: richtig.

Ja, klar, nichts davon sagt Morten je direkt zu mir. Aber er zeigt es mir, indem er bei Missfallen schweigt, sich abwendet oder geht. Wer Nein sagt, hat die Macht. Und wer schweigt, sagt dauernd Nein. Ich bin diesem Dauer-Nein hilflos ausgeliefert, denn ich kann daran nichts ändern. Ich kann nur ewig rumprobieren, ob ich Morten irgendwie wieder erreiche. Oder zicken, schimpfen, Fakten schaffen und drohen. Weil ich unterlegen bin.

Pauli stakst mit seinen langen Alpakabeinen auf mich zu und stupst mich mit seiner schwarzen Nase tröstend an. »Schon gut«, sage ich. »Mach dir keine Sorgen. Ich hab zwar noch keine Lösung, aber ich nähere mich so langsam dem wahren Problem.«

Majvi und Frode stehen an der Alpakakoppel. Sie haben die Arme auf den Holzzaun gelegt und beobachten die Tiere. Neben ihrem hünenhaften Ehemann sieht Majvi zierlich aus. Als die beiden Pauli und mich entdecken, winken sie uns fröhlich zu.

Ich freue mich, sie zu sehen, aber leider tun das auch Kaisa, Bjarne, Afra und Tulle. Die vier Pferde drängeln sich auf einer Koppel auf der anderen Seite des schmalen Weges am Zaun und versuchen, mit Schnauben, Prusten und Hufscharren die Aufmerksamkeit ihrer Besitzer auf sich zu lenken. Und obwohl ich weiß, dass sie harmlos sind, fühlt es sich mal wieder nicht so an.

Pauli bemerkt meine Anspannung natürlich sofort. Er bläht die Nüstern und reckt seinen langen schwarzen Hals, um herauszufinden, was mich an den vier prustenden Hufträgern ängstigt. Könnte ja was dran sein, scheint er zu denken.

»Alles okay«, raune ich ihm zu. »Nimm mich einfach nicht ernst, und hilf mir, das zu überspielen.«

Ich atme tief ein, straffe die Schultern, gehe auf Frode und Majvi zu und tue so, als ob alles in bester Ordnung wäre.

Frode und Majvi spielen mit. »Da seid ihr ja!« Majvi öffnet das Gatter für uns. »Na, war's schön?«

Als zwei Zäune zwischen mir und den Pferden sind, fühle ich mich prompt besser. Ich löse das Halfter und gebe Pauli einen Abschiedsklaps auf die Schulter. Dann lehne ich mich von innen mit dem Rücken neben Majvi und Frode an den Zaun und beobachte, wie Pauli in wilden Bocksprüngen zu seiner Herde galoppiert.

»Wir machen uns gerade Gedanken über Mayumi«, sagt Majvi. »Wir fragen uns, wann die Geburt losgeht.«

Ich kenne inzwischen alle Alpakas mit Namen und weiß, dass Mayumi die trächtige hellbraune Alpakastute mit den selbst für Alpakaverhältnisse ausgesprochen lang bewimperten Augen ist. Dank meines letzten Zoo-Newsletters weiß ich auch, dass Alpakas fast ein Jahr lang trächtig sind. Und dass jedes

Fohlen – man nennt sie Crias – seine individuelle Tragedauer hat, plus/minus mehrerer Wochen.

»Gibt es schon Anzeichen für die Geburt?«, will ich wissen.

»Keine«, sagt Majvi. »Aber das muss nichts heißen. Paulis Geburt haben wir auch erst bemerkt, als er schon ein paar Stunden auf der Welt war.«

Frode legt ihr den Arm um die Schulter. »Die Alpakas regeln das Geburt zum Glück meistens sehr gut allein. Ich kenne keine anderen Tiere, die ihre Jungen so schnell und unkompliziert geburten. Sie legen sich dazu nicht einmal hin. Das Kleines schlüpft in ein paar Minuten raus, fällt zu Boden, trocknet und steht auf.«

Majvi seufzt. »Meistens. Aber wenn etwas schiefgeht, brauchen sie schnell Hilfe. Wir müssen wachsam sein.«

Mayumi zeigt tatsächlich keinerlei Anzeichen einer nahenden Niederkunft. Sie steht dösend im Schatten eines Baumes.

Frode lächelt seine Frau aufmunternd an. »Bald übernimmt mein *mor* die Überwachung von das werdenden Mutter. Ihr entgeht nichts.«

Majvi grinst. »Das stimmt. Sie wusste an dem Tag, als Pelle kam, schon lange vor mir, dass wir abends zu dritt sein würden.« Pelle ist ihr ältester Sohn, der in Kopenhagen lebt.

»Wo ist Tilde?«, frage ich. »Es ist so still.« Nirgends röhrt ein Motor.

»Sie hat heute ihr Festlandtag.« Frode seufzt.

Ich sehe ihn fragend an.

»Einmal im Monat besucht mein *mor* ihr Freundinnen auf dem Festland.« Wieder seufzt Frode. »Und sie bringt uns von da jedes Mal etwas mit.«

»Wie nett«, sage ich.

»Na ja«, beginnt Majvi, hält dann aber inne und sieht ihren Mann an. »Erzähl du das.«

»Im Januar war es ein Grippe«, sagt Frode. »Das war ein guter Monat. Und einmal vor viele Jahre war es Olsen. Er war damals ein Jahr alt. Das war auch gut. Zumindest, als wir ihm das Beißen abgewöhnt hatten. Und das Jagen von Fahrradfahrern. Und seit er keine Schuhe mehr frisst.«

»Das hat er alles getan?«, frage ich fassungslos. Kaum zu glauben, dass der freundliche alte Olsen mal so ein wilder Junghund war.

»Und noch viel mehr«, sagt Frode mit unheilvoller Stimme.

»Er hatte eine schwere Kindheit«, verteidigt Majvi ihren Liebling. »Tilde hat ihn gerettet. Was wirklich gut war.«

Frode schmunzelt. »Ja, besser als dieses Kefirpilz, das sie gerettet hat. Ihr Freundin Frida wollte ihn ins Klo schmeißen. Da landete er dann hier.«

Majvi schüttelt sich. »Brrr. Der war ekelhaft!«

»Ja, stimmt!« Frode lacht laut. »Ein glibbrig, schleimeliges Ding. Sooo groß.« Er breitet die Arme aus. »Tilde hat es in gute Milch gelegt, bis die schmeckte wie ein nasses Putzlump. Angeblich macht das Zeug schön. Und unsterblich. Na ja.«

Majvi nickt. »Unsterblich war dieser Pilz selbst. Wenigstens fast. Er wuchs und wuchs und wurde immer mehr. Ich habe geträumt, er würde irgendwann die ganze Insel überwuchern.« Sie schmunzelt. »Frode hat ihn dann aus Versehen gekocht. Da war er tot.«

»Ja, ganz aus Versehen!« Frode lacht sein typisches lautes Wikingerlachen. »Schrecklich war es auch, als mein *mor* das erste Computer nach Lykkegaard gebracht hat«, erinnert er sich. »Wir hatten damals noch kein Internet. Ich habe Tage und Wochen damit verbracht, bis alles lief. Der Rasenmäher ist übrigens ihr neustes Mitbringsel.«

Jetzt bin ich richtig neugierig, was die wilde Tilde heute anschleppen wird.

Frode legt den Arm um die Schultern seiner Frau. »Wir werden es gemeinsam baden«, sagt er und drückt sie zärtlich an sich.

»Ausbaden«, korrigiert Majvi und lacht.

Ein Stich fährt mir durchs Herz. Ja, das werden sie. Anders als Morten und ich. Majvi und Frode haben denselben Beruf, denselben Alltag, dieselben Probleme, sie lachen über dieselben Dinge und baden dasselbe Schicksal gemeinsam aus.

»Ihr habt ein schönes Leben«, sage ich im Brustton tiefster Überzeugung.

Majvi kann Zwischentöne wirklich auffällig gut heraushören. Ihre lebenslustigen blaugrünen Augen mustern mich, ein Windstoß zerzaust ihre kurzen Haare.

»Wie lebst du eigentlich in Deutschland, Anna? Erzähl doch mal.«

Ich muss tatsächlich kurz nachdenken, bis ich mich an meinen Alltag in Deutschland erinnere. »Na ja, wir wohnen in der Nähe von Frankfurt in einem hübschen Haus im Grünen. Morten fährt morgens an die Uni und kommt abends zurück. Ich arbeite vormittags am Computer, nachmittags bin ich meistens unterwegs. Früher mit dem Hund und den Kindern. Jetzt, seit die Kinder weg sind und der Hund gestorben ist, meistens allein.« Mehr mag ich gar nicht erzählen. Alles klingt so langweilig und leer.

Frode und Majvi scheinen das nicht so zu sehen. »Ihr lebt in der Nähe von Frankfurt?«, fragt Frode. »Das ist ja wunderbar. Da gibt es das beste Oper Europas.«

»Ja«, sage ich nicht besonders euphorisch.

»Und viele Kunstmuseen.« Das kommt von Majvi.

»Stimmt. Kunst gibt es reichlich.«

»Und Berge«, sagt Frode sehnsuchtsvoll. »Richtige, hohe Berge.«

»Na ja, wir haben fünf Mittelgebirge in der Region. Aber die Berge sind da im Vergleich mit den Alpen nur ungefähr so groß.« Ich deute mit den Händen Schafgröße an.

Frode lacht. »Wenn du auf ein Insel wohnst, wo die höchste Düne dreizehn Meter über die Meeresspiegel liegt, ist ein Mittelgebirge riesig.«

»Wisst ihr was?«, frage ich in einem plötzlichen Impuls. »Fahrt doch hin. Unser Haus steht leer, ihr könnt es sehr gern bewohnen. Dann könnt ihr nach Herzenslust in die Oper und in Museen gehen und in den Bergen wandern. Na, wie wäre das?«

»Wundervoll!«, sagt Majvi spontan. »Aber es geht leider nicht. Alte Bauernregel: Wer einen Hof hat, kann keinen Urlaub machen.«

»Aber es ist doch nur so ein kleiner Hof«, sage ich und zeige mit Daumen und Zeigefinger Stecknadelgröße. »Das bisschen Arbeit schaffen Morten und ich doch mit links. Zumindest ein paar Tage lang.«

Frode lacht wieder auf, er hält das wohl für einen Witz.

Ich nicht. Plötzlich merke ich, wie gern ich wenigstens kurz mit Majvi und Frode tauschen würde. Einmal einen Alltag haben, den ich mit Morten teile. Dieselbe Arbeit Seite an Seite erledigen. Dieselben Sorgen haben. Dieselbe Freude. Zwei Menschen, ein Leben, ein Wollen, ein Ziel. Und hier bekommen wir das alles wie auf dem Präsentierteller. »Ich meine es ernst«, sage ich. »Wir würden hier gern für euch einspringen. Morten übernimmt den Laden, er kann Dänisch. Ich kümmere mich um die Tiere und um das Nachmittagsprogramm.« Hinter mir schnaubt in diesem Moment eins der Pferde. »Also, ich meine, *Tilde und ich* übernehmen die Tiere«, korrigiere ich mich schnell. »Und wenn was schiefgeht, rufen wir Frederik an. Meint ihr nicht, dass wir das schaffen können? Zumindest eine Woche lang.«

Frode und Majvi wechseln einen raschen Blick. Sie wirken unschlüssig. Kein Wunder, der Hof ist so was wie ihr Baby, und ich bin so was wie eine kinderlose Tante. Wer würde da nicht zögern. Aber ich merke auch, wie sehr ihnen die Aussicht auf ein paar Tage Kultururlaub gefällt.

»Wann, wenn nicht jetzt?«, frage ich drängend. »Na los! Das Glück liegt auf der anderen Seite der Sorgen!«

Screenshot in Mortens Handyspeicher

www.frederik-vesterlind.dk/tysk

Herzlich willkommen in der Tierarztpraxis Janø

Unsere Haustiere krank manchmal, und wenn sie es in Ferien tun, es ist sehr wichtig, dass sie werden gut behandelt.
Bei ein Gesundheitsproblem wartet deswegen nicht bis zu Hause, ruft mich lieber Tag und Nacht an.
Ich spreche Deutsch besser, als ich schreibe ;)

Ich bin Frederik Vesterlind, geboren in Struer, studiert Tiermedizin in Kopenhagen, bin seit zwanzig Jahre glücklich verheiratet mit ein Mädchen von Janø und hier vor Ort sehr heimisch.
Ich kenne die meiste tierische Inselgesundheitsprobleme wie Muschelsplitter in Pfote oder Bauchweh von zu viel Salzwasser getrunken und helfe auch wilde Tieren bei Krankheit.
Ruf mich bei alle Fragen sehr gern an.

Dein Frederik Vesterlind

KAPITEL 18

Als ich in unser kleines Paradies komme, ist unser Auto zwar da, aber Morten ist weg. Ich finde ihn weder in der Hütte noch am Strand, auch nicht beim Toilettenhäuschen. Dafür begegne ich auf dem Rückweg vom stillen Örtchen der knatternden Tilde. Vermutlich kommt sie gerade vom Hafen und ist den kleinen Umweg über Lille Paradis gefahren, um noch mal schnell dafür zu sorgen, dass unsere Zufahrt wie ein Golfrasen aussieht. Das ist nämlich ihr ganzer Ehrgeiz. Morten könnte den Weg eigentlich schon mal zum Üben nehmen, falls er wirklich Golf spielen will.

Auf ihren Rücken hat Tilde einen merkwürdigen Gegenstand geschnallt, ein fast eineinhalb Meter langes Rohr, das weit über ihren Kopf hinausragt. Ihr aktuelles Mitbringsel?

Ich winke mit beiden Armen, um sie zu stoppen. Tilde winkt zurück, stellt den Motor aus und setzt den Kopfhörer ab.

»*Hej*, was ist das?«, will ich sofort wissen.

»Das ist ein Didgeridoo«, sagt Tilde stolz.

»Wie bitte?«

Ich weiß natürlich, was ein Didgeridoo ist, aber ich hab keine Ahnung, wozu eine ältere Dame auf einer kleinen dänischen Insel ein australisches Blasinstrument braucht.

»Es ist gegen mein Schnarchen«, beantwortet die wilde Tilde meine unausgesprochene Frage.

»Du schnarchst?«

Tilde nickt. »Und wie!«

»Das stört doch keinen.«

»*Im Moment* nicht«, sagt Tilde. »Aber du musst schon zugeben, dass es jede zarte Anbahnung einer neuen Beziehung empfindlich stören könnte.«

»Ja. Okay«, räume ich ein. »Ich finde nur ehrlich gesagt, dass dein Rasenmäher auch jegliche zarte Anbahnung empfindlich stört.«

»Das ist das, was du denkst«, sagt Tilde selbstbewusst. »Aber es gibt da etwas, das du nicht weißt: Männer sprechen mich ständig wegen meines Rasenmähers an. Fürs Flirten ist er hilfreicher als ein kurzer Rock.«

Na dann. Schnell improvisiere ich: »Knattern gehört zum Geschäft, sagte Tilde und setzte sich auf den Rasenmäher.« Tilde lacht. »Und das Didgeri-Dings hilft wirklich gegen Schnarchen?«, komme ich auf unser eigentliches Thema zurück.

Sie nickt. »Wenn man regelmäßig übt, ist es besser als jedes andere Mittel.«

Ha! Ich kann mir die Gesichter von Frode und Majvi schon jetzt bildlich vorstellen. Bestimmt wackeln die Wände auf Lykkegaard, wenn Tilde übt. Umso besser, wenn die beiden ein paar Tage wegkommen und ordentlich Erholung tanken.

»Hast du schon von meiner Idee gehört?«, frage ich.

Hat Tilde natürlich nicht – sie war ja gar nicht da. Und als ich ihr von meinem Urlaubsplan für Frode und Majvi erzähle, ist sie begeistert. »Wie wundervoll! Dich schickt der Himmel. Das ist genau das, was die zwei jetzt brauchen.«

Ich nicke. Frode hat oft traurige Augen. Wie ich ja von Majvi erfahren habe, muss er sich von seinem früheren Leben verabschieden, und es ist gut, wenn er in dieser Zeit etwas Neues erlebt. Wer wüsste das besser als ich?

»Sie haben sich richtig gefreut, als ich das vorgeschlagen

habe«, erzähle ich Tilde. »Meinst du, wir schaffen das ohne die beiden?«

Tildes freundliches altes Gesicht wird knittrig vor lauter Lachfältchen. »Na, und ob. Ich hab den Hof jahrelang ganz allein geschmissen, und damals war das noch richtig Arbeit. Im Vergleich dazu wird das ein Sonntagsspaziergang.«

»Du hast nicht zufällig Morten gesehen?«, frage ich Tilde. »Ich will ihm davon erzählen.«

Sie nickt. »Hab ihm gerade einen Weg gemäht. Ach was, gemäht, förmlich in die Wildnis hineinrasiert hab ich die Piste. Hinter der Bootsrampe, bei Højeste Bakken.«

»Was wollte der denn da?«, frage ich.

Tilde zuckt mit den Schultern. »Vermutlich raufgehen, um runterzugucken«, sagt sie. »Was sollte er sonst wollen?«

Ja, was sonst? Aber das klingt so gar nicht nach meinem Mann. Er wird wohl immer noch sauer sein wegen der Sache mit Trudo.

Ich verabschiede mich von Tilde, und sie knattert mit unternehmungslustig nach oben ragendem Didgeridoo künftigen Liebesabenteuern entgegen. Als sie weg ist, beschließe ich, Morten zu suchen und sofort mit ihm zu reden. Wir fangen jetzt einfach noch mal von vorn an.

Die Bootsrampe beginnt hinter den zwei Pollern, von denen Morten und ich am Anreisetag gerade noch rechtzeitig gestoppt wurden. Und Højeste Bakken ist der höchste Aussichtspunkt auf Janø, eine grasbewachsene Anhöhe nahe dem Strand. Aussichtspunkt ist aber eigentlich zu viel gesagt. Der Dünenhügel ist, wie Frode immer betont, nur dreizehn Meter hoch, und man sieht von oben ein bisschen mehr vom Nichts als an anderen Stellen auf Janø. Nein, nicht mal mehr. Man sieht das ganz normale, wundervolle Janø-Nichts einfach mal von oben.

Eine Viertelstunde später stehe ich an einem frisch gemähten Weg, der von der Rampe in sanften Schlangenlinien durch struppiges Gras zum höchsten Hügel der Insel führt.

Und ich wundere mich. Neben dem neuen Grasweg parkt nämlich ein alter roter Polo, den ich auf der Insel noch nie gesehen habe. Na ja, wo ein Weg ist, ist halt immer auch schnell ein Tourist. Das wird meinen eigenbrötlerischen, einzelgängerischen Ehemann nicht gerade freuen, und ich stelle mich deswegen auf noch schlechtere Laune ein. Langsam schlendere ich den Weg entlang und überlege, wie ich ihn aufheitern kann. Vielleicht fange ich gleich mit dem Hofladen an, der wirkt mit seinen Strohballenregalen fast ein bisschen wikingermäßig, den könnte Morten lieben.

Oben auf dem Hügel ist die Aussicht beeindruckender, als ich gedacht hätte. Die Wellen schlagen unter mir gegen einen feinsandigen Strand voller Muscheln, dahinter erstreckt sich der Fjord bis zu einer schmalen Uferlinie am Horizont. Blauer und glitzernder kann das Nichts nirgends sein.

Wenn ich mich umdrehe, sehe ich eine sanfte, hügelige Landschaft in allen Schattierungen von Pastellgrün. Aber da ist nirgends auch nur ein einziger Mensch. Lediglich ein Kaninchen, das hakenschlagend flieht. Ob Morten schon weg ist?

Auf einmal höre ich hinter einem weiß blühenden Wildrosenstrauch Stimmen. Erst die eines Mannes, dann die einer Frau.

»Morten?«, frage ich leise.

Falls da ein Pärchen ungestört sein will, möchte ich nicht reinplatzen.

Keine Antwort. Hmmm. Plötzlich macht sich in meinem Kopf ein Gedanke breit. Was hatte ich damals beim Sammeln der Pferdeäpfel zu Christina gesagt? Sie hatte vermutet, Morten wolle sich vielleicht wie ein einsamer, verletzter Wolf in die

Wildnis zurückziehen, um zu warten, bis seine Wunden verheilt sind. Und ich hatte geunkt, vielleicht würde er da eine junge Wölfin treffen, die mit ihm sämtliche Höhen erklimmt, die das Leben zu bieten hat. Auch hohe Dünen?

Nee, oder? Das ist ja wohl völliger Quatsch. Ich bleibe regungslos stehen und lausche. Jetzt höre ich wieder eine Männerstimme, der Typ lacht. Und ich bekomme eine Gänsehaut, denn was ich höre, ist eindeutig Mortens Lachen. Eine Frauenstimme fällt in sein Gelächter ein. Shit.

Zögernd nähere ich mich dem Gebüsch. Dann hole ich ganz tief Luft und umrunde es.

Schock! Das ist eindeutig mein Mann. Morten kniet auf dem Boden, bewegt sich rhythmisch vor und zurück und ächzt dabei. »Jaaa!«, sagt er. *»Meget godt!«*

Die Frau, die sich neben ihm im selben Takt bewegt, kenne ich nicht. Ihr blonder Pferdeschwanz wippt, sie jauchzt mit heller Stimme etwas auf Dänisch, das ich nicht verstehe.

Erst nach ein paar Schrecksekunden sickert die Tatsache in mein Bewusstsein, dass beide voll bekleidet sind. Und dass die Frau neben Morten kniet. Neben!

Trotzdem gefällt mir nicht, was ich sehe. »Morten!«, rufe ich und erschrecke selbst darüber, wie scharf meine Stimme klingt. Ertappt zucken die beiden zusammen und fahren herum. »Was um Himmels willen machst du da?«, frage ich fassungslos.

Morten erhebt sich ächzend und richtet sich auf. »Wir waschen den Stein.«

In seiner Hand hält er einen gelben Schwamm, genau wie die Frau, die ihren jetzt in einer roten, mit Wasser gefüllten Plastikschüssel auswringt, die neben ihr im hohen Gras steht. Ein Stück entfernt sehe ich einen weißen Plastikkanister, der ebenfalls zur Hälfte mit Wasser gefüllt ist. Vor den beiden liegt ein großer, flacher Stein im Gras.

Die Frau steht jetzt ebenfalls auf. Unsicher mustert sie meine bestimmt mehr als grimmige Miene und piepst leise den dänischen Standardgruß: »*Hej.*«

Ich sehe sie nur an.

Das macht Morten ganz eindeutig nervös. »Darf ich vorstellen?« Er weist auf die zierliche Blonde mit den leuchtend blauen Augen. »Dr. Eva Stjerne. Sie ist Archäologin an der Universität Aarhus. Leider spricht Eva kein Deutsch.« Dann nickt er mir zu. »Anna, meine Frau.«

Und nun folgt etwas auf Dänisch, in dem ich nur die Wörter *arbejder* und *Roman* erkenne.

Autsch. Hat er wirklich gesagt, dass ich einen Roman schreibe? Tue ich ja gerade gar nicht mehr. Ich werde rot und gehe in den Kampfmodus über, denn Angriff ist die beste Verteidigung.

»Ihr wascht also den Stein«, wiederhole ich Mortens Worte. »Hmmm, ja. Das erklärt einiges, aber nicht alles. Die Frage, warum ihr das tut, ist zum Beispiel völlig offen.«

Morten wirft den Schwamm in die Schüssel, Wasser spritzt auf, und Eva quietscht. »Oh, sorry.« Morten lächelt die junge Frau mit den Sternchenaugen und der Sanduhrfigur zerknirscht an. Dann wendet er sich an mich. »Das ist ein Runenstein. Glaube ich zumindest. Aber um das erkennen zu können, muss ich ihn von Schmutz und Flechten reinigen. Eva hilft mir, das professionell zu tun, damit ich nichts zerstöre.«

Eva lächelt schief zurück. Sie merkt vermutlich, wie seltsam die Situation auf mich wirkt.

Ich trete näher und betrachte den Stein. Er ist flach, grau, etwa einen Meter lang und schmal. Seine Oberfläche ist von grünlich weißen Flechten überwachsen. »Wo sind da Runen?«, will ich wissen.

Morten zeigt auf ein paar Vertiefungen. Sie sehen genauso

aus wie Furchen, die Steine oft haben. Runen, also germanische Schriftzeichen, kann ich beim besten Willen nicht erkennen.

»Fahr mal hier drüber«, sagt Morten und zeigt auf die Mitte des Steins.

Ich lasse meine Finger über den kalten Granit gleiten. Tatsächlich fühle ich mehr Einkerbungen, als ich auf den ersten Blick gesehen habe. Und sie sind erstaunlich ebenmäßig.

»Wow!«, sage ich. »Hast recht. Da könnte was stehen.«

Mein Mann lächelt glücklich. Sternchen-Eva auch, und dann piepst sie wieder was mit ihrer merkwürdig hohen Stimme.

»Eva sagt, dass das ein bedeutender Fund sein könnte. Und dass wir darüber anderen gegenüber noch kein Wort verlieren dürfen, damit dem Stein nichts passiert.« Die beiden wechseln einen Blick. »Du wirst keinem was erzählen, ja? Auch nicht den Rasmussens.«

Aha. Heute früh war ich noch eine schlechte Zuhörerin, und jetzt bin ich eine gefährliche Mitwisserin.

»Ich werde schweigen wie ein Grab«, sage ich mit allem Sarkasmus, zu dem ich fähig bin. »Legt mich bitte nicht um, weil ich zu viel weiß.«

Morten lacht gekünstelt. »Keine Sorge. Und die Sache muss auch nicht mehr lange geheim bleiben. Wir stehen kurz vor dem Durchbruch.«

Das immerhin ist gut, Morten hat nämlich nicht mehr viel Zeit für das Ding. Er weiß es nur noch nicht.

»Kann ich mal kurz mit dir reden?«, frage ich meinen Mann.

Er zuckt mit den Schultern. »Klar.«

»Allein?«, setze ich nach.

»Sie versteht uns nicht.«

»Allein?«, wiederhole ich, zunehmend gereizt.

Morten wechselt ein paar Worte mit Eva, und sie zirpt lächelnd eine Antwort.

»Lass uns ein paar Schritte gehen«, schlägt Morten vor.

Ich gehe vor und folge dem von Tilde ins Gras rasierten Pfad.

Aber wir kommen nicht zum Reden. Vor uns an der Bootsrampe stoppt nämlich gerade ein dunkler SUV. Die Fahrertür öffnet sich, Frederik springt aus dem Fahrzeug. »Anna! Morten!« Er kommt in großen Schritten auf uns zu. »Tilde hat mir erzählt, dass ihr hier seid, und ich musste euch sofort sehen!« Er breitet die Arme aus. »Anna, was für eine wundervolle Idee!« Und dann umarmt er mich doch tatsächlich vor den Augen meines Mannes.

Tja, und mir tut das gut. Eine irrationale Stimme in mir raunt nämlich: *Oh, ja, ich hab zwar keine Sternchenaugen und keine Sanduhrtaille und keine langen blonden Haare, aber fremde Männer umarmen mich gern, so ist das nun mal bei mir, weil ich nämlich durchaus meine Reize habe.*

Eine andere, erwachsenere Anna in mir versucht zwar, diese unreife, pubertäre Stimme zum Schweigen zu bringen. Aber die kindsköpfige Anna in mir zuckt nur mit ihren imaginären Schultern. Und findet es fast ein bisschen schade, als Frederik sie gleich wieder loslässt.

Frederik strahlt mich an. »Ich bin sehr fröhlich, dass Frode mal von der Insel kommt, ich hab mir schon Sorgen um ihn gemacht. Und natürlich helfe ich mit«, sagt er mit seinem drolligen dänischen Akzent. »Wenn du mich brauchst, kannst du mich jederzeit anrufen. Auch in der Nacht.«

»Was …«, beginnt Morten.

»Du natürlich auch«, wendet Frederik sich an ihn. Morten starrt Frederik an wie eine Erscheinung. Er hat sichtlich keine Ahnung, wofür er Frederik nachts brauchen sollte. Aber der

Tierarzt ist so begeistert von meiner Idee, dass er Mortens Irritation nicht bemerkt. »Du wirst an der Gemüsetheke ganz wundervoll sein«, sagt er. Und dann: »Bis bald, ich muss los, ein Kuh kalbt.« Er winkt zum Abschied, steigt in seinen Wagen und braust davon.

Als er weg ist, sieht Morten mich mit völlig versteinerter Miene an. »An der Gemüsetheke?«, fragt er gefährlich ruhig.

Höchste Zeit, ihm alles zu erzählen. Und so langsam hab ich ein bisschen Angst vor seiner Reaktion.

»Nein.« Morten lehnt mit verschränkten Armen an dem linken der beiden Bootsrampenpoller. Dieses eine Wort ist das einzige, was er auf meine wortreiche Erklärung erwidert. Und damit ich es auch ja nicht überhöre, wiederholt er es noch einmal lauter. »Nein!«

»Aber ...«, beginne ich, an dem anderen Poller lehnend, bremse mich allerdings sofort. Mortens Miene ist unerbittlich und verschlossen. Gegenargumente werden ihn nicht erreichen. Wer Nein sagt, hat schließlich die Macht. Vielleicht sollte ich mir Mortens Gründe erst anhören und sie dann einen nach dem anderen widerlegen. »Warum denn nicht?«, frage ich.

Hinter uns schwappen Wellen gegen die steinerne Rampe.

»Ich hab doch nicht meinen eigenen Alltag und meine Mutter zurückgelassen, um jetzt den Alltag und die Mutter fremder Leute zu übernehmen«, sagt Morten.

»Für uns ist das doch kein Alltag«, widerspreche ich. »Wir bekommen einmal im Leben kurz die Gelegenheit, zu tun, wovon wir als Kinder immer geträumt haben. Denk doch mal, ein Bauernhof voller Streicheltiere, und wir sind dafür verantwortlich! Das ist wie ein Spiel.«

»Davon habe ich nie geträumt«, behauptet Morten. »Und um in deinem Bild zu bleiben: Ich will lieber was anderes spielen.«

Ich atme tief durch. »Okay, wenn du mit sieben keinen Bauernhof wolltest, was war es dann, was du dir gewünscht hast? Was wolltest du werden, wenn du groß bist?«

»Schatzsucher«, sagt Morten wie aus der Pistole geschossen. »Und das solltest du wissen. Hallo, Anna, ich bin der, der den Kindern Metalldetektoren und Schaufeln geschenkt hat, nicht Holztiere, Ställe oder sogar echte Kaninchen und einen Hund. Und ich habe gerade einen Runenstein entdeckt.«

Ja. Ich weiß. Und Sternchenaugen. »Aber den Hund mochtest du auch«, werfe ich ein.

»Ich mochte die Spaziergänge«, sagt Morten. »Und, ja, Buster war eine coole Socke. Wenn ich überhaupt einen Hund mochte, dann genau den. Aber das heißt nicht, dass ich auch nur eine einzige Stunde meines Lebens Farmer sein will. Ehrlich, Anna, kannst du dir mich mit Kuh und Mistgabel vorstellen?«

»Also, die Vorstellung hat was«, behaupte ich, aber natürlich weiß ich, was Morten meint. Und dass er schon irgendwie recht hat. Aber ich brauch ihn jetzt einfach. »Ich hab dich nicht bei der Stallarbeit eingeplant. Du sollst nur den Hofladen betreuen, solange Majvi weg ist.«

»Und du sollst mich nicht einplanen«, sagt Morten schroff. »Wie kommst du eigentlich dazu?«

Also, jetzt reicht es mir. »Weißt du noch, dein erstes Forschungssemester?«, frage ich zurück. »Du warst ein halbes Jahr in Berlin. Und mich hast du einfach als Betreuung für Haus, Garten und Kinder rund um die Uhr eingeplant, damit du wegkannst. Sechs Monate lang! Und du hast mich damals gar nicht gefragt. Musstest du auch nicht. Es war einfach klar, dass ich das tun würde, damit du deine Träume verwirklichen konntest. So, und jetzt brauche ich dich für meine Träume. Nicht sechs Monate, sondern nur eine Woche lang! Ich bitte dich um eine einzige Woche.«

Zwischen Mortens Augenbrauen erscheint eine scharfe Falte. »Wie kannst du das vergleichen?«, fragt er fassungslos. »Erstens ist das zehn Jahre her, und zweitens hat das überhaupt nichts miteinander zu tun. Das war eine einmalige berufliche Herausforderung, und ich … «

»Aber begreifst du das nicht?«, unterbreche ich ihn. »Eine einmalige Herausforderung, genau das ist diese Woche für mich. Und auch für uns beide. Wir würden endlich mal was zusammen erleben.«

»Zusammen?«, fragt Morten. »Ich sitze in einem Hofladen rum und verkaufe Lauch, während du im Stall arbeitest. Wo machen wir da was zusammen?«

»Wir sind dann im selben Team«, rufe ich. »Wir haben ein gemeinsames Ziel! Wir müssen den Hof gemeinsam wuppen, so was verbindet.«

Morten sieht mich drängend an. »Anna, wir haben seit zwanzig Jahren ein gemeinsames Ziel. Unsere Kinder. Und ich hab nicht gerade das Gefühl, dass uns das einander nähergebracht hat.«

Ich muss hart schlucken. Wie kann er das sagen? »Also machst du nicht mit?«, frage ich mit heiserer Stimme.

»Nein«, sagt Morten.

Und damit ist die Diskussion definitiv beendet. Denn wer Nein sagt, hat nun mal die Macht.

Aber nicht alle Macht. Nicht die über mich.

»Dann zieh ich das eben allein durch«, sage ich kalt. »Ich schaff das auch ohne dich.«

Ausgerechnet in diesem Moment taucht Sternchenaugen-Eva hinter uns auf. Händefuchtelnd und aufgeregt zirpend.

»Sie hat was entdeckt«, übersetzt Morten den piepsigen Redeschwall.

»Kann das nicht einen Moment warten?«, frage ich genervt.

»Der Stein liegt da jetzt seit tausend Jahren. Da wird es auf ein paar Minuten nicht ankommen.«

Eva zirpt wieder, und was sie sagt, scheint Morten zu elektrisieren. Aufgeregt stellt er Fragen. Als ich die Namen Sigrid und Sven höre, ahne ich, dass ich verloren habe. Und kurz darauf *weiß* ich es sogar. Ich sehe nämlich, wie Eva meinen Mann anblickt. Und wie er zurücklächelt. Diese beiden sind definitiv ein Team.

Mist. Ich hab ja mit einigem gerechnet. Aber damit nun wirklich nicht.

Screenshot auf Mortens Handy

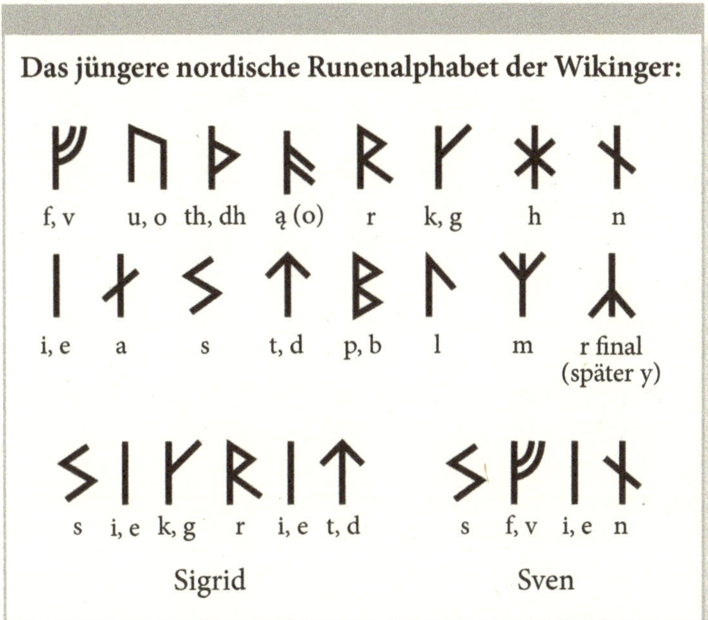

KAPITEL 19

In dieser Nacht schlafe ich schlecht. Unser Gespräch geht mir noch sehr lange nach. Verflixt, Morten hatte schon wieder recht. Wir hatten zwanzig Jahre lang ein gemeinsames Ziel, unsere Kinder. Aber hat er auch damit recht, dass uns das einander nicht nähergebracht hat?

Oder kommt es uns nur so vor, weil wir Streit haben?

Ich stütze mich auf den Ellenbogen und betrachte meinen Mann, der auf der Matratze vor dem großen Fenster im milchigen Nachtlicht leise vor sich hin schnorchelt. Gerade ist er mir wirklich fremd. Aber heißt das was?

Vielleicht bräuchten wir einfach ein neues Ziel. Ich allerdings kann mich nur schwer für Wikingersteine erwärmen, Golf ist auch nicht so mein Ding. Und Morten kriegt keinen beschleunigten Puls, wenn er Kinder oder Tiere sieht. Sind wir vielleicht einfach zu verschieden? Waren wir es von Anfang an und merken es erst jetzt?

Neulich habe ich gelesen, dass immer mehr Ehepaare sich scheiden lassen, sobald die Kinder aus dem Haus sind. Und ich hab mich gefragt, warum diese Paare die schwierigen Zeiten mit den ewig kranken Kleinkindern und den renitenten Pubertätern durchstehen, aber auseinandergehen, sobald alles leichter wird. Jetzt verstehe ich das plötzlich. In unserer Lebensphase ist man nicht mehr jung genug, um alles zu verklären. Aber auch noch nicht zu alt für eine zweite Chance.

In meinem Kopf läuft immer dieselbe Filmsequenz ab. Darin sagt Morten zu Eva: »Meine Frau versteht mich nicht.« Und Eva zirpt: »Ich verstehe dich!« Darauf folgen Geigenklänge, und die beiden sinken sich in die Arme.

Das ist natürlich völliger Unsinn. Was für ein schlechter Film mit unerträglich klischeehaftem Drehbuch. Aber das Leben hat ja oft nur wenig künstlerisches Niveau. Irgendwann schlafe ich über diesen Gedanken ein und werde von quälenden Träumen geplagt.

Am nächsten Morgen weckt mich mein Wecker mit einem leisen Zirpen, das mich irgendwie an Eva erinnert. Ich fühle mich wie gerädert und bräuchte eigentlich noch ein paar Stunden Schlaf. Trotzdem stehe ich leise auf, nehme meine Klamotten mit nach draußen, dusche und ziehe mich an. Dann bin ich weg. Frühstücken werde ich von jetzt an auf Lykkegaard. Ist besser so. Eine Liebe rettet man nicht, indem man auf Nähe besteht, so viel hab ich inzwischen gelernt.

Im Morgenlicht bewerte ich unsere Probleme dann aber nicht mehr so melodramatisch wie in den düsteren Nachtstunden. Eva ist Mortens Kollegin, und sie ist hübsch. Ja. Aber sie ist garantiert nicht die erste hübsche Kollegin seines Lebens. Es ist albern, daraus gleich triviales Kopfkino zu machen. Genauso albern ist es aber auch, wenn Morten auf Frederik eifersüchtig ist, nur weil der gut aussieht und einen Beruf hat, der mich interessiert. Frederik ist nämlich auch nicht der erste hübsche Tierarzt in meinem Leben, und das müsste Morten ebenfalls klar sein.

Außerdem ist es ja nun wirklich nicht so, dass Ehen nur halten, wenn beide Partner beruflich kompatibel sind. So ein Quatsch. Bestimmt finden wir bald ein anderes gemeinsames Ziel.

Der harzige Duft des Waldes beruhigt und belebt mich, und

ich schreite schwungvoll aus. Jetzt bin ich es, die Alleingänge macht. Irgendwie fühlt sich das gut an. Frei.

Hat Morten sich früher auch immer so gefühlt, wenn er morgens an die Uni gegangen ist und stur sein Ding durchgezogen hat, egal welche Stürme zu Hause tobten? Und fühlt er sich im Gegenzug jetzt so, wie ich mich damals gefühlt habe? Angewiesen auf das, was übrig bleibt, wenn einer von zwei Partnern sein Leben einfach lebt, als ob es den anderen nicht gäbe?

Nein, vermutlich lässt sich das nicht vergleichen. Morten hat sich früher nie frei gefühlt. Er hat die Kinder und mich stets als Einschränkungen empfunden, einfach, weil er uns im Kopf haben und mit uns kommunizieren musste. Sonst hätte er sich nach Lillys Abreise ja nicht so sehr nach Einsamkeit gesehnt. Und auch jetzt ist seine Situation anders als meine damals. Er ist nur für sich selbst verantwortlich, nicht für unmündige Kinder. Und er hat diesen Stein, der ihn fasziniert. Vermutlich geht es ihm gerade sogar richtig gut. Jetzt hat er nämlich endlich seine Einsamkeit. Sobald alle Kommunikation wegbricht, kann man auch in einer Beziehung allein sein.

Erst macht mich dieser Gedanke verdrießlich, aber dann denke ich: Vielleicht ist das ja die Lösung für uns als Paar. Vielleicht brauchen wir kein gemeinsames Ziel und müssen kein Team sein. Wir könnten doch auch zusammenbleiben, wenn jeder sein eigenes Ding macht. Hört man schließlich öfter von gestandenen Ehepaaren. Der nächste Schritt sind dann getrennte Schlafzimmer und eigene Konten. Aber warum auch nicht? In unserem großen Haus in Deutschland ist das gar kein Problem, wir könnten künftig einfach so was wie eine gut eingespielte WG sein. Wenn's gut läuft, sogar eine WG mit gewissen Extras. Kann so was funktionieren? Ja, vielleicht.

Nachdenklich setze ich meinen Weg fort. Ich müsste natürlich auch in Deutschland etwas finden, mit dem ich mich gerne beschäftige. So was wie Lykkegaard. Ich könnte sicher sofort Vollzeit bei unserem Stadtteilbauernhof arbeiten, wenn ich diese blöde Pferdeangst in den Griff bekäme. Tilde hat wirklich recht mit ihrem Spruch über die Angst.

Kurz vor Lykkegaard schreckt mich ein seltsames Geräusch aus meinen Gedanken. Es klingt, als würde eine Kuh aus vollem Hals eine Opernarie schmettern. Freja, die ich zuerst verdächtige, ist allerdings unschuldig an dem Lärm. Sie steht ganz friedlich auf der Weide und kaut ihr Frühstück ein zweites Mal durch.

Ich biege in die Baumallee ein, und kurz darauf erblicke ich die Urheberin des gruseligen Trötens. Es ist Tilde. Sie sitzt unter der alten Linde im Hof und versucht, dem Didgeridoo erste Töne zu entlocken.

Frode kommt gerade mit einer Schubkarre voll Mist aus dem Pferdestall. Als er mich sieht, verzieht er schmerzerfüllt das Gesicht. »Sie hat die Hühner verjagt«, dröhnt er gegen Tildes Tröten an. »Ich wette, dass sie gerade versuchen, schwimmend das Festland zu erreichen. Und ich denke, ich schwimm ihnen hinterher.«

»Nix da«, sage ich. »Du bleibst noch ein paar Tage hier und arbeitest mich ein. Dann kannst du fliehen, wohin du willst!«

Frode seufzt. »Hoffentlich fliehst du nicht, wenn das hier so weitergeht!«

Ich lache auf. »Mich schreckt das nicht. Ich hatte zehn Jahre lang Teenager im Haus. Ich hab Hornhaut auf meinem Trommelfell.«

Zum Glück empfinden die drei Rasmussens es nicht als Problem, dass Morten nun doch nicht mit von der Partie ist. »Tilde und du, ihr schafft das leicht«, sagt Frode. »Wir arbeiten diese Woche ein bisschen vor. Dann läuft nächste Woche alles fast von allein.«

Plötzlich finde ich Mortens Nein auch nicht mehr schlimm. Tilde würde das vermutlich sogar ohne uns alle schaffen, und ich freu mich darauf, ihr zu helfen.

Den Rest der Woche nutzen die Rasmussens dazu, mich in einem Schnellkurs zur Landwirtin auszubilden.

Mein Glückstagebuch und meinen Roman habe ich endgültig abgehakt. Stattdessen *bin* ich glücklich und erlebe selbst ein Abenteuer wie in einem Roman. Und ich schreibe jetzt andere Sachen. Vor allem To-do-Listen: Tierlisten, Futterlisten, Pflegelisten, Reinigungslisten, Bestelllisten für den Laden und Telefonlisten für Notfälle aller Art – vom Fachmann für defekte Traktoren über Expertinnen für Schäden an Reetdächern bis hin zu Fachfirmen für Heizung, Sanitär, Mauerwerk, Elektroarbeiten und was weiß ich, was Frode noch alles einfällt.

»Ich hab das doch alles im Kopf«, brummt Tilde, als sie meine Listen sieht.

»Schon«, gibt Frode zurück. »Aber falls ein Eisscholle an diese Insel vorbeischwimmt, wird Anna dich sicherlich darauf aussetzen. Die Inuit machen das angeblich mit die alten Krieger, wenn die plötzlich den ganzen Stamm mit röhrende Didgeridoos nerven.«

»Eine schöne Sitte«, sage ich nachdenklich.

»Setzt mich ruhig aus.« Tilde bleibt ganz gelassen. »Dann wird diese Insel in kürzester Zeit von Gras überwuchert sein, und ihr werdet nach mir wimmern. Aber dann komme ich nicht mehr zurück! Nein, dann besuche ich auf meiner Scholle die alten Inuit und gründe mit ihnen ein Orchester.«

»Da haben wir aber Angst!« Frode tut so, als würden seine Knie schlottern.

Tilde greift nach dem Blasrohr und schwingt es angriffslustig über ihrem Kopf.

»Ich setze Tilde bestimmt nicht aus«, sage ich, um die Wogen zu glätten, worauf diese das Instrument sinken lässt. »Aber es kann gut sein, dass ich demnächst ein paar Pferdeäpfel in dieses Rohr stopfe, um es zum Schweigen zu bringen.«

Tilde lacht, und Frode zieht eine Augenbraue hoch. »Ich dachte, dein Trommelfell ist wie die Schwielen an ein Alpakafuß.«

»Das ist auch so«, entgegne ich. »Aber die Hühner werden täglich weiter weglaufen, und ich muss sie abends stundenlang suchen. Die Schweine werden plötzlich an nervösem Blinzeln leiden. Und die Ziegen werden die Klauen falten und ein leises Gebet meckern, wenn Tilde spielt.«

Morten schrubbt die ganze Woche an seinem Stein herum, inzwischen allerdings ohne Eva, die ihm das nur einen Tag lang beigebracht hat und dann wieder nach Aarhus abgedüst ist. Was ich ein klitzekleines bisschen beruhigend finde.

Wir sehen uns kaum noch, aber wir streiten nicht mehr. Das ist eindeutig eine Verbesserung.

Am Sonntag packen Frode und Majvi dann ihre Koffer. Zum ersten Mal seit mehr als dreißig Jahren. Und entsprechend altmodisch sehen die Koffer aus, die sie am Montagmorgen zu ihrem kleinen grünen Auto schleppen. Sie sind aus kariertem Stoff und werden von klobigen Schnallen zusammengehalten.

Frode und Majvi selbst wirken aber kein bisschen altmodisch, sondern richtig flott. Frode trägt zum ersten Mal keine Arbeitshose, sondern eine dunkle Jeans und ein weißes Poloshirt, und Majvi sieht in ihrem zauberhaften Blümchenkleid zehn Jahre jünger aus.

»Hier! Damit ihr was Ordentliches esst!«

Tilde verbirgt ihre Rührung, indem sie den beiden einen riesigen Picknickkorb für die Fahrt überreicht. Und ich gebe ihnen in einer feierlichen Geste den Schlüssel für mein deutsches Heim, an das ich mich wirklich und wahrhaftig kaum noch erinnern kann. Dagegen zumindest hatte Morten nichts einzuwenden. Im Gegenteil. Er hat eine lange Liste von Büchern angefertigt, die die beiden ihm aus seinem Arbeitszimmer mitbringen sollen.

Ein paar letzte Fragen und Antworten, dann steigen Frode und Majvi ins Auto. Tilde und ich winken ihnen nach, während sie hupend die Allee entlangfahren und in ihr kleines Abenteuer starten.

Denn für sie ist es ein Abenteuer, in unserem Haus in Deutschland zu wohnen. Nur für Morten und mich ist dieses Zuhause der langweiligste Alltag der Welt.

Ein interessanter Gedanke. Ich werde ihn irgendwann später zu Ende denken. Jetzt ist dafür keine Zeit.

Tilde und ich stehen ein bisschen verloren im Hof, als das Auto aus unserem Blickfeld verschwindet. Aber dann geben wir uns einen Ruck und legen los. Unsere erste Amtshandlung: Wir verriegeln das Gatter der Kuhweide mit einem Fahrradschloss. Freja bleibt jetzt mal ein paar Tage hier. Dann versorgen wir die Tiere, und ich finde, dass wir das richtig gut machen.

Mittags essen wir in Tildes Küche zusammen *biksemad*, ein traditionelles dänisches Montagsgericht, bei dem man einfach alle Reste vom Sonntag in die Pfanne haut und ein Spiegelei darüber gibt. Das Ganze wird dann zusammen mit roten Beeten serviert. Das schmeckt viel besser, als es klingt, und erinnert mich ein bisschen an Hoppelpoppel, so hat meine Oma Resteessen genannt. Und irgendwie passt dieses Gericht auch gut in Tildes gemütliche Küche, die mich mit den pastellfarbenen Möbeln im Fünfzigerjahrecharme ebenfalls an die meiner Oma erinnert.

Nach dem Essen sitzen wir einträchtig im Schatten der alten Linde und reparieren kaputte Alpakahalfter, bis nachmittags drei Frauen aus dem Inseldorf neue Ware bringen. Tilde nimmt alles entgegen und macht den Papierkram, ich sortiere die Sachen in die Regale des Hofladens ein und lache mich kringelig über Schildchen mit der Aufschrift *bløde strømper*, was übersetzt nicht, wie man denken könnte, bescheuerte Strümpfe, sondern nur weiche Socken heißt.

Abends sind dann noch einmal die Tiere dran. Wieder kriegen wir alles gut hin, wir sind schon ein eingespieltes Team. Sogar die Hühner lassen sich leicht fangen, sie sind ganz entspannt, weil Tilde heute vor lauter Arbeit nicht zum Didgeridoospielen gekommen ist.

Als wir abends im Hof *smørrebrød* essen, diesmal mit Sauerrahm und Hering, kommt ein Anruf von Frode und Majvi. Sie sind gut angekommen, finden unser Haus wunderschön und sind neugierig, wie wir auf der Insel klarkommen.

»Es ist, als wäre Anna auf Lykkegaard geboren«, sagt Tilde. »Ich werde sie adoptieren. Frode, du bekommst ein Schwesterchen.«

»Endlich!«, höre ich Frode sagen.

Ich wachse mindestens zehn Zentimeter und finde den Gedanken schön, wenigstens ganz kurz ein winziges bisschen zu Lykkegaard zu gehören.

Nach dem Essen verabschiede ich mich von Tilde und spaziere durch den abendlichen Wald nach Hause, wo Morten mit dem Essen auf mich wartet. Natürlich setze ich mich pflichtschuldigst ein zweites Mal an den Tisch und lobe seine Gulaschsuppe in den höchsten Tönen. Und ich esse so viel, bis ich fast platze.

Morten freut sich. Ich finde, dass er insgesamt entspannt und glücklich aussieht. Über unsere Arbeit sprechen wir nicht. Nur über das Essen.

Ja, wir sind wirklich auf einem guten Weg.

Nein. Plural: Wir sind auf guten Wegen.

Nachricht auf Mortens Mailbox

Hej Morten,

her er Eva Stjerne.
Jeg kommer til Janø i morgen.
Det jeg har fundet ud af, vil jeg ubetinget fortælle dig personligt.
Det er så fantastisk!

Vi ses i morgen.

Für die Nicht-Dänen unter uns:

Hallo, Morten,

hier ist Eva Stjerne. Ich komme morgen nach Janø.
Was ich herausgefunden habe, will ich dir unbedingt persönlich sagen. Es ist so fantastisch!

Bis morgen!

KAPITEL 20

Mein Wecker klingelt um sechs. Nicht zu fassen, dass es schon Tag ist! Dienstag, um genau zu sein, also Alpakatag. Eigentlich. Aber ob daraus was wird, steht in den Sternen, oder besser in den Wolken, denn draußen pladdert wieder mal Regen auf die Terrasse. Liegenbleiben geht heute allerdings nicht. Ich hab schließlich ’ne Farm, genau wie Old McDonald, *i-ei, i-ei, oh.* Also raus aus den Federn. Und das Wetter ist auf einer dänischen Insel ohnehin wechselhafter als die Laune eines Ehemanns in der Midlifekrise – gut möglich, dass in ein paar Minuten die Sonne scheint.

Als ich um halb sieben auf Lykkegaard eintreffe, ist Tilde schon auf den Beinen. Sie wirkt brummig. Wie ich herausfinde, hat sie in der vergangenen Nacht mithilfe einer Schnarch-App ihre Atmung aufgezeichnet, und ihr Handy hat ihr heute Morgen ein Schaubild gezeigt, wonach sie vom Einschlafen bis zum Aufwachen kontinuierlich durchgeschnarcht hat. Das war vor dem Didgeridoo offenbar anders, da gab es Pausen.

»Ich überlege, ob ich das blöde Ding weiterverschenke«, knurrt Tilde in sich hinein.

Tadaaa, danke, Schnarch-App.

Am Vormittag ziehen Tilde und ich in Gummistiefeln und Regenjacken das tägliche Programm durch. Wir stapfen über die nassen Weiden, zählen die noch nasseren Tiere, füttern die wirklich klatschnassen Schweine und kratzen trotz des Regens ihren Rücken, weil die das so gerne mögen.

Mittags essen wir einen Gemüseeintopf in Tildes altmodischer Küche, während draußen wahre Sturzfluten vom Himmel herabprasseln. Danach checken wir den Anrufbeantworter und die Mails, ob sich Alpakaliebhaber angemeldet haben.

Nichts! Keine einzige Nachricht.

»Wer will schon bei diesem Wetter eine Strandwanderung machen?«, murmelt Tilde.

»Keiner«, gebe ich ihr recht. »Über diese Wassermassen kann selbst das charmanteste Alpaka mit den seelenvollsten Augen nicht hinwegtrösten.«

Tilde wirft einen Blick durchs Fenster, im Hof biegen sich die Zweige der Linde im Wind. »Ich glaub, den Laden müssen wir heute auch nicht öffnen«, überlegt sie laut. »Bei dem Regen kommt sowieso keiner zu uns raus!«

Kurz entschlossen setzt Tilde einen Hinweis auf die Website. Klar, dass um halb zwei die Wolkendecke aufreißt und die Sonne plötzlich scheint, als wäre nie was gewesen.

»Kein Problem«, sagt Tilde. »Ich bring schnell die Pferde auf die Koppel, und danach mähe ich ein paar Wege, dann ist der Tag nicht ganz verschenkt.«

»Kann man klatschnasses Gras denn mähen?«, will ich wissen.

»Man kann Gras immer mähen, man muss es nur wollen«, behauptet Tilde. »Außerdem ist das Gras auf dieser Insel nie lange nass. Eine ordentliche Brise, und es ist binnen kürzester Zeit trocken wie Heu.«

Ich zucke mit den Schultern. »Was muss, das muss, sagte das Alpaka und pinkelte auf die Picknickdecke.«

Tilde grinst. »Oh, gar nicht schlecht. Es wird, Anna, es wird.« Kurz darauf klappern Hufe auf dem Hof, ich höre Tilde Befehle rufen. Obwohl ihre Stimme ganz entspannt klingt, jagt diese Geräuschkombination meinen Puls sofort in die Höhe.

Ich stürze zum Fenster und sehe hinaus. Was ich da erblicke, beruhigt meinen Puls allerdings kein bisschen. Tilde lässt die Pferde einfach frei laufen, sie tragen nicht einmal Halfter. Munter traben sie über den Hof. Tilde folgt ihnen mit einer Longierpeitsche, die sie langsam hin und her schwenkt. Dabei ruft sie in regelmäßigen Abständen: »Hü, alle meine Pferde. Hü, alle meine Pferde!« Ein Ruf, der mir aus meiner Kindheit bekannt vorkommt. Tilde veranstaltet da ganz eindeutig eine Art Hommage an Hans Christian Andersens Märchen vom kleinen und vom großen Klaus.

Ich finde Tilde leichtsinnig. Klar, vermutlich will sie die Pferde bis zur großen Koppel treiben, und dafür müssen sie nur am Ende der Allee geradeaus den Weg überqueren und durch das weit geöffnete Gatter trotten. Aber wenn die Pferde das nicht tun und stattdessen abbiegen, sind sie weg.

Ich überlege, ob ich das Fenster öffnen und Tilde bremsen soll. Aber ich ahne, was sie sagen wird, nämlich: »Wo sollen sie denn hinlaufen? Anna, wir sind hier auf einer Insel.« Also verlasse ich meinen Beobachtungsposten am Fenster und schenke mir stattdessen noch einen Kaffee ein.

Wenig später höre ich draußen den Mäher knattern. Alles scheint gut gegangen zu sein. Wie beim kleinen Klaus. Tilde ist schon ein verrücktes Huhn.

Ich trete wieder ans Fenster. Der Hof liegt jetzt still in der Nachmittagssonne, und die Spuren des Regens sind fast verschwunden. Ich beschließe, das Hühnerhaus und den Pferdestall auszumisten, dann ist das schon mal erledigt. Nach dieser Anstrengung bin ich reif für Pauli.

»Kommst du mit zu den Alpakas?«, frage ich Olsen, der platt unter der Linde liegt und sich die Sonne auf die Nase scheinen lässt. Er macht allerdings keine Anstalten, sich zu erheben, sondern wirkt ein bisschen melancholisch – bestimmt vermisst er Frode und Majvi. Zärtlich tätschle ich seinen kantigen Kopf. »Mach es dir ruhig gemütlich, ich komme gleich wieder, und Tilde ist auch bald wieder da«, tröste ich ihn.

Ich fülle noch rasch die Taschen meiner Latzhose mit Alpakamüsli, dann mache ich mich auf den Weg.

Pauli freut sich, als er mich sieht. Vielleicht freut er sich auch nur über das Müsli. Egal. Auf jeden Fall kommt er sofort angetrabt und streckt mir seine neugierige Nase entgegen. Ich schiebe ihm ein paar Körner zwischen die Lippen, dann locke ich Mayumi mit einer ganzen Hand davon. Sie nähert sich langsam und schwerfällig, ihr gewaltiger Bauch schaukelt bei jedem Schritt hin und her.

Dass sie heute noch niederkommt, kann ich zum Glück ausschließen. Es ist ja schon nach drei. Alpakas gebären ihre Crias vormittags, das weiß ich aus meinem Schnellkurs bei Frode. Die Natur hat das so eingerichtet, weil die Zungen der Stuten zu kurz sind, um die Kleinen trocken zu lecken. Das muss die Sonne erledigen, und dafür braucht sie vor dem Abend genug Zeit.

Mein Alpakamüsli lockt auch die Pferde auf der Nachbarkoppel an. Kaisa und Tulle recken die Köpfe über den Zaun, machen die Hälse lang und stampfen mit den Hufen, um mich auf sich aufmerksam zu machen. Zögernd überquere ich den Weg, nehme ein bisschen Futter auf die Hand und strecke sie aus. Ich bemühe mich um einen tiefen, regelmäßigen Atem und gehe einen Schritt näher. Und noch einen. Und weiter.

Lange Barthaare berühren meine Finger. Mir wird schlecht, aber ich halte die Hand weiter ausgestreckt.

Warme Pferdelippen tasten vorsichtig meine Handfläche ab, dann ist das Futter verschwunden. Ich gehe rasch ein paar Schritte rückwärts, stütze die Hände auf die Oberschenkel und atme tief durch. Es ist nichts passiert. Nichts passiert. Nichts.

Das wiederhole ich immer wieder, damit mein Unterbewusstsein es endlich kapiert. Pferde sind nicht gefährlich. Sie. Sind. Es. Nicht. Ich muss über diesen Unfall hinwegkommen. Mein Kopf weiß, dass alles gut ist. Wann weiß es endlich mein Herz?

Nach ein paar Minuten ist mein Blutdruck wieder da, wo er hingehört. Ich richte mich auf und kann wahrnehmen, wie schön es auf Janø ist. Nach dem Regen sieht die ganze Insel wie frisch gewaschen aus. Das Gras ist eindeutig grüner als gestern, die Schubkarre neben mir ist nicht mehr sandig, sondern leuchtend rot. Kleine gelbe Blumen säumen den von Tilde frisch gemähten Weg.

Tilde. Wo sie nur bleibt? Ich blicke den Feldweg entlang, dessen Mittelstreifen aus frisch gemähtem Gras von ihrem Wirken zeugt, schirme meine Augen mit der Hand gegen die Sonne ab und mustere den Horizont. Nichts zu sehen.

Die Pferde schnauben, ein Alpaka brummt, eine Möwe kreist über uns und stößt einen Schrei aus, von fern meckert eine Ziege. Aber das beruhigende, vertraute Knattern von Tildes Aufsitzrasenmäher fehlt in der typischen Geräuschkulisse von Lykkegaard. Da! Endlich höre ich es, und jetzt taucht die wilde Tilde mit ihren Marsmännchenohren auch leibhaftig auf dem Weg vor mir auf. Sie hebt die Hand und winkt. Ich antworte mit einem freudigen Rudern beider Arme.

Als Tilde mich fast erreicht hat, verlangsamt sie die Fahrt. »Ich bringe kurz den Mäher ins Trockene, dann komme ich zu euch«, ruft sie mir über den Motorenlärm zu.

Ich trete beiseite und nicke wortlos. Hören kann sie mich jetzt sowieso nicht.

Tilde gibt wieder Gas, dann lenkt sie ein bisschen nach links, um auszuholen, bevor sie rechts in die Pappelallee abbiegt.

Ich sehe Olsen im selben Moment wie sie. Der alte Hund hat

den Motor gehört, jetzt galoppiert er dem Gefährt mit wippenden Ohren schwerfällig entgegen. Im letzten Moment weicht Tilde mit einem Schlenker aus. Dabei gerät ihr Vorderrad in eine tiefe Pfütze, und der Mäher in eine gefährliche Schräglage.

»Tilde!«, schreie ich.

Wie in Zeitlupe kippt das Gefährt um und begräbt seine Fahrerin unter sich.

Der Motor tuckert noch kurz, dann wird es still. Zu still. Die zierliche Gestalt im grünen Arbeitsoverall liegt reglos unter dem Mäher.

»Tilde!!!«, brülle ich, so laut ich kann.

Dann renne ich los. Ich stemme mich in einem verzweifelten Kraftakt gegen das rote Gefährt. Tatsächlich kann ich es anheben und wegschieben. Keuchend wende ich mich Tilde zu. Sie liegt klein und blass in der Pfütze, die Augen geschlossen, über ihre Stirn sickert Blut.

O mein Gott! Was mach ich jetzt?

Nachrichten auf Mortens Mailbox

Nachricht 1, Dienstag, 15.23 Uhr
(Verzweifelt) *»Morten, ich bin's. Ruf mich bitte zurück, schnell, es ist was passiert.«*

Nachricht 2, Dienstag, 15.33 Uhr
(Panisch) *»Morten, wo bist du? Tilde hatte einen Unfall.«*

Nachricht 3, Dienstag, 15.47 Uhr
(Hysterisch) *»Morten, ich brauch dich!!! Ruf an!!!«*

KAPITEL 21

Mein Körper funktioniert wie der eines Roboters, ich tue, was getan werden muss. Mein Gehirn allerdings verweigert die Arbeit. Nur lückenhaft und schnappschussartig speichert es die schrecklichen Eindrücke, die meine Augen aufnehmen: Tilde, regungslos, teilnahmslos. Ihr Brustkorb hebt und senkt sich. Sie lebt! Nicht bewegen!

Filmriss. Dann das nächste Bild. Mein Handy. Ich muss Hilfe rufen, schnell.

112. Auf Deutsch und Englisch schluchze ich in den Hörer. Und werde verstanden. Glaube ich wenigstens.

Filmriss. Wieder das Handy in meiner zitternden Hand. Frederiks Nummer.

Keine Verbindung, es tutet nicht mal.

Noch mal Handy. Mortens Nummer. Seine Mailbox.

Verzweiflung.

Ich schiebe das Handy in die Hosentasche und taste nach Tildes Hand. Ihr Puls ist kräftig, aber ihre Finger sind ganz kalt. Kein Wunder, sie liegt halb im Pfützenwasser. Mit bloßen Händen scharre ich den Kies weg, bis meine Knöchel bluten.

Das Wasser fließt ab. Gut. Ich ziehe meinen Pulli aus und decke Tilde zu, mehr kann ich nicht tun.

Verdammt, wann kommt Hilfe? Und wie? Wir sind auf einer Insel. Kommt der Krankenwagen hier mit der Fähre? Oder schicken die einen Hubschrauber? Noch einmal versuche ich, Morten zu erreichen, aber er geht nicht ran.

Ganz ruhig. Keine Panik. Tilde kann mich vielleicht spüren. Ich atme tief durch.

»Alles wird gut!«

Das sage ich, um uns beide zu beruhigen. Dann setze ich mich neben Tilde, streichle ihre Hand und rede zärtlich auf sie ein. Den völlig verstörten Olsen nehme ich in den Arm.

Keine Ahnung, wie lange ich so sitze. Nach einer gefühlten Ewigkeit höre ich plötzlich ein Geräusch. Olsen richtet sich auf. Die Luft vibriert, meine Ohren dröhnen, ein Hubschrauber nähert sich dem Hof.

Pferde, Esel, Alpakas, Ziegen und Rinder, alle jagen in wilder Panik auseinander und fliehen in die hintersten Winkel ihrer Koppeln.

Ich stehe auf, winke, schreie. Olsen bellt.

Sehen sie uns? Nein, der Helikopter landet viel zu weit weg. Aber vielleicht muss er das, wegen der Landefläche.

Die Minuten dehnen sich zäh wie Klebstofffäden.

Auf einmal ist Hilfe da. Eine Frau, zwei Männer.

Erleichtert trete ich zurück.

Die Notärztin untersucht Tilde ruhig und gründlich. Ihre Helfer rücken mit einer Trage an, legen die bewusstlose alte Dame behutsam darauf und schnallen sie fest. Ich verstehe nicht, was geredet wird, aber das ist nicht so wichtig, sie sollen Tilde helfen, nicht mir.

Die Helfer tragen Tilde zum Helikopter, ich renne nebenher, Olsen folgt uns.

Jemand fragt etwas. Wieder und wieder. Irgendwann begreife ich, dass der Mann wissen will, ob ich mitfliege. Ich schüttle den Kopf, ich muss bei den Tieren bleiben.

Tilde ist jetzt im Bauch des gelben Fliegers verschwunden. Die Türen werden geschlossen, Olsen und ich weichen zurück.

Die Rotorblätter beginnen sich zu drehen. Olsens Ohren flattern im Wind, als der Hubschrauber mit ohrenbetäubendem Lärm abhebt.

Kurz darauf bin ich allein.

Nachricht auf Mortens Mailbox

Morten! Bitte, komm!!! Ich weiß nicht, wo Tilde ist. Und ob sie das überlebt.
Ich kann hier nicht weg. Aber ich kann sie doch auch nicht allein lassen.
Morten, wenn du das hörst, komm bitte ganz schnell nach Lykkegaard.
(Weint) *Morten, ich schaff das nicht allein.*
Die Pferde … Die müssen in den Stall … Heute Abend regnet es bestimmt. Ich kann nicht …
(Schnieft) *Mensch, Morten, wo bist du?*
Hoffentlich geht's dir gut.
Shit. Was mach ich denn jetzt?
Ist dir was passiert?
Morten!
Was mach ich jetzt nur?
Ich bin hier allein!
Bitte, komm!

Klick.

KAPITEL 22

Nein, ich bin nicht allein. So langsam dämmert mir das. Da gibt es nämlich noch sage und schreibe sechsundfünfzig Tiere plus einen demolierten Aufsitzrasenmäher.

Ich zerre den Mäher zum Hof. Dann schleppe ich mich selbst in die Sattelkammer, wo ich meine zerschundenen Hände und mein schlammiges Gesicht wasche. Ein Blick in den kleinen Spiegel über dem Waschbecken lässt mich erschaudern. Ich bin bleich wie ein Stück Käse. Eine Pause wäre jetzt sicher gut.

Ich wanke zu den Korbstühlen im Hof, lasse mich auf einen fallen, sitze mortenseelenallein unter der alten Linde im Hof und sammle erst mal wieder Kraft. Neben mir wiegen sich dunkelrote Stockrosen vor den sonnengelben Mauern von Lykkegaard. Die Hühner picken im Kies nach Ameisen und Asseln. Eigentlich ist das ein echtes Idyll, aber für mich fühlt es sich gerade an wie ein Albtraum.

Wie geht es Tilde? Wird sie den Unfall überleben? Man kann einen bewusstlosen Menschen doch nicht allein in ein Krankenhaus verabschieden, jemand müsste bei ihr sein.

Noch einmal ziehe ich mein Handy aus der Tasche und wähle die wichtigsten Nummern der Reihe nach durch.

Zuerst die von Frederik. Er kennt sich in der Gegend aus und kann vielleicht herausfinden, wohin Tilde gebracht wurde. Mist, die Leitung ist immer noch tot. Also versuche ich es bei Frode und Majvi. Auch wenn sie nichts tun können, müssen sie von Tildes Unfall wissen.

Freizeichen. Wieder und wieder. Aber keiner geht ran.

Meine letzte Chance ist Morten. Wieder ein Freizeichen. Dann klickt es. »Anna?«, höre ich seine Stimme.

»Morten!«, schluchze ich in den Hörer. Es rauscht und knackt in der Leitung. »Hörst du mich?«

»Du, ist es dringend?«, fragt Morten knapp. »Ich kann gerade nicht reden!«

»Mehr als dringend«, rufe ich. »Existenziell!« Und dann erzähle ich ihm, was Tilde passiert ist.

»Wie schwer ist sie verletzt?«, will Morten wissen. Er klingt alarmiert.

»Keine Ahnung. Die Ärztin hat was gesagt, aber ich hab kein Wort verstanden.«

»Wo haben sie sie hingebracht?«

»Nach Skive, glaube ich.« Der Name der kleinen Stadt fiel mehrfach, da bin ich sicher.

»Okay«, sagt Morten. »Wann war das?«

»Vor einer knappen Stunde vielleicht.«

»Warte kurz.« Morten klingt jetzt hochkonzentriert. »Ich ruf dich gleich noch mal an.« Klick, weg ist er.

Dreißig quälende Minuten später klingelt mein Handy, Morten ist dran. »Alles okay, nicht aufregen«, sagt er statt einer Begrüßung. »Sie ist gelandet, wurde untersucht, und es geht ihr den Umständen entsprechend gut. Sie ist sogar wieder bei Bewusstsein. Die Ärzte tippen auf eine Gehirnerschütterung. Vermutlich ist auch ihr linkes Bein verstaucht. Aber sie wird wieder, das haben sie mir fest versichert.«

»Gott sei Dank!«, stoße ich hervor. »Sag mal, wie bist du an die Infos gekommen? Du gehörst doch nicht zur Familie.«

»Das wissen die ja nicht«, sagt Morten unbekümmert. »Und ich hab es nicht richtiggestellt, als sie mich für ihren Sohn hielten.«

»Puh, bin ich froh!«

»Ich auch«, sagt Morten herzlich. »Du, ich muss los. Wir sehen uns später, ja? Ich schick dir gleich noch den Namen des Krankenhauses, damit du ihn Frode geben kannst.«

»Du musst los?«, frage ich fassungslos.

»Ja, Eva wartet auf mich.«

»Eva?«

»Sie hat den Stein teilweise entziffert. Und jetzt wollen wir den Rest des Geheimnisses lösen.«

»Was tut ihr?«

»Anna, jetzt sei doch nicht so begriffsstutzig. Wir haben die Runen gereinigt, sie hat sie teilweise entschlüsselt, und jetzt entziffern wir gemeinsam den Rest.«

»Morten, bitte, du musst kommen. Ich brauch Hilfe bei den Pferden …« Ich merke selbst, wie mäkelig sich meine Stimme anhört. Ich klinge wie ein schlecht gelauntes Kind.

»Nein, brauchst du nicht«, sagt Morten bestimmt. »Anna, du hast das silberne Reitabzeichen.«

Mir verschlägt es die Sprache. Morten weiß ganz genau, warum mir das überhaupt nichts nützt.

»Morten, bitte!«, dränge ich meinen Mann. »Ich muss die Pferde von der Koppel in den Stall führen! Das kann ich nicht.«

Das muss er doch einfach verstehen!

Nein, tut er nicht.

»Frag doch den Tierarzt. Der ist ja bekanntlich mit im Team.«

»Ich kann Frederik nicht erreichen. Keine Ahnung, was da los ist. Bitte, Morten!«

»Anna, ich kann jetzt wirklich nicht kommen. Das hier ist wichtig für mich. Versuch es selbst. Bitte!«

»Es dauert nicht lang«, bettle ich. »Bring Eva doch einfach mit.«

»Warte mal. Du sagst doch neuerdings dauernd diesen Spruch. Was war das noch?«, überlegt Morten laut. »Das Glück liegt auf der anderen Seite der Angst, oder? Ja, das war's. Und das stimmt. Versuch es doch einfach mal, du schaffst das. Und danach fühlst du dich bestimmt großartig, wirst sehen. Okay?«

»Morten!«, quietsche ich verzweifelt.

Klick. Aufgelegt.

Mist. Ich sacke zusammen.

Olsen spürt meine Verzweiflung, er erhebt sich, trottet zu mir und leckt meine Hand. »Keine Angst, ich lasse dich nicht auch noch allein«, sage ich und kraule seinen Rücken. »Wir beide bleiben zusammen.« Er lehnt sich gegen mein Knie und sieht mich aus seinen dunklen Augen vertrauensvoll an. »Meinst du, wir schaffen das wirklich?«, frage ich leise.

Olsen hebt den Kopf, schnüffelt an meinem Ohr und leckt mir dann einmal quer übers Gesicht. Das ist eindeutig ein Ja.

Also gut. Ich rapple mich auf und sehe mich um. Wer schottische Hochlandrinder melken kann, wird ja wohl irgendwie ein paar lammfromme Pferde von der Koppel in den Stall bekommen.

Moment mal. Irgendwie! Wer sagt denn, dass ich das so mache, wie alle es machen. Tilde und der kleine Klaus hatten doch auch ihre eigene Methode.

»Ich mach das auf meine Weise«, sage ich zu Olsen. »Und du erzählst es nicht weiter, okay?« Der braune Hund wedelt mit dem Schwanz. »Ich weiß, dass ich mich auf dich verlassen kann.« Ich tätschle seinen Hals. »Aber jetzt musst du leider im Haus warten, damit dir nichts passiert.«

Ich packe Olsen am Halsband und bringe ihn in Tildes Wohnung. Nicht dass er heute ein zweites Mal für Chaos sorgt!

Als ich wieder rauskomme, zittern meine Hände, aber ich bin fest entschlossen, die Sache durchzuziehen. Ich weiß, wo

Frode mobile Steckzäune aufbewahrt. Eigentlich sind sie für Schafe und Ziegen gedacht, aber sie taugen auch für meine Zwecke. Für kurze Zeit akzeptieren Pferde sogar Schnüre als Absperrungen. Die knallig orangefarbenen Netze werden sie auf keinen Fall ignorieren.

Und das ist mein Plan: Die Baumallee zwischen der großen Koppel und Lykkegaard ist an beiden Seiten von Holzzäunen flankiert, da kann kein Pferd ausreißen. Wenn ich jetzt noch zwei Schleusen baue, eine vom Koppelgatter bis zur Allee und eine zweite vom Ende der Allee bis zum Stalleingang, kann ich die Tiere mit der Longierpeitsche wie durch einen Korridor in den Stall treiben. Und solange ich dabei hinter dem Zaun bleibe, bin ich in Sicherheit.

Gedacht, getan. Zuerst fülle ich Hafer in die Futtertröge im Stall. Und ein paar Karotten, die ich in der Mitte durchbreche, damit die Pferde sie von der Stalltür aus riechen können. Danach hole ich zwei Zaunrollen aus dem Schuppen, ramme die Spieße in den Kies und baue einen Gang von der Stalltür bis zur Allee. Mit zwei weiteren Rollen und der Peitsche unterm Arm wandere ich wenig später die Allee entlang, froh, dass weit und breit niemand zu sehen ist. Schnell stoße ich die Pfähle für die zweite Schleuse in den sandigen Boden.

Kaisa, Bjarne, Afra und Tulle stehen am Zaun und beobachten mein Tun. Als ich fertig bin, beuge ich mich behutsam über das Netz, entriegle das Gatter und gebe ihm einen Stoß. Quietschend schwingt es auf. Bjarne macht vor Schreck einen Satz zurück.

Jetzt könnten die Pferde die Schleuse betreten. Aber das tun sie nicht, sie stehen nur da und sehen mich abwartend an.

Blöd. Eindeutig eine Schwachstelle meines Plans.

Ich schnalze mit der Zunge. Keine Reaktion.

Okay, ich muss es wie Tilde machen. Ich trete einen Schritt

zurück, hebe die Peitsche und rufe gebieterisch: »Hü, alle meine Pferde.« Kaisa, Bjarne, Afra und Tulle sehen mich an, als wäre ich nicht ganz dicht. »Gut«, sage ich zu den störrischen Tieren. »Wer nicht hören will, muss fressen. Nehmt dies!«

Ich greife in die Tasche meiner Latzhose, ziehe eine Handvoll Alpakamüsli heraus und werfe es jenseits des Netzzauns vor das Gatter. Jep! Es funktioniert! Die Tiere setzen sich in Bewegung, durchschreiten das Gatter und suchen im Gras nach den Körnern.

Danach klappt es dann auch mit der Peitsche. Ich schwinge sie sanft durch die Luft, die Isländer Afra und Tulle und die dunklen Warmblüter Kaisa und Bjarne spitzen die Ohren und zockeln gehorsam zum Hof. Vorm Stall wollen die vier noch ein bisschen in der Abendsonne stehen und dösen, aber ein weiteres Wedeln der Longierpeitsche bringt sie zum Weitergehen. Und dabei sind sie wirklich brav. Als sie den Stall betreten, gibt es weder Streit noch Gedränge. Jedes Pferd trottet in eine eigene Box.

Jetzt kommt der schwierigste Teil. Ich muss da rein und die Türen schließen. Ich hole tief Luft, steige über den Netzzaun und betrete die Gefahrenzone. Die Peitsche behalte ich sicherheitshalber in der Hand.

In der ersten Box steht Kaisa und macht sich über den Hafer her. Ich schiebe die Tür zu und lasse sie einrasten. Afra und Tulle haben die Boxen getauscht, aber das ist heute mal egal. Rasch schließe ich auch ihre Türen. In der hintersten Box steckt Bjarne die Nase in seine Tränke. Ich will ihn gerade einsperren, da fährt ein Windstoß durch den Stall, die Außentür fällt mit einem lauten Knall zu und Bjarne keilt vor Schreck aus. Seine Hufe donnern direkt vor mir gegen die bereits zugeschobene Tür. Wäre das eine Sekunden früher passiert, hätte er mich wohl erwischt.

Mit zitternden Fingern schließe ich den Riegel, lasse mich auf einen Strohballen in der Stallgasse fallen und zwinge mich zur Ruhe. Hey, es ist alles in Ordnung, rede ich mir zu. Anna, du hast ganz allein vier Pferde in den Stall gebracht und eine Gefahrensituation erfolgreich gemeistert. Du bist also auf der anderen Seite der Angst.

Aber da liegt diesmal überhaupt kein Glück. Mir ist schlecht. Ich bin müde, traurig und frustriert. Und zwar wegen Morten. Wie konnte er mich nur so hängen lassen?

WhatsApp-Chat auf Mortens Handydisplay

Anna Hardenbjerg

Warte nicht auf mich. Ich übernachte heute hier. 19:05

Morten Hardenbjerg

Komm heim. 19:07

Nein. Die Tiere brauchen mich. 19:10

Du hast diese Nachricht gelöscht. 19:14

Okay. 19:15

KAPITEL 23

Der Netzzaun ist wieder abgebaut. Alle Tiere sind gefüttert. Die Hühner sind im Stall. Und ich sitze in Tildes Salon, einem wunderschönen Raum mit großen Fenstern zum Obstgarten, und fühle mich einsam.

Intuitiv hab ich mich auf das Sofa gesetzt, auf dem sie mir immer einen Platz anbietet, wenn ich bei ihr bin. Es ist mit einem verblichenen Rosenstoff bezogen, ich mag es sehr. Und ich liebe auch die große, alte Truhe neben der Tür, das dunkle Bücherregal mit den vielen Gedichtbänden ihres Mannes und die schönen, hellen Vorhänge.

Aber jetzt ist Tilde nicht hier, und ich bin nicht ihr Gast. Und es ist ein schauriger Gedanke, dass nicht viel gefehlt hätte, und sie wäre nie wiedergekommen. Wirklich nie.

Wie schnell es gehen kann, dass Menschen diese Welt verlassen. Der Boden unter meinen Füßen fühlt sich plötzlich an, als könnte er bei einem falschen Schritt einbrechen.

Tildes Wanduhr tickt. Mein Herz pocht. Olsen seufzt. Er liegt zu meinen Füßen und lässt mich nicht aus den Augen. Bestimmt hat er immer noch Angst, dass auch ich einfach verschwinden könnte.

»Tue ich nicht«, tröste ich den alten Hund. »Ich bleib bei dir, versprochen! Ich schlaf hier auf dem Sofa.«

Ich hab Hunger. Irgendwas muss ich essen, aber ich möchte nicht an Tildes Kühlschrank gehen und mir einfach etwas herausnehmen, auch wenn sie sicher nichts dagegen hätte.

Nach kurzem Nachdenken erhebe ich mich und pfeife Olsen zu mir. »Komm, wir gehen einkaufen, du darfst mit«, fordere ich ihn auf.

Schwanzwedelnd folgt mir der Hund auf den Hof. An der Schwelle des Ladens bleibt er brav sitzen, er weiß, dass er nicht mit reindarf. Aber ich brauche auch nicht lange, um ein paar Tomaten, frische Milch und ein Brot zu holen und das Geld dafür in die Kasse zu legen.

Zurück in Tildes sauberer, gemütlicher Küche setze ich mich an den Tisch und schneide das Brot an. In diesem Moment klingelt mein Handy. Majvi ist dran.

»Alles okay?«, fragt sie statt einer Begrüßung. »Wir waren wandern, und da war ein Sendeloch. Ich hab nicht gemerkt, dass du so oft angerufen hast.«

Sie wirkt nervös, kein Wunder, ich habe etwa zehn Mal versucht, sie zu erreichen.

»Alles okay!«, sage ich schnell. »Es ist nichts passiert. Zumindest nichts Schlimmes. Tilde hatte einen kleinen Unfall, aber es geht ihr gut.«

Majvi quietscht auf. Es knistert im Hörer, dann habe ich Frode am Apparat.

»Ein Unfall?«, ruft er mit dröhnender Stimme.

»Nicht schlimm!«, beruhige ich ihn. »Sie hat sich mit dem Mäher zu stark in die Kurve gelegt.« Dann erzähle ich ihm die Details.

»Wir kommen sofort surück!«, ruft Frode aufgeregt in den Hörer.

»Das müsst ihr nicht! Es geht ihr gut! Ruft sie einfach an, sie liegt im Krankenhaus in Skive.«

»Ich mach mir keine Sorgen um die wilde Tilde«, sagt Frode. »Ich mach mir Sorgen um die Tiere und dich.«

»Brauchst du nicht«, beteuere ich. »Ich hab mir das genau

überlegt. Ich sage das restliche Programm für diese Woche einfach ab, aus Krankheitsgründen. Den Laden halte ich nachmittags geöffnet. Und mit den Tieren komme ich klar! Es sind doch echt nur ein paar Tage. Und es ist wirklich nur ein ganz kleiner Bauernhof.«

»Aber die Pferde«, widerspricht Frode.

»Das krieg ich hin. Wirklich!« Ich schildere ihm meine neue Vorgehensweise.

»Hmmm!« Frode wirkt nicht überzeugt.

»Ich spreche mit Frederik«, sage ich. »Wenn er mir morgens und abends mit den Pferden hilft, gibt es gar kein Problem. Irgendwas stimmt mit seinem Handy nicht, ich komme nicht durch. Zu Hause hab ich es auch versucht, aber niemand geht ran. Aber Olsen und ich machen gleich einen kleinen Abendspaziergang und hängen ihm einen Zettel an die Tür. Ich melde mich später. Okay?«

Wir diskutieren noch ein bisschen hin und her, dann stimmt Frode widerstrebend zu. Es wäre ja wirklich Wahnsinn, wenn die beiden nach einer anstrengenden Wanderung mitten in der Nacht durch halb Deutschland und fast ganz Dänemark fahren würden.

Nach dem Gespräch mit Frode fühle ich mich auf Lykkegaard schon viel wohler. Ich fülle Olsens Napf und vertilge mit ähnlich gutem Appetit wie er mein Abendessen.

Es ist schon acht, als ich Olsen zu mir pfeife, der sich auf seinem Lager zusammengerollt hat und leise vor sich hin schnarcht. »Komm, du Faultier«, sage ich. »Wir besuchen Frederik.«

Sofort springt Olsen auf und schlingert schwanzwedelnd übers Parkett. Eine Leine benötigen wir nicht, Olsen darf auf Janø laufen, wohin er will. Abschließen müssen wir auch nicht, hier klaut keiner was. Und ich zieh nicht mal Schuhe an. Die braucht hier zum Spazierengehen ebenfalls kein Mensch.

Weil es draußen schon wieder warm ist, kremple ich die Beine meiner blauen Latzhose ein Stück hoch. Gut fühlt sich das an. Ohne jeden Ballast schlendere ich aus dem Haus und fühle mich so unbeschwert wie zuletzt als Kind.

Gut, dass es in Dänemark im Sommer abends so lange hell ist. Ich hab noch mindestens zwei Stunden, bis die Sonne untergeht, und ganz dunkel wird es selbst dann nicht sein. Beschwingt schreite ich aus.

Die Bäume der kurzen Allee wiegen sich im Wind. Die Pfütze, in der Tilde lag, ist inzwischen ausgetrocknet. Die Ziegen meckern uns entgegen. Auch auf der Alpakaweide ist noch keine Nachtruhe eingekehrt. Die Tiere umringen ein Herdenmitglied und brummen aufgeregt. Ich lege die Hand über die Augen und beobachte die Gruppe. O nein, das in der Mitte ist Mayumi! Irgendetwas scheint nicht zu stimmen.

»Sitz!«, befehle ich Olsen. Brav senkt er sein Hinterteil. Ich schwinge mich über den Zaun und gehe langsam auf die Herde zu. Mayumi wirkt aufgeregt, ich sehe eine große Blase unter dem Schwanz. Darauf hat Frode mich vorbereitet, das muss nichts heißen. Anscheinend kann man bei manchen Alpakastuten die Fruchtblase schon Tage vor der Geburt sehen. Was mir aber merkwürdig vorkommt, ist Mayumis Nervosität. Sie hat doch schon mehrmals Crias bekommen und ist eine erfahrene Mutter. Warum regt sie sich nur so auf? Frode hat mir versichert, dass eine Alpakageburt völlig unkompliziert ist. Die Tiere legen sich dazu nicht einmal hin. Sie warten im Stehen, bis das Fohlen auf den Boden gleitet. Das dauert oft nicht mal eine halbe Stunde. Was regt Mayumi auf? Und warum jetzt schon? Ihr Kleines kommt doch vermutlich frühestens morgen.

Verflixt, ich brauch diesen Tierarzt. Ich wähle Frederiks Privatnummer, wieder geht niemand ran. Soll ich zu seinem Haus rennen? Aber was, wenn er nicht da ist?

Mayumi stöhnt auf. Okay, ich kann jetzt nicht weg.

Bei Menschen und Pferden hilft es, wenn sie ein bisschen umherlaufen. Dummerweise hab ich nicht mal ein Halfter, ich kann Mayumi nicht führen, und von selbst macht sie keinen Schritt.

»Gaaanz ruhig. Wird schon werden«, rede ich Mayumi Mut zu. Oder mir. Egal, wir können es beide brauchen.

Olsen bellt. Ihm wird das Warten zu lang, aber ich kann ihn jetzt wirklich nicht brauchen, Alpakas mögen keine Hunde. »Bleib!«, rufe ich ihm zu.

»Wuff«, bellt Olsen noch lauter.

Mayumi macht einen Satz, und prompt rutscht die Fruchtblase ein Stück weiter heraus. Ist das jetzt gut oder schlecht? Na ja, drinbleiben kann das Cria ja nicht, also beschließe ich einfach mal, dass das ein Fortschritt ist.

»Weiter so!«, raune ich ihr zu.

Plopp, die Fruchtblase geht auf. Jetzt müssten ein Kopf und Vorderbeine erscheinen, hat Frode gesagt. Ich sehe aber nur ein einziges Bein und keine Spur von einem Kopf. Shit. Das Cria liegt falsch. Ich muss es irgendwie drehen. Ich muss einfach.

Mit einem Schritt bin ich bei Mayumi. Mit einem Hopser entfernt sie sich von mir.

»Bleib stehen«, flehe ich sie an.

Mayumi weicht noch weiter zurück.

Starr, lang und dünn ragt ein einzelnes schwarzes Cria-Bein aus ihrem Körper.

Vielleicht könnte ich sie mit einem Seil fangen, aber ich habe keins. Kurz entschlossen löse ich die Träger meiner Latzhose, lasse sie fallen und steige heraus. Wenn ich es schaffe, die Hosenbeine um Mayumis Hals zu schlingen, kann ich sie vielleicht festhalten und mich seitlich an ihr Hinterteil tasten.

Ja, ich finde selbst, dass das nach einer blöden Idee klingt, aber es ist meine einzige.

Jetzt keinen Fehler machen.

»Mayuuumi!« Ich stehe im Slip auf der Alpakaweide und nähere mich millimeterweise dem leidenden Tier. »Mayumi, gaaanz ruhig!«

Plötzlich jault Olsen auf. Mayumi scheut wie ein Pferd und galoppiert ein paar Meter weiter, bis der Schmerz sie innehalten lässt. »Scheiße!«, brülle ich, so laut ich kann, obwohl das die Sache auf keinen Fall besser, vermutlich sogar viel schlimmer macht. »Verdammter Mist!«

Ich muss einfach Dampf ablassen. Vor Wut schleudere ich die Hose auf die Koppel und trample darauf rum. Was Mayumi zum Glück ignoriert. Vor mir hat sie keine Angst, solange ich nicht versuche, sie zu berühren.

Auf einmal höre ich von fern einen Motor. Ich halte inne und lausche. Frederik! Ich kneife die Augen zusammen und spreche eine Art Gebet. Bitte, Gott oder Snotra oder wer auch immer hier zuständig ist, bitte lass das Frederik Vesterlind sein!

Als ich die Augen wieder öffne, rumpelt ein dunkler SUV über den Feldweg. Halleluja! Oder Walhalla, was auch immer. Es ist Frederik! Hoffentlich sieht er mich in der Dämmerung.

Ich hüpfe auf und nieder, rudere mit den Armen, rufe nach ihm und beschwöre ihn inständig im Geist. Stopp! Halt an! Fahr jetzt nicht vorbei!

Der SUV verlangsamt die Fahrt. Frederik steigt aus, flankt über den Zaun und kommt auf mich zu. »Mein Handy ist kaputt«, ruft er mir entgegen. »Frode hat das Nachbarn angerufen, das hat mich aufgestöbert. Wie siehst du denn aus? Ist das jetzt Mode?« Sein Blick fällt auf Mayumi, und sofort erfasst er die Situation. »Shit!«

»Ich hab kein Halfter dabei«, erkläre ich hastig. »Ich wollte sie mit meiner Hose fangen.«

»Das sieht nicht gut aus«, stößt Frederik hervor. Dann setzt er mit einem Seitenblick auf mich noch hinzu: »Ich meinte Mayumi.«

Er zieht einen Strick aus der Tasche und nähert sich behutsam der Alpakastute.

Nachricht von Morten auf Annas Mailbox

Hallo, Anna?
(Pause)
Du, ich hab noch mal nachgedacht. Komm bitte nach Hause. Oder soll ich kommen? Kann ich auch. Also, falls du die Tiere nicht allein lassen willst.
(Pause.)
Anna, es tut mir unendlich leid. Ich war so ein Arschloch.
(Pause)
Ich mach es dir schwer, ich weiß. Mir auch.
(Hastig) *Aber das soll jetzt keine Rechtfertigung sein.*
(Sehr lange Pause)
Anna, Anuschka, Naninka. Liebe meines Lebens. Ich bin so ratlos. Ich weiß überhaupt nicht mehr, was ich machen soll. Ich bin ratloser als ratlos.
Kannst du mir noch mal verzeihen?
Anninchen, ich vermisse die Kinder auch. Ich vermisse uns als Familie. Ich hab Angst vor der Zukunft. Ich hasse die Gegenwart. Ich trauere um die Vergangenheit.
Ich hab dafür keine Worte, aber lass uns reden! Lass uns versuchen, zusammen welche zu finden, ja?
Ruf mich an. Bitte.

Klick

KAPITEL 24

Mayumi stöhnt auf vor Schmerz. Mit weit aufgerissenen dunklen Augen sieht sie Frederik an, der sich ihr langsam nähert und währenddessen den Strick mit zwei Schlingen zu einem provisorischen Halfter verknotet.

Er murmelt mit betont tiefer Stimme etwas auf Dänisch. Sie reißt den Kopf hoch, aber sie bleibt tatsächlich stehen, und er kann ihr das Halfter über den Kopf streifen.

»Kommst du mal vorsichtig und hältst sie fest?«, raunt er mir zu.

»Kann ich erst …«, beginne ich, stoppe mich dann aber selbst. Wie egoistisch!

»Ja, klar.« Frederik grinst. Peinlich berührt steige ich in meine Hose, nähere mich langsam und ergreife den Strick, den Frederik mir reicht. »Führ sie zum Zaun. Und da fixierst du sie zwischen dir und die Planken. Halt sie direkt unters Kinn, und wenn sie wegwill, häng dich an das Strick«, befiehlt er.

Und ob Mayumi wegwill, als Frederik sich ihrer Hinterhand nähert. Aber ich hänge mich mit meinem vollen Gewicht ins Halfter und schaffe es, sie ruhig zu halten.

Frederik streift seine Ärmel hoch, betastet das Bein des Crias und stößt einen Fluch aus. »Das ist ein Hinterbein.« Er schiebt es zurück in den Leib der Stute und versucht, das Cria in ihrem Leib zu wenden. Erst ist sein Gesicht angespannt, aber nach ein paar quälenden Minuten breitet sich Erleichterung darauf aus.

»Das ist gut«, murmelt er. »Es dreht sich.« Er tastet weiter, und plötzlich sehe ich tiefe Betroffenheit in seinem Gesichtsausdruck.

»Was …«, beginne ich, halte aber inne, denn auf einmal sehe ich den Kopf des Fohlens.

Das Kleine gleitet überraschend schnell aus dem Mutterleib, fällt auf den Boden und bleibt dort liegen. Ein nasser, dünner, verdrehter ganz schwarzer Körper, den die Mutter vorsichtig umrundet und behutsam beschnuppert. Das Cria bewegt sich nicht.

»Wir konnten nichts tun.« Frederiks Stimme klingt rau. »Das Kleine lag falsch, es hatte sich verkeilt. Ich konnte es nicht wenden. Erst als …« Er stockt. Ich ahne, was er sagen will. Erst als die Körperspannung im Tod nachließ, konnte das Kleine auf die Welt kommen. Bestimmt hat Frederik beim Wenden an seinen Händen gefühlt, wie das Leben aus dem Tier wich. »Lass sie frei«, sagt er mit tonloser Stimme.

Mit zitternden Fingern löse ich Mayumis Halfter, wir ziehen uns beide zurück und lehnen uns entkräftet an den Zaun. Dort warten wir ab, bis zuerst Mayumi und dann der Rest der Herde begriffen hat, was passiert ist. Die Alpakastute beschnuppert das tote Fohlen wieder und wieder, irgendwann wendet sie sich ab. Auch die anderen Tiere ziehen sich zurück.

Frederiks Miene ist wie versteinert. »Warte hier«, bittet er mich leise.

Er geht zum Auto und kommt kurz darauf mit einer Decke wieder, in die er das tote Cria behutsam wickelt. Er trägt es zu seinem Wagen und bettet es vorsichtig in den Kofferraum. Dann kommt er zu mir zurück, legt den Arm um meine Schultern und drückt mich einen Moment lang fest an sich. Ich erwidere die Umarmung. Keine Ahnung, wer hier wen stützt, aber das ist ja auch egal.

Als wir kurz darauf schweigend die Allee entlanggehen, kommt mir der Weg plötzlich unendlich lang und sehr beschwerlich vor.

Schweigend setzen wir uns auf die Stufen vor Tildes Eingangstür. Dicht nebeneinander. Zusammengesunken. Traurig. Die Sonne geht unter, der Himmel färbt sich glutrot. Wind raschelt in den Blättern der Linde.

»Die Natur geht eigene Wege.« Frederik nimmt ein paar Kieselsteine und wiegt sie nachdenklich in seiner Hand. »Menschen sind nicht voll Allmacht. Oder wie sagt man? Allmächtig. Das lerne ich jeden Tag neu.«

»Ich weiß, dass Menschen nicht allmächtig sind«, beginne ich zögernd. »Ich weiß auch, wie zerbrechlich Leben ist. Menschliches und tierisches. Wer weiß das nicht? Das Problem ist nur …« Ich stocke. Frederik wirft die Kieselsteinchen ganz in Gedanken einzeln zurück auf den Boden. Dass er mich nicht ansieht, hilft mir, weiterzusprechen. »Es ist …« Ich balle meine Hände zu Fäusten. »Ich fühl mich so schuldig.«

Frederik betrachtet weiter den Kies im Hof. Aber er hebt ruhig seine rechte Hand und lässt sie kurz auf meine linke sinken, die immer noch zur Faust geballt ist. Nichts an dieser Geste ist übergriffig. Sie gibt mir Halt.

»Ich versteh das nicht«, sagt er leise. »Wo könnte dein Schuld liegen?«

Seine Hand ist kühl, groß und trotzdem leicht. Jetzt zieht er sie wieder zurück. Auch das ist gut, ich konzentriere mich wieder ganz auf mich.

»Gute Frage«, sage ich und zögere wieder.

Meine erste Antwort wäre: Ich habe Frode und Majvi angeboten, Urlaub zu machen. Deswegen sind sie jetzt weg. Aber ich merke selbst, wie harmlos und vor allem schuldlos das klingt. Frode und Majvi sind erwachsene Menschen. Sie hätten ablehnen können. Mein Urlaubsangebot kann nicht die wahre Ursache für das schwere, bedrängende Schuldgefühl sein, das meine Seele gerade richtiggehend erstickt.

Da höre ich Frederiks Stimme, warm und mitfühlend. »Wer schuldig ist, hat jemandem etwas angetan. Zumindest fühlt es sich so an. Überleg mal, bei wem würdest du dich jetzt gern *ent*schuldigen? Vielleicht wird dir so klar, wo dein Schuld liegen könnte.«

Entschuldigen? Nicht bei Frode und Majvi, das wird mir sofort klar. Aber bei wem sonst?

»Ich könnte mich höchstens bei Mayumi und ihrem Cria entschuldigen«, murmle ich.

»Wofür?«, hakt Frederik nach.

Hmmm. Dass ich egoistisch war und nur an meinen Vorteil gedacht habe, als ich Frode und Majvi den Urlaub vorgeschlagen habe? Und dass ich zu dumm war, Frederik ausfindig zu machen? Das könnte ich antworten. Aber ist das wirklich der springende Punkt? Geht es hier gerade überhaupt um Mayumi? Und ist es tatsächlich Schuld, was ich fühle? Für etwas, das ich getan habe? Oder empfinde ich vielmehr Scham? Für etwas, das ich bin?

»Sprich es nicht aus.« Frederik drückt kurz meine Hand, dann lässt er sie ruhig auf meiner liegen. »Denk nur still vor dich hin. Und sag mir dann: Wie fühlt sich das an?«

»Schrecklich«, presse ich heraus. »Ganz, ganz furchtbar.« Ich kann kaum noch atmen. Es stimmt, ich schäme mich. Ich war egoistisch. Das ist der Knackpunkt. Ich hab wieder mal nur an mich gedacht. Das ist schäbig und mies und klein, ich will so nicht sein. Ich kann mich so überhaupt nicht leiden.

»Betrachte diese Gefühl mal so, als wäre es ein … Wie sagt man? Ein Gegenstand. Etwas, das du im Schrank deiner Erinnerungen aufbewahrst. Kannst du das?«

»Ja«, quetsche ich heraus. »Es lagert im Giftschrank.«

»Woher kennst du diese Gefühl?«, fährt Frederik fort. »Wann hast du es schon einmal gefühlt?« Wie auf Knopfdruck fließen plötzlich Tränen aus meinen Augen. Wahre Tränenfluten, ich kann sie nicht stoppen. Das bin nicht ich, die weint, etwas weint förmlich aus mir heraus. Frederik tut, als würde er nichts davon merken. »Sprich es nicht laut aus, das musst du nicht«, wiederholt er leise und hält meine Hand ganz fest. »Aber denke es. Trau dich, Anna. Was war da los? Denk dran! Du kannst dich nicht verlieren, ich bin da.«

Und tatsächlich wage ich plötzlich auf einer Treppenstufe vor einem dänischen Bauernhof, Hand in Hand mit Frederik Vesterlind, einem mir fast unbekannten Mann, an etwas zu denken, das ich seit zwanzig Jahren wegschiebe.

An Cassandra, meine kapriziöse Rappstute. An die Stimme meiner Mutter: *Verkauf dieses Pferd. Du trägst Verantwortung für deinen kleinen Sohn. Eine Mutter begibt sich nicht wissentlich in Gefahr. Außerdem hast du jetzt sowieso keine Zeit mehr für dieses Tier. Sei nicht so egoistisch.*

Aber ich habe Cassandra behalten. Weil ich sie behalten *wollte*, ich hatte sie von Fohlenbeinen an aufgezogen. Weil man ein geliebtes Tier nicht einfach verkauft. Und weil ich dieses letzte Stück Freiheit, diese letzte Flucht aus meinem Mutteralltag behalten wollte. »Ich schaff das schon«, habe ich selbstbewusst zu meiner Mutter gesagt.

Aber ich habe es nicht geschafft. Wegen des Babys hatte ich nicht genug Zeit für das temperamentvolle junge Pferd. Cassandra strotzte nur so vor Energie, und sie hatte zu wenig Bewegung. Ich konnte sie meistens nur morgens auf die Koppel bringen und abends wieder hereinholen. Jakob war anfangs nämlich ein Schreibaby, ich war total neben der Spur. Vermutlich ist Cassandra deswegen durchgedreht, als ich sie eines Abends von der Koppel holte, und plötzlich ein Raubvogel neben uns im Gebüsch aufflog. Der Weg zwischen den Koppelzäunen war schmal, ich konnte nicht ausweichen, und Cassandra auch nicht.

Meine Erinnerung ist gnädig, sie setzt an dieser Stelle aus. Aber man hat mir später erzählt, dass Cassandra mich, als sie sich vor Schreck auf die Hinterbeine stellte, mit dem Vorderhuf am Kopf traf, und dass sie mich danach beim Losgaloppieren gegen den hölzernen Zaun geschleudert hat. Anschließend ist sie im Jagdgalopp ganz allein zum Stall gerannt, wo sie in der Stallgasse ausrutschte und sich beide Vorderbeine brach. Der Tierarzt musste sie einschläfern, es gab keinen anderen Weg. Es war Morten, der die Einwilligung dazu geben musste. Ich selbst war zu diesem Zeitpunkt noch bewusstlos, man hatte mich mit Blaulicht ins Krankenhaus gefahren. Mein Pferd habe ich nie wiedergesehen.

Plötzlich merke ich, dass ich darüber reden will. Und kann. Und muss. Zu viel an diesem schrecklichen Tag heute hat mich an damals erinnert. Jetzt muss das endlich alles raus.

Ich beginne stockend, werde dann immer sicherer, und schließlich sprudeln die Worte nur so aus mir hervor.

Ich erzähle Frederik, wie damals im Krankenhaus die Schmerzen nachließen und wie ich schon dachte, am nächsten Tag nach Hause zu können. Und wie sehr ich mich mit dieser Einschätzung getäuscht hatte. Die nachlassenden Schmerzen waren nur so etwas wie die Ruhe vor dem Sturm. Bei einer Milzruptur, wie ich sie hatte, kann sich noch Tage nach einem Unfall ein innerer Bluterguss bilden. Und wenn der zu Blutungen im Bauchraum führt, wird es kritisch. Fast wäre Morten zum Witwer geworden und Jakob mutterlos. Wegen meines Sturkopfs. Nur eine Notoperation konnte mich retten.

Frederik hört einfach zu und streichelt meine Hand. »Ich

war egoistisch und stolz«, fasse ich meine Geschichte zusammen. »Ich habe meine eigenen Bedürfnisse in den Vordergrund gestellt. Deswegen der Unfall. Und jetzt wieder. Das ist dasselbe Muster.«

Frederik runzelt die Stirn. »Was hat ein Alpakafehlgeburt mit ein steigendes Pferd zu tun? Und warum bist du schuld an beides?«

Ich seufze. »Verstehst du das nicht? Das verbindende Element ist mein Egoismus.«

»Du wolltest etwas«, sagt Frederik. »Damals und heute. Wie soll man leben, ohne etwas zu wollen?«

»Ja«, sage ich. »Das ist das Dilemma. Du hast es erkannt.«

Frederik nimmt meine Faust zwischen seine Hände und löst vorsichtig meine Finger. »Anna«, sagt er. »Die Dilemma ist anders. Es ist kein Egoismus, wenn man etwas will. Diese Stimme in dein Kopf, die sagt, dass du egoistisch bist, ist das wirklich deine? Sie klingt so gar nicht nach dir, wie ich dich hier kennengelernt habe. Zu anderen wärst du bestimmt nicht so hart.«

Ich sehe ihn erstaunt an. Eine Träne tropft aus meinem Augenwinkel. Er hält noch immer meine jetzt offene Hand in seinen Händen. Seine blauen Augen sind auf mich gerichtet, aber das stört mich erstaunlicherweise nicht.

»Wie hast du mich denn hier kennengelernt?«

Zwischen seinen Augenbrauen erscheint eine steile Falte. »Du hast Frode und Majvi geraten, all ihre Tiere einfach mal allein zu lassen. Und du dachtest nicht, dass sie egoistisch sind, wenn sie das tun. Außerdem …« Er sucht nach Worten. »Du hast ein Tochter, nicht?«

Ich nicke.

»Stell dir vor, sie hätte ein Pferd. Und ein Kind. Und sie behält das Pferd. Was tust du?«

Plötzlich bricht es aus mir heraus. »Ich hüte das Kind. Oder ich kümmere mich um das Pferd. Oder ich suche jemanden für sie, der etwas davon tut. Ich bin ihre Mutter, ich helfe ihr.«

»Anna, warst du egoistisch?«, fragt Frederik leise.

Ich bin nicht mehr sicher. Ich hatte die Verantwortung für ein Pferd. Und die Verantwortung für ein Kind. Ich hatte beides, weil ich beides wollte. Ich liebe Pferde, ich liebe meine Kinder. Wollte ich wirklich zu viel?

»Es war ein Unfall«, sagt Frederik beschwörend. »Dinge passieren. Wir sind nicht voll Allmacht.« Ich senke den Kopf. Was Frederik sagt, geht mir extrem nah, und prompt will sich mein Gehirn wieder mal abschalten. Es verweigert jede Leistung, wie ein Computer mit einem Blackscreen. Von fern dringt Frederiks Stimme zu mir. »Anna, lebt dein Mutter noch?«

Ich schüttle den Kopf. »Meine Eltern leben beide nicht mehr. Meine Mutter ist vor zehn Jahren gestorben, und mein Vater kurz danach.«

Frederiks Stimme dringt jetzt wieder deutlicher an mein Ohr. »Anna, ich glaube fest: Wenn dein Mutter jetzt hier bei uns wäre und wenn sie die Möglichkeit hätte, sich bei dir zu entschuldigen, würde sie das tun.« Plötzlich fließen wahre Bäche aus meinen Augen. Würde sie das? »Ja, sie würde«, beantwortet Frederik meine unausgesprochene Frage. »Sonst wäre sie ein schlechtes Mutter. Und ich glaube, das war sie nicht, sonst wärst du nicht, wie du bist. Sie hat zu dir nur gesagt, was sie selbst immer gehört hat. Und worunter sie selbst litt. Jetzt, mit Distanz von oben …«, er zeigt zum Himmel, »… sie sieht es anders.«

»Tut sie das?« Er nickt. »Ja, kann sein.«

»Und selbst wenn nicht, du siehst es jetzt anders«, sagt Frederik leise.

Stimmt. Ich fühle mich plötzlich zutiefst müde. Und leer.

Und ausgelaugt. Aber mein Gehirn funktioniert wieder einwandfrei, und ich sehe die Sache anders. Ich bin noch nicht sicher, wie, aber ich kann wieder atmen und nichts frisst mich innerlich auf. Frederik legt meine linke Hand vorsichtig auf meine rechte, die auf meinem Oberschenkel ruht. Dort lässt er sie liegen und zieht seine zurück. Ich halte mich selbst. Ein gutes Gefühl.

»Woher weißt du das alles?«, frage ich überrascht. »Ich dachte, du wärst Tierarzt. Und jetzt bist du mein Therapeut.«

»Ist ein Rosskur«, sagt Frederik ganz ernst. Dann muss er lachen. »Nein, stimmt nicht. Ich weiß es, weil ich es ähnlich erlebt habe.«

Ich schweige. Ich will ihn nicht bedrängen. Wenn er nicht darüber reden will, ist das okay.

Frederik hebt den Blick zur Baumkrone und atmet tief durch. »Ich hatte ein Vater, der Seemann war. Er brachte mir bei: Männer weinen nicht.« Frederik räuspert sich. »Dann kam mein Kind auf die Welt.« Er macht eine lange Pause und spricht dann ganz leise weiter. »Es war ein stilles Geburt. Ein Sternenkind. Das heißt, es lebte nicht. Ich habe es gesehen nach der Geburt, und ich habe nicht geweint.« Er ballt seine Hände zu Fäusten. Ich lege meine Hand auf seine, und er lächelt kurz. Dann spricht er weiter. »Ich habe gelitten wie eine Hund. Aber ich hab es nicht gezeigt. Mette und ich, wir waren uns plötzlich fremd. Und jeder war ganz allein.«

»Und dann?«, frage ich leise.

»Wir waren in der Klinik in ein Raum für Abschied.« Es fällt Frederik sichtlich schwer weiterzusprechen. »Da war der Sarg. Klein und weiß, mit Seide darin. Daneben unser Baby. In ein Bett. Die Hebamme hat gesagt, wir sind die Eltern, wir dürfen Abschied nehmen, wie wir es wollen. Dann ist sie hinausgegangen.« Frederik atmet schwer. Ich sehe ihn nicht an, ich drücke seine Hand. »Mette und ich haben unser Smilla-Kind susammen in den Sarg gelegt und es zugedeckt. Und wir haben geweint. Beide.« Er stockt. »Und weißt du was? Ich Idiot habe mich geschämt.« Er schüttelt fassungslos den Kopf. »Ich habe mich für meine Tränen geschämt. Ich war ein sehr dummes Mann.« Er stockt. »Mette hat mich umarmt. Sie hat ihr Stirn an mein Kinn gelegt. Meine Tränen und ihre haben sich gemischt. Es war unser Kind, und es waren unsere Tränen. Wir waren nicht mehr allein.« Er atmet ein paarmal ganz tief durch. »Jetzt fragst du bestimmt: Wo geht das susammen?«

Ich schüttle den Kopf. »Nein. Ich kann das erkennen. Lebt dein Vater noch?«

»Er war damals schon tot.« Frederik senkt den Kopf und blickt auf unsere verschränkten Hände. »Aber ich weiß, mit Distanz von heute, mein Vater hat damals im Himmel mit Mette und mir über Smilla geweint.«

Nachricht auf Mortens Handy

Morten!
Wie redest du eigentlich mit deiner Mutter? Deine Nachricht auf meinem Anrufbeantworter war mehr als unpassend. Unverschämt war sie. Hedwig sagt das auch.
Du weißt, was ich erlitten habe, als dein Vater starb! Du weißt, was ich auf mich genommen habe, um dich ganz allein großzuziehen! Was für ein Undank, mich auf meine alten Tage allein zu lassen und dann auch noch solche Frechheiten zu mir zu sagen.
Ich mache dir dauernd ein schlechtes Gewissen? Ich? Und ich soll damit aufhören? Was soll das heißen?
Mein lieber Junge, wenn du ein schlechtes Gewissen hast, dann hast du wohl allen Grund dazu.
Denk mal darüber nach.
Und ruf mich an.
Entschuldige dich.
Ich werde dir vergeben.
Wie ich dir immer vergebe.
Aber so spricht man nicht mit seiner Mutter.
Hörst du, Morten?
Wo bist du eigentlich um diese Zeit?

KAPITEL 25

Frederik und ich gehen in der Dämmerung die Baumallee entlang. Ich begleite ihn zu seinem Wagen. Olsen trottet gemächlich neben uns her.

In der skandinavischen Nacht heben sich die hohen Pappeln wie dunkle Scherenschnitte gegen den hellen Himmel ab. Eben hat Frederik auf meine Bitte hin alle Tiere auf dem Hof kontrolliert und bestätigt, dass es ihnen gut geht. Den Hühnern und Gänsen. Den Pferden. Sogar der Katze. Alle sind wohlauf.

Während er jedes einzelne Pferd in seiner Box besucht hat, stand ich in der Stalltür und habe an Cassandra gedacht. In Gedanken war ich dabei ganz weit weg in einem anderen Stall. Ich habe mir vorgestellt, ich würde sie festhalten, in ihren letzten Minuten. Ich habe mir ausgemalt, ich würde mein Gesicht an ihren Hals legen, in ihr warmes schwarzes Fell weinen und ein letztes Mal mit ihr sprechen. Ich habe mich in Gedanken von ihr verabschiedet. Das habe ich nämlich nie getan.

Frederik hat sich sehr lange mit den Pferden beschäftigt, er hat wohl geahnt, was in mir vorging. Jetzt wollen wir noch zusammen auf den Koppeln nach dem Rechten sehen, bevor er nach Hause fährt.

Wir schweigen beide. Weil wir uns gerade sehr nah sind. Und weil wir über genug Lebensklugheit verfügen, um das alles nicht zu zerreden. Es ist, als würden wir uns schon ewig kennen. Oder, nein, vermutlich kann man sich so nur helfen, wenn man sich eben nicht näher kennt. Und wir wissen beide, dass unsere plötzliche Vertrautheit eine bestimmte Grenze nicht überschreiten darf. Kann sein, dass wir uns ähnlich sind. Gut möglich, dass ich mit diesem großen, schweigsamen Mann neben mir ein gutes Leben führen könnte. Aber das Leben an Frederiks Seite auf Janø ist Mettes Leben. Und an meine Seite gehört Morten. So ist es, so soll es auch bleiben.

Über uns am Himmel glitzern unzählige Sterne.

Die Stunde eben mit Frederik war wie eine Sternschnuppe. Sie war schön und hat geglitzert. Sie hat mir Glück gebracht. Aber sie ist vorbei. Wir haben beide zu viel zu verlieren.

Als wir zu den Koppeln kommen, herrscht dort entspannte Ruhe. Mayumi steht inmitten der Herde und döst. Die Schafe auf der Weide daneben liegen dicht gedrängt im Gras. Die Hochlandrinder lassen sich das Gras des heutigen Tages noch einmal durch den Kopf gehen, die Ziegen haben sich in ihren Stall zurückgezogen. Grillen zirpen, von fern schlägt die Uhr der Inselkirche zehn Mal. Auf Lykkegaard ist alles in Ordnung.

»Ich danke dir«, sage ich unbeholfen und steif.

»Und ich danke dir.« Frederik reicht mir die Hand. »Ich rufe Frode gleich an, okay?«

»Danke!«, wiederhole ich.

Mehr sagen wir nicht, müssen wir auch nicht.

Frederik öffnet die Tür seines Wagens und will einsteigen. Aber Olsen ist schneller, er springt mit einem gewaltigen Satz auf den Fahrersitz, und von dort weiter auf den Beifahrersitz.

»Nimm ihn besser mit«, sage ich in einem plötzlichen Entschluss. »Er kennt mich noch nicht gut genug, um sich bei mir sicher zu fühlen.«

»Fühlst du dich denn sicher auf die Hof, wenn er nicht da ist?« Frederik mustert aufmerksam mein Gesicht.

»Ich glaub, ich schlaf heute doch in unserer Hütte.«

Frederik nickt. »Den Tieren geht's gut. Und die Hof kommt

auch ohne Tildes Schnarchen gut durch die Nacht. Hier braucht dich gerade niemand.«

Das stimmt, und in unserer kleinen Hütte werde ich vermutlich dringend gebraucht. Zumindest brauch ich jetzt meinen Mann.

»Soll ich dich hinbringen?«, will Frederik wissen.

Ich schüttle den Kopf. »Ich will unterwegs nachdenken.«

Frederik lächelt. »Viel Glück, Anna!« Er steigt in den Wagen und startet den Motor.

Versonnen blicke ich ihm nach. Glück. Bin ich schon auf der anderen Seite der Angst? Ich wende mich ab und schlage den Weg nach Hause ein. Vielleicht noch nicht ganz, aber ich bin wieder einen Schritt weiter.

Nachricht von Morten auf Annas Mailbox

Anna?
Ruf mich mal an.
Bitte.

KAPITEL 26

Im Wald ist es wirklich sehr dunkel. Überall knistert und knackt es. Ein Käuzchen ruft, das klingt wie in einem Gruselfilm. Kurz habe ich Sehnsucht nach Olsen, aber gegen Angst auf einsamen Wegen gibt es ja ein einfaches Mittel. Ich ziehe mein Handy aus der Tasche, um Morten zu sagen, dass ich komme, dann wird er mir entgegengehen. So machen wir es oft.

Oh, auf dem Display sehe ich die Mitteilung, dass Morten mir zwei Nachrichten hinterlassen hat. Ich bleibe stehen und höre mitten im Wald die schönste Liebeserklärung, die mein Mann mir seit unserer Hochzeit gemacht hat.

Anna, Anuschka, Naninka. Liebe meines Lebens. So hat er mich bisher noch nie genannt. Und noch schöner ist der Schluss seiner Nachricht. *Ich hab dafür keine Worte, aber lass uns reden! Lass uns versuchen, zusammen welche zu finden.*

Ich schiebe das Handy in die Tasche und renne los.

Ohne Mortens Nummer zu wählen.

Ich will ihn überraschen und küssen und … erst mal überhaupt nicht zu Wort kommen lassen. Gefahr droht mir nicht, denn wer sich jetzt in meinen Weg stellt, den hau ich mit einem einzigen Faustschlag um!

Der Wald lichtet sich, vor mir muss unsere Hütte liegen. Aber nirgends schimmert ein einziges Licht. Schläft Morten schon?

Als ich näher komme, stelle ich fest, dass das Auto weg ist. Ist es kaputt? Oje, dann wird Morten schlechte Laune haben, so was hasst er. Was macht man eigentlich auf dieser Insel, wenn ein Wagen defekt ist? Eine Werkstatt gibt es ja nicht. Ob Fährkapitän Mikkel Andersen auch in solchen Fällen helfen kann?

Ich atme tief durch. Wahrscheinlich ist Morten einfach immer noch mit Eva bei seinem Stein. Vermutlich hat er das Auto mitgenommen, um seine ganzen Hilfsmittel transportieren zu können. Ich koch ihm was und warte dann hier auf ihn.

Hastig steige ich die Stufen zur Terrasse hoch. Hoffentlich hat Morten die Tür nicht abgeschlossen, ich habe überhaupt keine Lust, jetzt noch zum Højeste Bakken zu laufen.

Nein, hat er nicht, die Klinke gibt nach. Ich betrete die Hütte, knipse das Licht an und erstarre mitten in der Bewegung.

Alles ist seltsam leer und extrem aufgeräumt.

Auf dem Tisch liegt ein Zettel mit Mortens Handschrift.

Mit bebenden Fingern nehme ich ihn und lese, was darauf steht.

Liebe Anna,
die Frage, die wir uns vor unserer Reise gestellt hatten, lautete: Werden wir uns nach diesem Sommer umarmen oder umbringen?
Da du jetzt einen anderen umarmst, gehe ich lieber rechtzeitig.
Lebe, lache gut.
Mache deine Sache gut.
Morten

KAPITEL 27

Alle werden immer wissen, wo sie waren, als die Mauer fiel oder als das World Trade Center zusammenstürzte oder als Notre Dame brannte. Ich werde immer wissen, wo ich war, als meine Ehe zerbrach: in einer kleinen Fischerhütte im dänischen Nichts. Wie betäubt starre ich auf Mortens Brief und begreife, dass das unser Ende ist.

Ich habe einen anderen umarmt?

Morten muss die kurze Umarmung mit Frederik meinen, als wir uns nach dem schrecklichen Tod des kleinen Alpakas gegenseitig Halt gegeben haben.

War Morten in diesem Moment in der Nähe? Wollte er zu mir? Stand er irgendwo im Schatten eines Baumes und hat uns zugesehen?

Muss wohl so gewesen sein. Und bestimmt wirkte das … irritierend auf ihn. Okay, das ist jetzt harmlos ausgedrückt. Ich verstehe, dass er geschockt war.

Aber wenn Morten uns länger als dreißig Sekunden zugesehen hätte, müsste er bemerkt haben, dass es so nicht weiterging.

Tja, hat er wohl nicht. Es scheint, als wäre er auf dem Absatz umgekehrt.

Ein ganz klassisches Missverständnis. Das man bestimmt irgendwie regeln kann.

Aber plötzlich spüre ich, dass ich nichts mehr regeln *will*.

Ich lasse mich aufs Schlafsofa fallen und vergrabe das Gesicht in den Händen. Nach über zwanzig Ehejahren beobachtet Morten eine kurze, freundschaftliche Umarmung und dreht ab wie ein eifersüchtiger Teenager. Das kann doch nicht wahr sein. Warum kämpft er nicht um uns? Wenn Weglaufen seine einzige Lösung für sämtliche Probleme ist, will er eindeutig weg. Das ist die erschreckende Wahrheit, der ich endlich ins Auge sehen muss. Und wenn er wegwill, kann und will ich ihn nicht länger davon abhalten. Dann lasse ich ihn besser los.

Man sagt nicht umsonst: Reisende soll man nicht aufhalten.

Autsch. Ich lasse Morten los. Nur vier Wörter, aber verdammt viel Schmerz.

Langsam erhebe ich mich, gehe auf die Terrasse und blicke auf das im Mondlicht funkelnde Wasser. Ist das wirklich wahr? Morten und ich sind am Ende?

Ich denke alles noch einmal durch und komme zum selben Schluss: Eigentlich ist das ein dummes Missverständnis, das sich leicht klären ließe. Aber die letzten Wochen waren ein einziges dummes Missverständnis, und wir konnten nichts klären. Das war's dann wohl. Wir müssen es einsehen. Punkt.

Ich weiß, dass ich nicht länger um dieses Thema kreiseln darf, das bringt nichts, ich hab es lange genug getan. Der Schlusspunkt muss gesetzt werden. Also ziehe ich mein Handy aus der Tasche und wähle Mortens Nummer.

Oder doch nicht? Ich lege rasch auf. Jetzt keine Kurzschlusshandlung. Besser, ich denke die Sache hier draußen in der kühlen Nachtluft ein drittes Mal durch.

Leider komme ich wieder zum selben Ergebnis: Wir zerfleischen uns nur noch gegenseitig, und Morten will eindeutig schon lange weg. Wir können nichts retten, wir haben es versucht, jetzt müssen wir einen Schlusspunkt setzen.

Die Konsequenzen, Rückreise, Kinder, Haus, Zukunft, all das schiebe ich erst mal beiseite, das macht nur Angst.

Wie isst man einen Elefanten?

Stück für Stück!

Genau so werde ich auch diesen Elefanten irgendwann geschluckt haben.

Es ist zum Heulen, und ich heule jetzt auch, aber es ändert nichts. Ich dachte, Morten und ich würden unser Leben miteinander verbringen. Aber wenn unser Leben ein Film wäre, dann wohl so was wie *Vom Winde verweht*. Ein Film ohne Happy End, an dessen Ende beide allein dastehen. Und ich hab nicht mal die Erde von Tara in meiner Hand wie Scarlett O'Hara. Nur den Sand eines Paradieses, das mir nicht gehört.

Wieder wähle ich Mortens Nummer. Und diesmal zieh ich es durch, ich lege nicht auf. Das Freizeichen ertönt an meinem Ohr.

Plötzlich höre ich ein Geräusch hinter mir. Ich lege den Kopf schräg und lausche. Hey, das ist die *Pink-Panther*-Melodie, Mortens Klingelton für Anrufe von mir. Gott sei Dank, er ist zurück! Ich habe mich geirrt, er kämpft um uns. Ich springe auf und versuche zu orten, woher der Ton kommt.

Der Klingelton ist leise, aber gut hörbar, also ist Morten nicht wirklich weit weg. So schnell ich kann, renne ich um die Hütte herum, aber da ist er nicht. Auch von unserem Auto ist weit und breit nichts zu sehen. Trotzdem höre ich sein Handy dudeln, er muss hier irgendwo sein.

Auf einmal ist das Klingeln verstummt. Das einzige Geräusch, das ich noch wahrnehme, ist das der Brandung am Strand.

»Morten?«, rufe ich in die Dunkelheit.

Keine Antwort.

Ich halte mein Handy ans Ohr, Mortens Mailbox ist dran, deswegen klingelt das Handy nicht mehr. Mit zitternden Fingern beende ich den Anruf und wähle seine Nummer erneut. Wieder höre ich die Melodie des rosaroten Panthers, diesmal ganz nah. Ich lasse mich auf die Knie fallen und taste die Grasbüschel zu meinen Füßen ab. Plötzlich fühle ich einen harten Gegenstand. Tatsächlich, da liegt das Ding und dudelt vor sich hin. Bei seiner überstürzten Abreise muss Morten es verloren haben.

Ich spüre, wie mich eine graue Woge der Enttäuschung überrollt. Wie benommen gehe ich zur Hütte zurück.

Und jetzt? Ich kenne Mortens PIN. Kann ja sein, dass er seine Route gegoogelt, jemanden angerufen oder irgendwem eine Nachricht hinterlassen hat, bevor er ging. Dann könnte ich jetzt herausfinden, wo er steckt.

Aber wozu will ich das wissen? Es ändert ja nichts. Und einfach ein fremdes Handy durchstöbern, so was macht man ja nicht. Oder?

Nein.

Macht man nicht.

Scheißegal. Ich tu's.

Eine Stunde später erwache ich wie aus einem Traum. Einem Albtraum. Ich hab alles gelesen, was ich im Speicher von Mortens Handys nur finden konnte. SMS-Botschaften. WhatsApp-Chats. Mails. Notizen. Anruflisten. Google-Verläufe. Ich habe Morten richtig hinterherspioniert und schäme mich deswegen ganz furchtbar. Aber als ich einmal damit angefangen hatte, konnte ich nicht mehr aufhören.

Jetzt bin ich geschockt. Krass. Wenn Mortens Leben ein Film wäre, dann so was wie *Dr. Jekyll und Mr. Hyde*. Damit meine ich, dass es offenbar zwei Mortens gibt, einen, den ich kenne, und einen, der mir ganz fremd ist. Der Morten an meiner Seite ist still, kühl, sachlich, abgeklärt, kontrolliert und hält sich bevorzugt in akademischen Elfenbeintürmen auf. Der unbekannte Morten aber hat Gefühle. Er liebt seine Kinder und macht sich Sorgen um sie. Er ist sogar eine richtige Glucke! Er forscht aus Leidenschaft und wäre gern ein großer Entdecker. Er versucht, mir alles recht zu machen. Er mogelt und kauft Fertigprodukte, damit ich denke, dass er kochen kann. Und er bietet sogar seiner Mutter die Stirn. Das hab ich bei ihm nie erlebt. Verdammt, er ist genau der Mann, den ich eigentlich in Morten vermute. Aber genau das verbirgt er vor mir. Warum um Himmels willen?

Ich weiß jetzt auch, wo Morten steckt. Bei Kalle Andersen, seinem neuen Freund, der offenbar in einem Supermarkt auf dem Festland arbeitet, in dem Morten Stammkunde ist. Ich hab nämlich eine Nachricht gefunden, in der Morten ihn fragt, ob er heute Nacht bei ihm schlafen kann. Ohne Angabe von Gründen. Und Andersen hat geantwortet, dass Morten jederzeit willkommen ist.

Und dann entdecke ich etwas, das mir wirklich die Schuhe auszieht. In seinen Notizen hat Morten ein Gedicht abgespeichert, das ich gut kenne. Zwei Zeilen dieses Gedichts hat er sogar in seinem Abschiedsbrief an mich zitiert, vor lauter Aufregung habe ich sie eben gar nicht erkannt. Es ist ein Gedicht von Joachim Ringelnatz, ich habe es mal vor langer Zeit für Morten abgeschrieben. Passenderweise hat Ringelnatz es sogar *An M.* genannt.

An M.
Der du meine Wege mit mir gehst,
Jede Laune meiner Wimper spürst,
Meine Schlechtigkeiten duldest und verstehst –
Weißt du wohl, wie heiß du oft mich rührst?

Wenn ich tot bin, darfst du gar nicht trauern.
Meine Liebe wird mich überdauern
Und in fremden Kleidern dir begegnen
Und dich segnen.

Lebe, lache gut!
Mache deine Sache gut!

JOACHIM RINGELNATZ

KAPITEL 28

Ich sitze auf dem Sofa im kleinen Paradies und durchlebe meine persönliche Hölle. Dieses Gedicht. Was will Morten mir damit sagen? Ist er dem Tod nah? Will er sich etwa das Leben nehmen? Nein, so ein Quatsch, das tut er ganz sicher nicht. Ich kenne ihn, da bin ich ganz sicher.

Morten will mir etwas anderes sagen, und nach dem ersten Schreck verstehe ich plötzlich die Botschaft. Damals, als ich dieses Gedicht für ihn abgeschrieben habe, war ich dem Tod nah. Das Gedicht waren meine Abschiedsworte an Morten. Er sollte sie finden, falls die Notoperation schiefgehen würde, sie sollten ihn trösten.

Jetzt bin ich es, die diese Worte findet.

Lebe, lache gut, mache deine Sache gut. Das hat er mir geschrieben. Er will mich an das Gedicht erinnern. An die Zeit damals, als das Leben beziehungsweise der Tod uns fast für immer getrennt hätte. Und er will mir sagen, dass diese Situation hier ein bisschen ähnlich ist. Weil er jetzt endgültig geht. Für immer. Und dass er mir von Herzen alles Gute für den Rest meines Lebens wünscht. *Lebe, lache gut.*

Ja, von wegen. Ich muss heulen, als ich das alles begreife. Heulen über den Rest meines Lebens, der jetzt mortenfrei vor mir liegt. Aus Essensresten kann man Hoppelpoppel oder *biksemad* machen. Aber was macht man mit Lebensresten? Ich weiß es nicht, und ich will kein Resteleben ohne Morten.

Soll ich Christina anrufen? Brauch ich jemanden zum Reden? Nein, irgendwie hab ich das Gefühl, dass ich jetzt selbst nachdenken muss. Ich suche das Ende des Fadens, der sich durch Mortens und meine Geschichte zieht. Und ich hoffe, dass es ein roter Faden ist. Falls ich ihn finde, kapiere ich vielleicht endlich, was zwischen uns schiefläuft. Wir haben es doch gut. Wir sind gesund, wir haben tolle Kinder, wir haben ein schönes Leben, wir haben viel gemeinsam. Woran hakt es denn? Warum zerfleischen wir uns gegenseitig?

Verdammt, warum kann Morten sich mir nicht so zeigen, wie er wirklich ist? Mir hätte es geholfen zu wissen, was er wirklich fühlt. Ist das bei Morten auch so ein Männlichkeitsding wie bei Frederik die Sache mit dem Weinen? Kann Morten keine Gefühle zeigen, weil ihm das aberzogen wurde?

Ich werde nachdenklich. Da kann schon was dran sein. Durchhalten könnte für Morten so eine Art Überlebensstrategie sein. Er hat schon als Kind im Umgang mit seiner jung verwitweten und sehr egozentrischen Mutter gelernt, dass die wichtigste Beziehung seines damaligen Lebens nur funktionierte, wenn er selbst funktionierte.

Niemals konnte er offen sagen, was er fühlte. Seine Aufgabe war es, seiner Mutter den Mann an ihrer Seite zu ersetzen. Er war es, der die Beerdigung seines Vaters organisierte, während seine Mutter schluchzend danebensaß. Er war es, der tröstete, standhielt, dafür sorgte, dass alles weiterging. Und wenn er das nicht konnte, zog er sich zurück und wartete auf bessere Zeiten.

Mir hat es damals nach Lillys Abreise wehgetan, dass Morten keine Pläne hatte, in denen *ich* vorkam. Aber vielleicht hatte er die ja nur *noch* nicht.

Mir kam es vor, als würde er dauernd NEIN zu mir sagen. Möglicherweise war das ja gar nicht so. Vielleicht wollte er eigentlich nur sagen: *Warte bitte ein bisschen. Ich brauch Zeit. Ich bin nicht so schnell.*

Und Zeit war das, was ich plötzlich zu viel hatte. Schmerzlich viel Zeit. Einsame Zeit. Ich konnte gar nicht mehr atmen vor lauter langer, endloser Einsamkeit.

Wenn ein Partner ganz dringend eine Pause braucht und der andere ganz dringend endlich Nähe benötigt, was macht man denn dann?

Plötzlich wird mir klar: Hätte ich alles über Morten gewusst, was mir eben sein Handy verraten hat, wäre ich nicht einsam gewesen. Ich hätte diese ganzen traurigen Gefühle nämlich nicht allein gehabt. Morten und ich, wir wären in unserer Angst vor dem Älterwerden, beim Verlust der Kinder und gefangen im Pflichtgefühl seiner Mutter gegenüber vereint gewesen. Und wenn wir das gewesen wären, wäre es egal gewesen, wo Morten sich aufgehalten hätte – ob auf dem Golfplatz oder dem Fahrrad oder in den Bergen oder auf einer einsamen Insel. Wenn das ausdrücklich Mortens Weg gewesen wäre, um mit diesen Gefühlen umzugehen, hätte ich ihm Zeit geben können, ohne einsam zu sein.

Ist das der rote Faden, den ich gesucht habe? Morten lässt mich emotional allein, und ich fordere und bedränge ihn deswegen ständig?

Da klingelt was in mir. Der Gedanke fühlt sich wahr an.

Aber wirklich hilfreich ist er nicht, denn ich kann Morten ja nicht zwingen, mit mir zu reden. Und ich kann nicht damit aufhören, diese innere Nähe zu brauchen. Ich will mich nicht immer allein mit allem fühlen, was mich beschäftigt. Dieses eine Gespräch mit Frederik eben hat mir gezeigt, wie wichtig und hilfreich Reden ist. Ich will so was auch mit Morten haben.

Ich lege sein Handy neben mich aufs Sofa, greife nach meinem und höre noch einmal seine letzte Sprachnachricht ab.

»Anna, Anuschka, Naninka. Liebe meines Lebens. Ich bin so ratlos. Ich weiß überhaupt nicht, was ich machen soll. Ich bin ratloser als ratlos.
Kannst du mir noch mal verzeihen?
Anninchen, ich vermisse die Kinder auch. Ich vermisse uns als Familie. Ich hab Angst vor der Zukunft. Ich hasse die Gegenwart. Ich trauere um die Vergangenheit.
Ich hab dafür keine Worte, aber lass uns reden! Lass uns versuchen, zusammen welche zu finden, ja?«

KAPITEL 29

Das ist Morten. Das ist wirklich mein Mann. Er hat mir gesagt, was in ihm vorgeht. Jetzt wird mir das erst richtig klar. Und plötzlich weiß ich, was wir machen müssen, wenn wir aneinander verzweifeln. »Weiter«, flüstere ich. »Wir müssen weitermachen. So lange, bis es funktioniert.«

Anna, Anuschka, Naninka. Liebe meines Lebens.

Ich springe auf und renne los. Raus aus der Hütte. Auf den dunklen Wald zu. Nach Lykkegaard.

Und während ich laufe, klären sich meine Gedanken.

Kurz nach dem schrecklichen Pferdeunfall, als ich mit dieser gefährlichen Milzruptur im Krankenhaus lag und nicht wusste, ob ich die kommenden Tage überleben würde, habe ich in einen Abgrund geblickt. Der war echt. Und ich habe dieses Ringelnatz-Gedicht für Morten aufgeschrieben, weil ich befürchtete, ihn loslassen zu müssen. Ich selbst stand vor dem Gedanken an eine ewige schwarze Nacht. Morten stand vor der trostlosen Situation, ohne mich weiterleben zu müssen, und das auch noch mit einem Kleinkind.

Aber jetzt ist die Situation völlig anders, verdammt. Morten und ich stehen *nicht* vor einem Abgrund. Wir sind nur dumm. Damals bei unserer Hochzeit, da haben wir uns was versprochen. Eine Liebe, die sogar den Tod überdauern wird. Klar, das ist viel. Vielleicht zu viel. Aber jetzt soll ich zu stolz sein, ihm nachzulaufen, und er zu verletzt, um mir Fragen zu stellen? Das ist eindeutig zu wenig.

Morten hat nicht um mich gekämpft. Ja. Ich dagegen kämpfe um ihn.

Es ist jetzt halb zwölf. Die letzte Fähre fährt um Mitternacht. Ich muss sie kriegen.

Zu Fuß brauch ich fünfundvierzig Minuten, selbst wenn ich jogge. Das reicht nicht. Aber wenn ich nach Lykkegaard laufe und mir Majvis Fahrrad ausleihe, kann ich es schaffen.

Es ist mir egal, ob es im Wald dunkel ist. Es ist mir egal, dass das Käuzchen schon wieder schreit. Es ist mir sogar gleichgültig, als ich über eine Wurzel stolpere und hinfalle. Ich steh auf und renne weiter!

Mir sind auch die Ziegen egal, an deren Weide ich atemlos vorbeikeuche. Und die Schafe und die Rinder und die Alpakas. Sie müssen diese Nacht ohne mich überstehen, ich kann ihnen ohnehin nicht helfen. Aber Morten ist mir nicht egal. Ich liebe ihn. Ich liebe ihn. Wir lieben uns. Das hämmere ich bei jedem Schritt mit meinen Füßen in den Boden. Ich hol Morten jetzt zurück. Und wenn ich ihn an den Haaren schleifen muss!

Da ist schon die Pappelallee. Majvis Rad ist im Schuppen. Ich reiße keuchend die Tür auf, ertaste es im Dunkeln und schiebe es hastig hinaus auf den Hof. Dreimal atme ich tief durch, dann bin ich mit einem Satz auf dem Sattel und trete kraftvoll in die Pedale.

Ich bin kaum ein paar Meter gefahren, da höre ich ein seltsames Geräusch. Im nächsten Augenblick drehen die Pedale durch. Die Kette des Fahrrads ist einfach gerissen.

Himmel, Arsch und Zwirn! Warum ausgerechnet jetzt?

Ich schleudere das Rad zu Boden, stütze meine Hände auf die Oberschenkel und ringe nach Luft. Ich muss weiter. Los. Eine Idee! Bitte! Und zwar sofort. Tildes Rasenmäher? Nein, kaputt. Frodes Mofa? Ich hab den Schlüssel nicht.

Kaisa. Die gutmütigste Stute auf Lykkegaard. Sie ist groß, sie ist schnell, sie ist trittsicher, wie Frode mir versichert hat, sie ist die Fährfahrt von Fohlenbeinen an gewöhnt.

Aber das kann ich nicht!

Kann ich nicht?

Und wenn doch?

Es wäre einen Versuch wert. Und wenn ich das schaffe, schaffe ich alles. Schließlich liegt das Glück … Nein, keine Zeit, darüber nachzudenken. Lieber gar nicht nachdenken. Einfach tun.

Ich laufe in den Stall, knipse das Licht an und gleichzeitig alles Denken und Fühlen aus. Dann gehe ich, immer noch schwer atmend, zu Kaisas Box. Sie sieht mich mit ihren großen dunklen Augen an und schnaubt leise.

Okay. Ab in die Sattelkammer. Kaisas Trense hängt an einem beschrifteten Haken, aber welcher der Sättel ist ihrer? Keine Ahnung, ich hab mich nie dafür interessiert.

Egal, ich bin früher oft ohne Sattel geritten. Also los. Ich bin gar nicht Anna. Ich bin nur noch ein Plan auf zwei Beinen.

»Bist du fit?«, frage ich die freundliche Stute, als ich mit der Trense ihre Box betrete. »Wir beide, wir haben nämlich jetzt was vor.«

Ich bemühe mich, taff zu klingen. *Fake it, till you make it.* Kurz darauf führe ich die Stute aus der Box und hinaus auf den Hof. Und kann es kaum fassen.

Hey, ich bin ja doch Anna. Und ich, Anna, habe diesem Pferd gerade eine Trense angelegt. Ich habe es selbst aus dem Stall geführt. Ich bin eine Heldin!

Als Kind habe ich jahrelang voltigiert. Es war eine meiner leichtesten Übungen, ohne Sattel auf ein Pferd zu springen. Aber kann ich das noch? Und lässt Kaisa das zu?

Ich streiche ihr ein paarmal fest über den Rücken, damit sie nicht erschrickt. Dann packe ich mit beiden Händen ihre

Mähne, hole Schwung, werfe mein Bein über sie und ziehe mich hoch. Elegant geht anders, aber ich schaffe es, hey, ich bin oben! Glück, Triumph und Entschlossenheit fluten mein Gehirn. Ich bin Anna, die Reiterin. Und Kaisa steht immer noch ganz ruhig auf dem dunklen Hof von Lykkegaard. Sie ist wirklich ein Verlasspferd.

Mein Herz schlägt wie ein ratterndes Maschinengewehr. Ich presse meine Unterschenkel an Kaisas warmen Bauch, und sie setzt sich in Bewegung. In der Pappelallee bleibe ich im Schritt, mein Körper erinnert sich an die Bewegungen, und mit jedem Tritt werde ich sicherer. Dann lenke ich die Stute auf den Wiesenweg und trabe an.

Kaisa hat einen wundervoll weichen Gang. Sie schnaubt zufrieden, offenbar genießt sie den nächtlichen Ausflug.

Am Strand scheut sie kein bisschen vor der Brandung zurück, die Strecke kennt sie eindeutig. Ich lenke sie zum Wassersaum und lasse sie angaloppieren.

In der hellen skandinavischen Sommernacht leuchtet der Sand, ich kann unsere Strecke gut sehen, deswegen lehne ich mich vor, gebe Kaisa den Kopf frei, und wir preschen los.

Schnell, richtig schnell. Ich habe kein bisschen Angst. Was für ein tolles Pferd! Warum habe ich das nicht viel früher gemacht?

Kaisas Hufe trommeln auf dem nassen Sand. Meine Beine umschlingen ihren warmen, muskulösen Körper. Der Wind wühlt in meinen flatternden Haaren. Neben uns schäumt die Brandung. Seemöwen erheben sich vor uns in die Luft, als wir herandonnern, und gleiten in Kreisen am sanft leuchtenden Himmel. Ich lebe. Das spüre ich mit jeder Faser. Und ich liebe das Leben.

Vor mir tauchen jetzt die Lichter des Hafens auf. Ich drossle das Tempo, Kaisa fällt in einen entspannten Trab.

Als wir wenig später am Kai eintreffen, legt die *Snotra* gerade an. Jep! Ich hab's geschafft!

Der Rest ist ein Klacks.

»*Hej*, Anna!« Mikkel Andersen, der grauhaarige Kapitän steht schon am Schlagbaum, hinter dem zwei Autos warten. »*Hej*, Kaisa, wasööh machtöööh ihr denn hier?« Ja, man kennt sich auf Janø, da sind die Tiere mit eingeschlossen.

Die Stute scheut, als die rot-weiße Stange nach oben klappt. Ich zügle Kaisa, sie wird wieder ruhig. »Wir müssen rüber«, rufe ich Mikkel zu. Klingt komisch, ich weiß, aber für Details hab ich jetzt keinen Kopf. Ich springe ab und tätschle Kaisa den Hals, während die Autos und drei Fahrräder das Schiff verlassen und langsam an uns vorbeifahren. Außer Kaisa und mir will niemand mehr an Bord. Das ist gut, dann wird die Überfahrt ruhig, nichts kann Kaisa erschrecken.

Als die Fahrzeuge weg sind, klappt Mikkel den Schlagbaum aber wieder nach unten. Dann wendet er sich an mich. »Nächste Abfahrt istöööh morgen um sechs.«

»Wie jetzt?«, frage ich fassungslos zurück. »Die letzte Fähre geht doch um Mitternacht.«

»Die letzte Fähre *kommt um Mitternacht an*«, korrigiert Mikkel mich.

»Nein, das kann nicht sein!« Ich sinke zusammen. »Mist. Ich muss aber jetzt rüber. Unbedingt.«

»Mit dem Pferd?«

Ich nicke.

»Anna.« Mikkel Andersen umrundet den Schlagbaum, kommt über die Rampe und greift in Kaisas Zügel. »Du musstöööh nachts um zwölf mit Frodes bestem Pferd rüberööh aufs Festland?«

»Ja!«, sage ich völlig verzweifelt. »Mein Mann. Es ist … kompliziert. Ich muss ihn suchen.«

Mikkel runzelt die Stirn. »Du musstöööh nachts um zwölf mit Frodes bestem Pferd aufs Festland, *um deinen Mann zu suchen?*«

»Ja.« Wie soll man so was nur erklären? Mir fällt nichts ein.

Mikkel nickt. »Dann ist es ernst.« Er klappt den Schlagbaum wieder hoch. »Kommt.«

Was? Damit hab ich jetzt nicht gerechnet. Mikkel muss wohl in direkter Linie von den Wikingern abstammen, die Sigrid damals den Beinamen »die Stolze« verpasst haben. Wer nicht mit der Wimper zuckt, wenn eine Frau mal kurz ein paar Verehrer abfackelt, hat bestimmt Nachfahren, die es normal finden, wenn Frauen fliehende Ehemänner hoch zu Ross einfangen.

Ich versuche, Kaisa auf die Rampe zu führen, aber sie reißt den Kopf hoch und verweigert jeden weiteren Schritt. Plötzlich tauchen Bilder vor meinem inneren Auge auf. Ein steigendes Pferd. Ein Huf, der gegen meinen Kopf prallt. Ein Zaun, der sich beängstigend schnell nähert. Filmriss. Aber da hat Mikkel schon nach Kaisas Zügel gegriffen. Er sagt etwas auf Dänisch zu ihr, und sie beruhigt sich sofort. Gemeinsam führen Mikkel und ich sie aufs Schiff, er rechts, ich links.

Puh, geschafft. Ohne ein Wort zu sagen, erklimmt der graubärtige Seebär das Führerhaus, und kurz darauf erbebt die *Snotra*. Wir legen ab.

Kaisa steht ruhig und gelassen neben mir, als wir auf das lichterglitzernde Festland zufahren.

WhatsApp-Chat auf Mortens Handydisplay

Jakob Hardenbjerg

Hallo, Papa, können wir mal telefonieren? 22:03

Papa??? Telefon? 22:07

KAPITEL 30

Kaisas Hufe klappern auf dem Asphalt der Hafenstraße. Ich sitze auf ihrem Rücken und schüttle halb amüsiert, halb irritiert den Kopf. Eben hatte ich nämlich eine Erkenntnis, die mir bisher noch gar nicht gekommen war, obwohl sie eigentlich naheliegend ist. Mikkel wusste was!

Als er eben den Schlagbaum geöffnet hat, um Kaisa und mich an Land zu lassen, hat er gesagt: »Ich geh noch ein Gläschen trinken. In einer Stunde fahre ich zurück.«

Am liebsten hätte ich den bärtigen Kapitän umarmt, aber das habe ich dann doch nicht gewagt. Stattdessen habe ich mich tausend Mal bei ihm bedankt. An die Rückfahrt hatte ich bis zu diesem Moment keinen Gedanken verschwendet. Und noch etwas hatte ich nicht bedacht – meinen schlechten Orientierungssinn. Ich hatte die Adresse von Kalle Andersen zwar gegoogelt, aber trotzdem hatte ich keine Ahnung, wohin ich mich nun wenden musste.

»Du weißt nicht zufällig, wo der Kirkevej ist?«, fragte ich Mikkel deswegen.

»Zufällig weiß ich das genau«, antwortete Mikkel. »Da wohnt nämlich mein Sohn. Da entlang und dannöööh die erste Straße rechts.« Er zeigte auf die Straße vor uns.

»Und weißt du auch, wo Kalle Andersen wohnt? Er arbeitet im Dagli'Brugsen in der Nähe vom Hafen.«

Mikkel schmunzelte in seinen Bart. »Zufällig weiß ich auch dassöööh. Kalle *ist* nämlich mein Sohn.«

Als er mir dann Glück wünschte, verriet etwas in seinem Blick, dass er noch viel mehr wusste. Vermutlich alles über Morten und mich. Genau wie vielleicht Frode, Majvi und Tilde, die gut mit Mikkel befreundet sind.

Na, egal, ich glaube, bei diesen vier sind solche Dinge mehr als gut aufgehoben.

Links von mir schwappen kleine Wellen gegen eine Mauer, die die Straße begrenzt, rechts stehen alte Häuser. Hinter ihren Fenstern tauchen Schatten auf, neugierige Blicke begleiten mich. Ich biege rechts ab und reite auf die Dorfkirche zu. Klopfe Kaisas Hals. Murmle: »Du bist ein ganz feines Pferd.« Und fühl mich plötzlich ein bisschen wie Pippi Langstrumpf, wie ich so ohne Sattel mit durchhängenden Zügeln langsam eine dunkle Straße mit skandinavischen Backsteinhäuschen entlangreite.

Da ist der kleine Lebensmittelladen, in dem Kalle arbeitet, und über dem er auch wohnt. Ein Schild im Schaufenster verkündet, dass morgen *blomkål* und *vandmelon* im Sonderangebot sind, Blumenkohl und Wassermelone.

Statt zu klingeln, pfeife ich auf zwei Fingern. Sofort geht im Obergeschoss ein Fenster auf. Ein schmaler Mittvierziger mit dunklem Haar und Brille sieht fragend zu mir herunter.

»Kalle?«, rufe ich nach oben.

»Ja.« Er nickt.

»Ich suche Morten!«

»Er istöööh nicht da«, behauptet Kalle.

»Er kommt jetzt runter, oder ich rufe und pfeife, bis die Polizei kommt«, kündige ich an und pfeife wieder.

Oben tut sich nichts, aber kurz darauf klappert seitlich am Haus eine Tür. Dann biegt Morten um die Ecke.

Er verschränkt die Arme vor der Brust, fast, als würde er frösteln. Im Licht der Straßenlaterne wirkt er blass, seine Haare sind ungekämmt, seine Augen traurig. Als er mich auf dem Pferd sieht, weiten sie sich vor Staunen.

»Was um Himmels willen machst du?«, fragt er völlig fassungslos.

»Komm zurück«, sage ich. »Oder rede wenigstens mit mir.«

Er schüttelt den Kopf. »Anna, ich kann nicht.«

»Doch, du kannst«, sage ich rau. »Wenn *ich* das hier kann, dann kannst *du* ja wohl mal mit mir reden. Sag mir bitte, was passiert ist.«

Er schluckt. Schüttelt den Kopf. Will sich schon abwenden, hält dann aber inne. »Ich hab euch gesehen«, stößt er hervor. Tausend Wörter drängen sich auf meine Zunge, aber ich will, dass Morten weiterredet, deswegen schlucke ich sie herunter und sehe ihn schweigend an. »Ich …« Morten zögert, gibt sich aber einen Ruck. »Ich hab nachgedacht. Als du weg warst.« Er fährt sich mit der Hand durch die Haare. »Es war so leer ohne dich in der Hütte. Nicht still. Leer. Verstehst du? Es fühlte sich nicht wie ein weißes Blatt Papier an, das ich neu beschreiben kann. Sondern wie ein Loch, das sich mit nichts füllen lässt. Und ich hab plötzlich verstanden, was du mir die ganze Zeit sagen willst. Ich hab es nämlich in diesem Moment selbst gefühlt.« Ich muss nicht fragen, was das war. Er hat es mir auf die Mailbox gesprochen. Still warte ich, ob er weiterspricht. Und das tut er. »Ich hab dich angerufen«, sagt er leise. »Aber ich hab dich nicht erreicht. Da bin ich losgelaufen, um dich zu suchen.« Ich schließe kurz die Augen. Es muss eine ganz dunkle Stunde gewesen sein, die Morten in der Hütte durchlebt hat. Und als er mich gefunden hatte, wurde alles noch schlimmer. Ich kann seine Reaktion verstehen. »Ich hab euch auf der Koppel gesehen«, bricht es aus ihm heraus.

Ich sehe ihn an. Sehe sein dunkles Haar, das an den Schläfen grau wird. Seinen verletzten Blick. Die empfindsamen Lippen, die fest aufeinandergepresst sind. Das Kinngrübchen, das ich so liebe.

»Das war eine freundschaftliche Umarmung, mehr nicht.« Er blickt mich stumm an. »Morten!«, sage ich leise und beschwörend. »Sag mir ehrlich: Glaubst du wirklich, dass das keine freundschaftliche Umarmung war? Glaubst du, dass ich dich betrüge?« Kaisa spürt meine Anspannung, sie tänzelt auf der Stelle. Ich zügle sie und springe ab, wenige Meter vor Morten. Morten schweigt. »Morten Erik Hardenbjerg«, fahre ich fort. »Ich liebe dich mehr als mein Leben. Es hat nie einen Betrug gegeben, und es wird niemals einen Betrug geben. Wut. Schlechte Laune. Stille Vorwürfe. Lauten Streit. Knallende Türen. Das ja. Aber niemals, niemals, nie werde ich es dir verschweigen, wenn es einen anderen in meinem Leben gibt. Nie. Ich hab dir schon einmal Treue geschworen, und ich schwöre es wieder.« Morten schluckt. An seinem Kiefer treten Muskeln hervor. Aber er sagt immer noch nichts. »Und ich schwöre noch etwas«, fahre ich fort. »Es nützt dir nichts wegzulaufen. Wenn du jetzt nicht mit mir kommst, warte ich hier. Wenn du wegfährst, reite ich dir mit diesem Pferd nach. Solange du nicht laut und deutlich aussprichst, dass du mich *nicht mehr liebst*, werde ich dich nicht gehen lassen. Nicht in guten, nicht in schlechten und auch nicht in diesen Zeiten. Basta.« Morten ist erstarrt. »Morten Erik Hardenbjerg«, wiederhole ich noch einmal seinen ganzen Namen. Ich brauche es jetzt einfach theatralisch. Er muss begreifen, wie wichtig das ist, was jetzt kommt. »Liebst du mich?«

Auf einmal kommt Bewegung in Morten. »Kalleeeee!?«, brüllt er nach oben.

Schritte trampeln eine Treppe herunter, eine Tür knallt, dann steht Kalle Andersen neben ihm. »Halt mal das Pferd«, befiehlt Morten.

Kalle gehorcht, er nimmt mir den Zügel aus der Hand.

Morten geht langsam auf mich zu.

Er nimmt mein Gesicht in beide Hände und küsst mich.

Die Kirchturmglocke schlägt Viertel nach zwölf. Eine Möwe schreit in der Nacht. Und mein Mann küsst mich, als wäre es das allererste Mal.

WhatsApp-Chat auf Mortens Handydisplay

Jakob Hardenbjerg

Hey, wo seid ihr? Mama geht auch nicht ran. Ich muss euch was sagen! 23:15

Eltern? Alles okay? 23:20

KAPITEL 31

Eine Woche später. Es ist Abend. Wir sitzen unter den knorrigen Ästen der alten Linde auf Lykkegaard. Frode und Majvi sind zurück, sie haben Morten und mich als Dank fürs Hüten von Haus und Hof zum Abendessen eingeladen. Als Vorspeise gibt es *smørrebrød*, liebevoll dekoriert, heute mit Lachs. Wir haben allerdings noch nicht angefangen zu essen, wir warten noch auf Tilde, die sich verspätet hat.

Frode und Majvi sind toll. Sie haben bestimmt längst von Mikkel erfahren, dass ich mit Kaisa nachts über den Fjord gefahren bin, um meinen ausgerissenen Ehemann zurückzuholen. Aber sie erwähnen die Sache mit keinem Wort. Ist ja alles gut gegangen, scheinen sie zu denken.

Auch Mayumis Fehlgeburt ist kein Thema. Frode hat mich einmal ganz fest gedrückt und mir zugeraunt, dass ich alles sehr gut gemacht habe. Und dann hat er sich herzlich bei mir für die tolle Chance bedankt, Deutschland, das Land seiner Mutter, noch besser kennengelernt zu haben.

Jetzt nutzen die beiden die Wartezeit, um uns von ihrer Reise vorzuschwärmen.

»Diese Landschaft«, sagt Frode. »So viel Grün! Das viele Wald. Und die Berge! Ich liebe das!«

»Euer Haus ist umwerfend!«, betont Majvi. »Alles so neu. So hell. So freundlich und positiv. Und so leicht sauber zu halten.«

»Und es ist fantastisch, wie viel es Kultur gibt«, fährt Frode fort. »Ihr seid in Frankfurt am Puls der Zeit. Nicht vor fünfzig Jahren, wie wir auf dies Insel.«

»Aber es ist in der Nähe auch ganz ländlich«, fällt Majvi ihm ins Wort. »Da gibt es diesen Stadtteilbauernhof. Er hat mich an Lykkegaard erinnert. Und die Deutschen sind immer so freundlich! Als wir sagten, dass wir bei euch wohnen, haben die Leute vom Hof uns herumgeführt und uns alles gezeigt.«

»Ja«, sage ich. »Ja. Ja. Ja. Wir haben es zu Hause schön. Grün und urban und ländlich und was auch immer. Aber im Moment wollen wir es blau haben, glitzernd, abgeschieden, einsam und wie aus der Welt gefallen. Wir brauchen gerade eine Insel.«

Morten lächelt mich an. Er weiß, was ich meine.

Von fern hören wir jetzt ein vertrautes Brummen. Tilde naht.

Oje, das Brummen kommt sehr schnell näher. Hat sie denn immer noch nichts gelernt? Die Ärzte haben ihr dringend empfohlen, vorsichtiger zu fahren.

Jetzt wird der Brummton tiefer. Es scheint, als würde sie wenigstens vorm Abbiegen in die Pappelallee bremsen. Immerhin! Der Rasenmäher taucht in der Allee auf, Tilde tuckert sogar im Schritttempo auf uns zu, statt wie sonst mit Höchstgeschwindigkeit und spritzendem Kies auf den Hof einzufahren. Sie trägt keinen Marsmännchenkopfhörer mehr, sondern einen giftgrünen Marsmännchenhelm, farblich auf ihren Arbeitsoverall abgestimmt. Optisch ist das zwar keine Verbesserung, aber sicherheitstechnisch schon.

Und noch etwas ist anders. Um Tildes Taille sehe ich ein breites schwarzes Band. »Was ist das?«, will ich wissen.

Majvi seufzt. »Ein Nierengurt. Als wir in diesem Geschäft waren, in dem wir den Helm gekauft haben, hat sie sich in einen Bikerdress verliebt. Frode konnte sie gerade noch davon abhalten, einen giftgrünen Ganzkörperanzug aus Leder zu kaufen. Aber diesen Gurt musste sie einfach haben.«

Ich kichere. Schade, dass Frode sie von dem Bikeranzug abgehalten hat. Aus seiner Sicht kann ich's zwar verstehen, aber ich persönlich hätte Tilde sehr gern darin gesehen.

Born to be wild. Das ist die wilde Tilde.

Der Rasenmäher stoppt direkt vor uns, der Motor erstirbt, Tilde nimmt den Helm ab und entblößt dabei einen Kopfverband, der mit Leukoplast an ihrer Schläfe befestigt ist.

»Das ist ein heißes Pflaster, sagte der Arzt und befestigte den Klebestreifen.« Sie lacht laut auf. »Wisst ihr was? Das hat der Arzt wirklich gesagt! Er war nämlich Deutscher.«

Sie setzt sich an den Tisch, und wir beginnen zu essen.

»Morten und ich haben ein paar Neuigkeiten«, sage ich.

Jetzt habe ich die volle Aufmerksamkeit aller Rasmussens. Morten legt ein Foto auf den Tisch, man sieht darauf einen unförmigen grauen Felsblock. Und dann erzählt er den Rasmussens von dem Runenstein, den er auf der Insel gefunden hat.

»Runensteine sind für Historiker noch immer geheimnisvoll«, erklärt er. »Sie sind etwa tausend Jahre alt und voller magischer Inschriften und Zeichnungen, viele konnten bis heute nur teilweise entschlüsselt werden. Unser Wissen über die Wikinger, die sie errichteten, über ihre Schrift und ihre Sprache ist einfach zu klein.«

Frode ist fasziniert. »Und so etwas gibt es bei uns?«

Morten nickt. »Auf Højeste Bakken. Und eine Kollegin und ich konnten ihn entziffern!« Morten lächelt bescheiden, aber es ist trotzdem klar, was das bedeutet. »Dieser Stein ist etwas ganz Besonderes«, fährt Morten fort. »Die Aufschrift lautet: *Sven errichtete diesen Stein zu Erinnerung an Sigrid, seine ge-*

liebte Königin. Und das ist aus mehreren Gründen bemerkenswert.«

Tilde hat vor Aufregung aufgehört zu kauen. »Warum?«

»Das alles muss durch weitere Forschungen noch erhärtet werden«, sagt Morten. »Aber ich persönlich glaube, dass es sich hier um einen Stein des Wikingerkönigs Sven Gabelbart handelt. Und wenn das so ist, beweist es erstens, dass Svens Ehefrau Sigrid die Stolze wirklich existierte. Das wird von vielen Wissenschaftlern nach wie vor bestritten. Zweitens heißt es, dass die Ehe der beiden glücklich war, sonst hätte Sven Sigrid keinen Stein gewidmet. Und drittens, dass Sigrid vor ihm gestorben ist. Das sind ganz neue Erkenntnisse, bisher wusste man das alles nicht. Und viertens kann es gut sein, dass sich Sigrids Grab auf Janø befindet. Möglich, dass ihr hier bald eine Sehenswürdigkeit habt.«

Tilde will sofort ihren Mäher starten, um den Stein zu besichtigen, aber ich halte sie zurück. »Später«, sage ich. »Es gibt noch mehr Neuigkeiten.«

Sie fällt auf ihren Stuhl zurück. »Leg los, sagte der Hahn und schubste die Henne zum Nest.«

Ich mache eine kleine Pause, damit es spannender wird. »Morten und ich kommen nächstes Jahr wieder.«

»Ja, das müsst ihr«, sagt Tilde. »Anna, ich hab dich doch adoptiert. Da musst du ja wohl manchmal nach deiner alten Mutter sehen.«

»Wohnt ihr wieder in Lille Paradis?«, will Majvi wissen.

»Nein, wir haben Mikkels Strandkate gemietet, die ist größer, wir kommen nämlich nicht allein.«

»Die ist aber sehr groß«, sagt Frode. »Kommt ihr mit ein ganz Kompanie?«

Ich schmunzle. »Unsere Tochter Lilly ist dann wenigstens für kurze Zeit wieder im heimischen Nest. Und Jakob und Julia kommen mit, unser Sohn und unsere … Schwiegertochter.« Das neue Wort geht mir noch nicht leicht über die Lippen. »Außerdem …«, ich wechsle einen raschen Blick mit Morten und sehe, wie sehr er sich freut, »… außerdem kommt wohl noch unser Enkelkind mit.« Das mit der natürlichen Verhütung hat nämlich nicht geklappt, wie unser Sohn uns telefonisch mitgeteilt hat.

»Nein!«, ruft Majvi überrascht aus. »Ihr werdet Großeltern?«

Morten nickt begeistert, ich ein bisschen zögernd. Aber nur, weil ich finde, dass dieses Wort nicht wirklich zu Morten und mir passt. Auf das Baby freue ich mich. Ich tausche mich sogar schon mit Julia … äh … Janani über Sanskritnamen aus. Malika finden wir hübsch, das ist eine Blume. Oder Ravi, wenn es ein Junge wird, das bedeutet Sonne.

»Noch mehr Neuigkeiten?«, will Frode wissen.

Wir schütteln den Kopf. »Das reicht fürs Erste.«

Was nicht ganz stimmt, aber der Rest ist privat.

Frode grinst. »Dann hole ich jetzt Sekt, und wir stoßen auf alles Neue an.« Ich glaube, er ahnt, was wir gerade verschweigen. Nämlich, dass sich zwischen Morten und mir auch alles neu anfühlt. Sehr schön neu. Und ziemlich prickelnd.

Wir essen und trinken und lachen mit Frode, Majvi und Tilde, während irgendwo hinter Højeste Bakken die Sonne untergeht. Aber sie geht nicht ganz unter, wir sind ja in Dänemark, und es ist Sommer.

Später kommen Frederik und Mette dazu. Frederiks Frau sieht ein bisschen wie Gwyneth Paltrow aus. Sie ist sehr zierlich, Frederik wirkt neben ihr kräftig und groß. Und sie spricht kaum Deutsch, deswegen reden jetzt alle Dänisch, und je mehr sie trinken, desto mehr vergessen sie, mir zu übersetzen, worum es in ihrem Gespräch geht. Aber das macht nichts. Ich lache einfach, wenn alle lachen, und nutze die Zeit, alle zu beobachten und mich sehr sektselig zu freuen, dass ich sie kenne und hier bei ihnen sein darf.

Und dabei fällt mir auf, dass ich jetzt endlich weiß, was ich im Leben wirklich will. Christina hatte mich das damals beim Pferdeäpfelsammeln gefragt, und ich hatte keine Antwort. Nach den vergangenen Wochen sehe ich klarer, wohin mein Weg führt.

Morten hat alles, was ich mir wünsche, im Titel für seinen Glücksvortrag zusammengefasst. Er lautet: *Die Glücksformel – lebe, liebe, lache gut. Mache deine Sache gut.* Das Wort »liebe« hat Morten fett in das Ringelnatz-Zitat eingefügt.

Lebe gut. Für mich heißt das: Kinder und Tiere müssen um mich sein. Das macht mich glücklich. Und wenn die eigenen Kinder aus dem Haus sind und der Hund tot ist, fange ich eben noch mal von vorne an. Es gibt viele Kinder und Hunde auf dieser Welt. Bald sogar ein Enkelkind.

Liebe gut. Auch da hab ich was dazugelernt. Ich weiß nämlich jetzt, was man macht, wenn's in der Beziehung knirscht, wenn die Schwiegermutter nervt, wenn alles auseinanderdriftet und nichts mehr zusammenpassen will. Man macht weiter. Immer weiter. So einfach ist das. Aber nur, wenn man sich noch liebt. Ob das so ist, muss man vorher herausfinden.

Zuletzt: Lache gut. Alles hat immer drei Seiten, eine gute, eine schlechte und eine komische. Und die letzte Seite ist eigentlich die wichtigste. Solange man die sehen kann, kann einem nichts wirklich Schlimmes passieren.

Als Morten und ich den Weg zu unserer Hütte zurückgehen, den ich so oft allein gegangen bin, habe ich plötzlich eine Idee. »Weißt du was? Vielleicht schreib ich wirklich einen Roman. Und zwar über uns.«

»Über uns?« Morten schüttelt den Kopf. »Wer will das lesen? Schreib lieber einen Wikingerroman. Über Sigrid und Sven. Da kannst du nach Herzenslust Verehrer anzünden, Dörfer vernichten, rauben, huren und saufen. Also, ich meine in Gedanken. Ich mache dann die wissenschaftliche Beratung und sorge dafür, dass alles historisch korrekt ist.« Morten reibt sich die Hände vor Begeisterung. »Hey, ist das nicht eine tolle Idee?«

»Das kannst du ja machen«, schlage ich vor. »Ich schreib lieber über uns. Wie wir eine halbe Rosine essen mussten. Oder Pipi-Brokkoli. Und wie wir gegen Kühe und um Seehunde gekämpft haben. Das ist doch auch was für Adrenalinjunkies, oder?«

Morten lacht.

Im Wald schreit ein Käuzchen. Es knackt im Gebüsch. Sehr laut. Vermutlich mal wieder Freja, Frode hat ihr Tor wieder aufgeschlossen.

Morten zieht mich enger an sich. »Schreib, was du willst, aber nicht heute«, raunt er in mein Ohr. »Heute habe ich was anderes mit dir vor.«

Eine Stunde später liegen wir nebeneinander auf dem Schlafsofa in unserer Hütte. Es ist plötzlich nicht mehr zu schmal für uns zwei.

»Anna?«, raunt Morten in mein Haar.

»Hmmm?« Ich räkle mich unter der Bettdecke und schmiege mich enger an seine Schulter.

»Hey, hör mal«, sagt Morten und stupst mich mit der Nase an.

Ich schließe die Augen. »Du musst mich anders nennen, sonst höre ich dich nicht.«

»Wie denn?«

»Weißt du doch!«

»Anna, Anuschka, Naninka. Liebe meines Lebens«, beginnt Morten noch einmal.

Ich öffne die Augen und sehe ihn an. »Ja?«

»Wenn du dieses Buch schreibst …«, beginnt er zögernd.

»Ja?«

»… schreibst du dann alles auf? Also, über uns? Die ganze Wahrheit?«

»Klar.«

»Aber du könntest manches doch ein bisschen abändern, oder? Damit uns nicht jeder erkennt.«

»Klar«, sage ich wieder. »Ich könnte den Namen der Insel ändern. Auch ihre Form und andere Details. Überhaupt könnte ich sämtliche Namen ändern.«

Morten seufzt erleichtert auf. »Das wäre gut. Und vielleicht auch unser Äußeres.«

Ich lasse meinen Finger von seiner Stirn über seine Nase bis zu dem Grübchen in seinem Kinn wandern.

»Natürlich«, sage ich. »In meinem Buch haben wir auf gar keinen Fall Problemzonen!«

Morten nickt. »Die haben wir ja sowieso nicht. Wir könnten aber auch ganz anders aussehen.«

»Wie denn?«, frage ich. »Wie willst du aussehen? Wie George Clooney? Oder Brad Pitt? Such dir jemanden aus.«

Morten denkt kurz nach. »Lieber wie Colin Firth.«

»Als Mr. Darcy?«

»Nein, wie Colin Firth mit vierundvierzig.«

Ich lasse meinen Finger von Mortens Kinn bis zu seinem Schlüsselbein wandern. »Das lässt sich machen. Ein bisschen siehst du ja sogar so aus. Nur besser.«

Er grinst. Aber scheint noch immer nicht zufrieden. »Du könntest auch ein paar Details weglassen, oder?«

Ich lasse meinen Finger über seinen Brustkorb wandern. »Welche denn?«

Mortens Mund ist jetzt ganz nah an meinem Ohr. »Was wir eben gemacht haben«, raunt er mir zu. »Und was wir gleich wieder tun werden. Das muss keiner wissen.«

Ich kitzle ihn mit meinen Wimpern am Hals. »Natürlich schreib ich das nicht! Ich kann sogar behaupten, dass wir so was nie tun. Zur Tarnung.«

Morten rückt ein bisschen von mir weg und sieht mich mit gerunzelter Stirn gespielt streng an. »Nie ist dann vielleicht doch ein bisschen zu selten.«

»Okay. Manchmal. Aber Weihnachten ist öfter.« Ich grinse. Dann werde ich wieder ernst. »Pass mal auf, ich zeig dir was.« Ich stütze mich auf, beuge mich über Morten und küsse ihn zart auf die Lippen. Lange. Sehr lange. »So«, sage ich zufrieden. »Das ist das Erkennungszeichen.« Morten zieht eine Augenbraue hoch. Er ist ein einziges Fragezeichen. »Was nach einem solchen Kuss passiert, ist geheim. Immer!«, erkläre ich. »Darüber sprechen wir nie mit anderen. Und darüber wird auch nicht geschrieben.«

»Deal!«, sagt Morten.

»Wahr soll das Buch trotzdem werden«, sage ich, lasse mich in mein Kissen fallen und betrachte die Aussicht auf den Fjord. Draußen glitzert das Mondlicht auf dem nachtschwarzen Wasser. »Also, in den beiden wichtigsten Aussagen. In der Essenz, verstehst du?«

»Nein«, sagt Morten. »Was sind denn die wichtigsten Aussagen deines Buches?«

»Na ja, weißt du doch«, sage ich. »Erstens: Das Glück liegt auf der anderen Seite der Angst. Und zweitens: Lebe, liebe, lache gut, mache deine Sache gut.«

Morten stützt sich auf seinen Ellenbogen und sieht mich prüfend an. »Wo wir gerade beim Thema Liebe sind …«

Er beugt sich über mich und küsst mich lange. Sehr lange. Und sehr zärtlich.

Das ist natürlich unser Erkennungszeichen. Und deswegen ist meine Geschichte an dieser Stelle zu

Ende.

Ehen werden im Himmel gemacht.

Wie Gewitter.
Hagel.
Tornados …

… und Sonnenschein!

NACHWORT UND DANK

Anna, Morten und ihre Kinder gibt es nicht. Die Insel Janø, ihre Bewohner sowie der dort entdeckte Runenstein sind ebenfalls frei erfunden. Und dennoch ist diese Geschichte auf eine ganz besondere Weise wahr.

Was wirklich existiert, ist die einzigartige Landschaft am Limfjord mit ihren vielen Inseln, auf denen es neben ganz viel Nichts Platz für jeden und Zeit für alles gibt. Die aufregende Phase nach dem Auszug der Kinder ist ebenfalls keine Erfindung, wie ich aus sicherer Quelle weiß. Wahr ist außerdem, dass es stark macht, diese Phase als Paar gemeinsam durchzustehen, dass jeder aber trotzdem seine Ängste selbst bezwingen muss.

Ich danke meinem Mann für unsere Gespräche in der Zeit am Limfjord, in denen es darum ging, was im Leben wirklich wichtig ist. Auch später beim Schreiben hat er unermüdlich mitgedacht, mitgelesen und mitgelacht. Obwohl diese Geschichte nicht von uns handelt, ist es doch unsere.

Danken möchte ich auch meiner Freundin Kathrin Schachtschabel für ihre Überlegungen zum Text und für den Sonnenschein, den sie auf der letzten Seite ins Manuskript gebracht hat, sowie Melanie Blank-Schröder und Margit von Cossart für ihre klugen, einfühlsamen Korrekturen.

Jetzt ist aber wirklich Schluss, sagte die Autorin und schickte das Manuskript endlich ab.